ममता कालिया

ममता कालिया का जन्म 2 नवम्बर, 1940 को वृन्दावन (उत्तर प्रदेश) में हुआ। दिल्ली विश्वविद्यालय से एम.ए. करने के बाद उन्होंने दिल्ली, मुम्बई और इलाहाबाद में अरसे तक प्राध्यापन किया।

1963 से शुरू हुआ उनका रचनात्मक सफर आज भी अबाध रूप से जारी है। अबतक उनकी 36 पुस्तकें प्रकाशित हो चुकी हैं, जिनमें प्रमुख हैं : *बेघर, नरक-दर-नरक, तीन लघु उपन्यास, दौड़, दुक्खम-सुक्खम, सपनों की होम डिलिवरी, कल्चर-वल्चर* (उपन्यास); *छुटकारा, सीट नम्बर छह, उसका यौवन, एक अदद औरत, जाँच अभी जारी है, निर्मोही, मुखौटा, बोलनेवाली औरत, प्रतिदिन, थोड़ा-सा प्रगतिशील, खुशकिस्मत, पच्चीस साल की लड़की* (कहानी-संग्रह); *A Tribute to Papa and other Poems, Poems '78, खाँटी घरेलू औरत, पचास कविताएँ, कितने प्रश्न करूँ* (कविता-संग्रह); *कल परसों के बरसों, सफर में हमसफर, कितने शहरों में कितनी बार, अन्दाज़-ए-बयाँ उर्फ रवि कथा* (संस्मरण); *भविष्य का स्त्री विमर्श, स्त्री विमर्श का यथार्थ, स्त्री विमर्श के तेवर* (निबन्ध-संग्रह); *महिला लेखन के सौ वर्ष* (सम्पादन)।

वे महात्मा गांधी हिन्दी अन्तरराष्ट्रीय विश्वविद्यालय, वर्धा की इंग्लिश पत्रिका HINDI की सम्पादक भी रह चुकी हैं।

उन्हें उत्तर प्रदेश हिन्दी संस्थान के *यशपाल कथा सम्मान* (1985), *साहित्य भूषण सम्मान* (2007), *राममनोहर लोहिया सम्मान* (2014), के.के. बिरला फाउंडेशन का *व्यास सम्मान* (2017), ढींगरा फैमिली फाउंडेशन, अमेरिका का *लाइफटाइम अचीवमेंट अवार्ड* (2020), *ओ.पी. मालवीय स्मृति सम्मान* (2020) समेत अनेक सम्मान और पुरस्कार प्रदान किए जा चुके हैं।

सम्पर्क : बी 3ए /303, सुशान्त एक्वापोलिस, क्रॉसिंग रिपब्लिक के सामने, एन.एच. 24, गाजियाबाद-201016 (उत्तर प्रदेश)

ई-मेल : mamtakalia011@gmail.com

जीते जी इलाहाबाद

ममता कालिया

राजकमल पेपरबैक्स

राजकमल पेपरबैक्स में
पहला संस्करण : 2021
चौथा संस्करण : 2024

राजकमल पेपरबैक्स : उत्कृष्ट साहित्य के जनसुलभ संस्करण

राजकमल प्रकाशन प्रा. लि.
1-बी, नेताजी सुभाष मार्ग, दरियागंज
नई दिल्ली-110 002
द्वारा प्रकाशित

शाखाएँ : अशोक राजपथ, साइंस कॉलेज के सामने, पटना-800 006
पहली मंजिल, दरबारी बिल्डिंग, महात्मा गांधी मार्ग, प्रयागराज-211 001
1, अनमोल सोराबजी संतुक लेन, धोबी तलाव, मरीन लाइंस, मुम्बई-400 002

वेबसाइट : www.rajkamalprakashan.com
ई-मेल : info@rajkamalprakashan.com

विकास कम्प्यूटर एंड प्रिंटर्स
ट्रॉनिका सिटी-201 102
द्वारा मुद्रित

मूल्य : ₹299

JEETE JEE ALLAHABAD
Memoirs by Mamta Kalia

ISBN : 978-93-90971-91-6

अखिलेश के लिए सस्नेह

आमुख

निरुपायता के चलते, सन् 2003 के नवम्बर में हमने इलाहाबाद छोड़ दिया। क्या महज़ रेलगाड़ी में बैठना ही शहर छोड़ देना होता है? हमारे पैर अब इस नहीं, उस शहर में चलने लगे; घर का चूल्हा यहाँ नहीं, कहीं और बलने लगा; तनखा, बुरी बावरी, किसी और शहर में मिलने लगी; बस, क्या इसी से इलाहाबाद हमारा नहीं रहा? नहीं, तब तो यह और हमारा हो गया।

शहर—पुड़िया में बाँध कर हम नहीं ला सकते साथ, किन्तु स्मृति बन कर वह हमारे स्नायुतंत्र में, हूक बन कर हमारे हृदयतंत्र में और दृश्य बन कर हमारी आँखों के छविगृह में चलता-फिरता नज़र आता है। इस लिहाज़ से जितने भी लोग वहाँ जिएँगे, सबके पास अपना-अपना इलाहाबाद होगा। विद्वान यहाँ इतिहास खँगालने आते हैं। विशेषज्ञ यहाँ भूगोल नापते हैं। कलाकार यहाँ सड़कें नापते हैं। उन्हीं में कहीं हम भी हैं। ऐसा नहीं कि इलाहाबाद में हमसे पहले कोई फ़नकार नहीं रहा। लाखों रहे, जिये और जलवाफ़रोश हुए। इन्हीं गलियों में उनके पाँव

पड़े, इसी संगम का जल उन्हें भिगो गया। यहीं का आसमान उनकी नज़रों ने देखा, यहीं की हवाओं में उन्होंने साँस ली।

हम शहर में आते हैं, जीते हैं, काम करते हैं, अपने दिन तमाम करते हैं। नहीं पता होता कि शहर छोड़ने से छूट नहीं जाता, वह ख़ुशबू, ख़याल और ख़्वाब बन कर हमारे अन्दर बस जाता है। इलाहाबाद वह शहर है जिसने हमारी मस्ती देखी है तो पस्ती भी, संघर्ष देखा है तो सफलता भी। हमारा अधिकांश लेखन यहीं हुआ क्योंकि इलाहाबाद की मिट्टी में निजता की नमी है जिसके बिना कलम नहीं चला करती। राजधानी की चौड़ी सड़कें कभी मुक़ाबला नहीं कर सकतीं उनका जो गलियाँ हम वहाँ छोड़ आए। रहे होंगे कभी यहाँ मुक़द्दर के सिकंदर। अब तो यह मुक़द्दर के पोरसों का शहर है। पोरस हैं तो क्या हुआ? हैं तो राजा—सड़क के सम्राट, नुक्कड़ के नवाब, डगमग नावों के खिवैया। और शहरों में होता होगा सम्पन्नता का स्वाभिमान। इलाहाबाद में तो विपन्नता का वैभव और ग़रीबी का गौरव है। सर्वहारा वर्ग किस अकड़ से जीता है, इसकी खुली किताब है यह शहर!

अगस्त, 2021 **—ममता कालिया**

गाजियाबाद (उत्तर प्रदेश)

जीते जी इलाहाबाद

1

एक दिन ख़बर मिली लोकभारती प्रकाशन के प्रमुख दिनेशचन्द्र जी नहीं रहे। दिल को धक्का लगा। इलाहाबाद की सिविल लाइन्स में लोकभारती प्रकाशन लेखकों, पाठकों और दोस्तों-दुश्मनों का सबसे बड़ा अड्डा था। सबेरे दस बजे से लेकर 11 बजे तक लोकभारती धीरे-धीरे खुलता। सन् 1970 के दशक में जब हम इलाहाबाद पहुँचे ही थे, लोकभारती का हॉल चारों तरफ़ की दीवारों में ऊँची आलमारियों से ठसाठस पुस्तकों से भरा रहता। हॉल में दो-तीन पुराने पंखे मरियल रफ़्तार से चलते रहते। दरअसल यह एक प्राचीन इमारत का हिस्सा था जो काफ़ी सस्ते किराए पर लोकभारती को मिल गया। यहाँ तीन मेज़-कुर्सी लगी थीं जिन पर क्रमशः राधे बाबू, रमेशचन्द्र जी और दिनेश जी बैठते। ये बराबर के व्यापार पार्टनर थे लेकिन प्रतिष्ठान के कार्यकलाप में दिनेश जी बाक़ी दोनों पर हावी रहते। दिनेश जी, रमेश जी ने किताबों के व्यापार में ही होश सँभाला। ओंप्रकाश जी इनके मामा थे और उनकी देखरेख में इन्होंने पुस्तक प्रकाशन, मुद्रण और विपणन के समस्त गुर सीखे। हॉल से सटा एक छोटा कक्ष था जिसमें दोनों भाइयों की सुन्दर पत्नियाँ बैठतीं और बड़े धैर्य से किताबों के लम्बे उबाऊ बिल बनातीं। दोनों

भाई जितने मुँहफट और हेकड़ीबाज़ थे, उनकी पत्नियाँ उतनी ही शालीन और सम्भ्रान्त थीं।

लोकभारती ऐसा अड्डा था जहाँ हर कोई, किसी न किसी को ढूँढ़ते हुए आता।

"दूधनाथ यहाँ आए थे क्या?"

"घंटा भर पहले आए थे, मार्कण्डेय जी की तलाश में कहीं निकल गए।"

"मार्कण्डेय जी वापस यहाँ आएँगे?"

"बताकर नहीं गए।"

इतनी पूछताछ करने वाला वहीं सामने की कुर्सी पर बैठ जाता। कुछ पुस्तकें उलटता, पलटता। शरमा-शरमी में एकाध पुस्तक ख़रीद लेता। दिनेश जी चाबुकदस्ती से बिल बनाते, पैसे वसूल करते, बाक़ी पैसे लौटाते और आवाज़ लगाते, "जेपी इनको हिन्दी साहित्य का इतिहास एक कॉपी दे दो।" जयप्रकाश जेपी भैरवप्रसाद गुप्त के बेटे थे जो लड़कपन से लोकभारती में ख़रीद-फरोख़्त सँभालते।

लोकभारती का इतिहास वास्तव में इलाहाबाद की साहित्यिक जलवायु का इतिहास है। कभी यहाँ सुमित्रानन्दन पंत के दर्शन हो जाते तो कभी अमृत राय के। महिलाएँ कम नज़र आतीं। पता नहीं वे किताबों की ज़रूरत कैसे पूरी करती होंगी। महादेवी वर्मा भी गिनती में एक-दो बार दिखी होंगी वहाँ।

दिनेश जी की बेबाक बयानी की भी इसमें बड़ी भूमिका थी। ग़ज़ब का आत्मविश्वास था दिनेश जी में। नौ नकद न तेरह उधार में यक़ीन करने वाले रमेश और दिनेश बन्धु, लेखकों की गपबाज़ी के बीच भी इतने चौकन्ने और चुस्त रहते कि एक प्याला कॉफ़ी से ज़्यादा कोई उनसे कुछ हासिल न कर पाता। उन वक़्तों में लोकभारती प्रकाशन हिन्दी साहित्य की पुस्तकों का एकमात्र प्रकाशन था। अन्य प्रकाशन जैसे भारती भंडार, साहित्य-भवन,

साहित्य महल, वोरा एंड कम्पनी थोड़े क्लान्त, शान्त, श्लथ और शिथिल से थे। कई लेखकों ने अपने प्रकाशन गृह खोले; जैसे भैरवप्रसाद गुप्त, मार्कण्डेय, शिवकुमार सहाय, अमरकान्त और शैलेश मटियानी। इनमें सबसे सफल उपेन्द्रनाथ अश्क रहे और उनका नीलाभ प्रकाशन आज भी ज़िन्दा है। बहुत से लेखक-प्रकाशक अपनी स्वयं की पुस्तकें छाप कर चुप बैठ गए। प्रकाशन के बाद विपणन और विक्रय सँभालने के लिए जिस तंत्र की अनिवार्यता होती है वह नीलाभ प्रकाशन के अलावा कोई नहीं सँभाल पाया। नीलाभ प्रकाशन में अश्क जी का पूरा संयुक्त परिवार सहयोग करता। कौशल्या अश्क ने अपना लेखन ताक पर रख कर इस प्रकाशन का प्रबन्ध सँभाला और अश्क जी को लिखने के लिए आज़ाद छोड़ दिया। लेकिन नीलाभ प्रकाशन में बैठकर लेखकों को बतरस का वह सुख नसीब नहीं होता जो कॉफ़ी हाउस या लोकभारती में होता। अश्क जी के बड़े बेटे उमेश ज़रा भी बातूनी नहीं थे। पारिवारिक चिन्ताओं में उनकी गर्दन हमेशा झुकी रहती।

वैसे तो हिन्दी का लेखक सर्वत्र सर्वहारा होता है, दिल्ली हो या लखनऊ पर इलाहाबाद का हिन्दी लेखक सर्वस्वहारा माना जाए तो ताज्जुब नहीं होना चाहिए। इसकी कई वजहें हैं। रोज़गार की दृष्टि से इलाहाबाद एक लद्धड़ और अवसरविहीन शहर है। सत्तर के दशक में जब हम यहाँ पहुँचे केवल तीन स्तर के रोज़गार उपलब्ध थे। एक विश्वविद्यालय की प्राध्यापकी जिसमें हरदम ठाकुर-ब्राह्मण घमासान मचा रहता व जिसका फ़ायदा कायस्थ अभ्यर्थी ले जाते। दूसरा मित्र प्रकाशन से निकलने वाली दस पत्रिकाओं में सहायक या उप सम्पादक क़िस्म का पद और तीसरा किसी प्रकाशन गृह में बैठकर सुबह से शाम तक प्रूफ़ रीडरी। सबसे उबाऊ, थकाऊ और दिलजलाऊ यह तीसरा रोज़गार था जिसमें अच्छे लेखक भी अपनी प्रतिभा और आँखें झोंकते और शाम को प्रकाशक उन्हें गिनकर पचास रुपए ऐसे पकड़ाता जैसे

भामाशाह की थैली सौंप रहा है। जिन लेखकों की पुस्तकें किसी प्रकाशक के यहाँ छप रही होतीं वहाँ भी अग्रिम राशि के भुगतान का चलन न के बराबर था। अश्क जी कहा करते, "बालू में से तेल निकालने की जीनियस बस एक लेखक के पास है, वह है दूधनाथ सिंह।" अश्क जी दूधनाथ सिंह की प्रतिभा और वाक्-चातुर्य के प्रशंसक थे। वे उसकी सफलताएँ गिनाते और भूल जाते कि किन विषम परिस्थितियों में पड़कर एक फ्रीलांसर झूठ का सहारा लेता है। उसे पता होता है कि सच बोल कर ज़िन्दा नहीं रहा जा सकता। दूधनाथ सिंह सर्वस्वहारा सरवाइवर का जीता-जागता दस्तावेज़ है। इसमें उनकी पत्नी निर्मला का बराबर का सहयोग रहा। इतनी मुश्किलों में रह कर उन्होंने अपने तीनों बच्चों को जिस विवेक और वात्सल्य से पाला, वह हममें से कोई और नहीं कर पाया।

साल में एक बार दिनेश जी लेखकों की रॉयल्टी का भुगतान करते। उन दिनों किताबों की कीमतें काफ़ी कम होतीं। मेरी किताबों का मूल्य होता छह या सात रुपए। लेकिन छपता 2100 का संस्करण। लोकभारती प्रकाशन का काम और हिसाब साफ़ रहता। तब वे अक्सर मुझे रॉयल्टी का चेक इस प्रकार देते—रु. 527.41 पैसे। एक बार मेरे पूछने पर दिनेश जी हँसे और उन्होंने बताया, "इस चेक का मतलब है, मैंने आपका पैसे-पैसे का हिसाब चुकता कर दिया।

वर्तमान समय से ज़्यादा ईमानदारी थी पिछली सदी में जब किताबें लेटरप्रेस में छपतीं। हाथ से कम्पोज़ हुई किताब का अगला संस्करण तुरन्त पकड़ में आ जाता क्योंकि हाथ की कम्पोज़िंग में हर बार अलग जगह त्रुटियाँ होतीं। अब तो पुस्तक का अगला संस्करण घोषित करना प्रकाशक को नागवार लगता है। वह पुनर्मुद्रित लिखकर काम चला लेता है। लेखक के स्वाभिमान में उत्थान न आ जाए, उसे इसकी चिन्ता सताती है। दिनेश जी लोगों को

अपनी जुमलेबाज़ी से सताते लेकिन रॉयल्टी देने में साफ़गोई बरतते। अपने कड़की के दिनों में मैंने लोकभारती के लिए बहुत सा सम्पादन, पुनर्लेखन, रूपांतरण आदि किया जिसका भुगतान उन्होंने तत्परता से किया। लेकिन दिनेश जी की ज़ुबान उनकी दुश्मन थी। कभी वे गंगाप्रसाद पांडेय का क़िस्सा लेकर बैठ जाते कैसे उन्होंने महादेवी वर्मा को महीयसी बना दिया, कभी उन्हें वह घटना याद आ जाती जब वे ग़ुस्से में मार्कण्डेय जी के पीछे कुर्सी उठाकर दौड़े। एक शाम रवि और मैं लोकभारती में दिनेश जी के पास बैठे थे। तभी एक आदमी आया और उसने दिनेश जी के हाथ में काग़ज़ की एक पुर्ज़ी दी। दिनेश जी ने पढ़ी और उस आदमी से कहा, "भई किसी और डॉक्टर के यहाँ जाओ, यह दवा यहाँ नहीं मिलेगी।" मैंने कहा, "दिनेश जी, पुर्ज़ी पर क्या लिखा था?" दिनेश जी हँसे और रवि को बताया वह आदमी मृदुला गर्ग का उपन्यास 'चित्तकोबरा' लेने आया था। दिनेश जी को अपनी समस्त दुकान की पुस्तक सूची कंठस्थ रहा करती। हमने उन्हें बरस दर बरस देखा। उनके दिमाग़ में कोई ग़फ़लत नहीं। कोई सामान ख़रीदना हो, दिनेश जी अपने एक फोन से दस प्रतिशत रियायत दिलवा देते। लोग दिनेश जी की दोटूक बात का बुरा मानते लेकिन दिनेश जी अपने दिल पर कभी कोई बोझ लेकर घर नहीं जाते। उनकी अगले दिन की बैठक फिर हा हा ही ही से शुरू होती। रवि को वे प्रकाशन जगत के लटके-झटके बताते। उनके पास विश्वविद्यालयों के विभागाध्यक्षों का कच्चा चिट्ठा मौजूद था, कौन किताब पाठ्यक्रम में लगाने के लिए प्रकाशक से कितनी रकम लेता है। पता चलता पवित्र कोई नहीं है। दिनेश जी मुझसे कहते, "आप 'बेघर' उपन्यास के दो-चार पन्ने सम्पादित करने की छूट दीजिए तब देखिए मैं कैसे खट से आपका उपन्यास पाठ्यक्रम में लगवाता हूँ।" मैं तब नई, अनगढ़ और अकड़ू लेखिका थी। मैं तन कर कहती, "दिनेश जी मैं एक भी शब्द बदलने नहीं

दूँगी।" वैसे 'बेघर' लोकभारती से प्रकाशित नहीं हुआ था। उसका प्रकाशन रचना प्रकाशन ने किया था। रचना प्रकाशन के स्वामी जीत मल्होत्रा थे जो रवि की सहायता से साहित्यिक पुस्तकें छापने का जोखिम उठा रहे थे। हम सबको ऐसे प्रकाशक की तलाश थी जो सुन्दर, सुरुचिपूर्ण तरीके से हमारी पुस्तकें प्रकाशित करे। जीत भाई ने पचासों रिम काग़ज़ हमारे प्रेस में डलवा दिया और रवि को यह आज़ादी दी कि वे अच्छी, आधुनिक और उत्कृष्ट साहित्यिक किताबें छापते जाएँ। प्रेसों की नगरी इलाहाबाद में हम लोग नए थे, हमारे प्रेस को काम की सख़्त ज़रूरत थी। रचना प्रकाशन से उन दिनों रवीन्द्र कालिया, दूधनाथ सिंह, ज्ञानरंजन, काशीनाथ सिंह, विजयमोहन सिंह और मेरी कहानियाँ, उपन्यास प्रकाशित हुए। ढर्रेवादी, बदरंग पुस्तकों के बीच रचना प्रकाशन की पुस्तकों की साज-सज्जा और छपाई में ताज़गी और तेवर थे। ये पुस्तकें ख़ूब बिकीं, इन्हें पाठकों और आलोचकों ने सराहा किन्तु जीत भाई में इस सफलता के साथ-साथ अभिमान आ गया। जब हममें से कोई कहता, "जीत भाई किताब का अगला संस्करण कब कीजिएगा?" जीत भाई अपने घुटने पर हाथ मार कर कहते, "मैंने पच्ची-पच्ची (25-25) कताबां बंडल बाँधकर पड़छत्ती पे चढ़ा देणी हैं। नईं खत्म होई कताब। कर लो की करदे हो तुसीं।"

जब हम और आग्रह करते, जीत भाई, व्हिस्की का बड़ा घूँट लेकर, अँगीठी पर कुकर में देसी घी में मीट भूनते हुए कहते, "कालिया जी तुसी समझाओ इन मूरखां नू, मैं थीसिस छापूँगा या इनकी कताबां? एक थीसिस छापने के मैनूँ पाँच हजार मिलदे हैं।"

रचना प्रकाशन ने अपने हाथों अपना व्यवसाय चौपट किया। जीत को मधुमेह था, आँखों से कम दिखता, लेकिन वे किताबों की बिक्री के लिए पूरे भारत का भ्रमण करते, गटागट दारू पी जाते और शौक से सामिष भोजन

करते। जल्द लोग प्रकाशक के रूप में उनका नाम भूलने लगे किन्तु एटलस और थीसिस विक्रेता के रूप में वे जमे रहे।

अगर इलाहाबाद में कामकाजी लोगों की गणना की जाए तो यह बहुत कम निकलेगी। कई ऐसे ख़ानदान मिल जाएँगे जिनके यहाँ चार पीढ़ियों से कभी कोई दफ़्तर नहीं गया। अधम नौकरी, मद्धम बान वाले सिद्धान्त पर चलने वालों की धजा निराली है। अतरसुइया, लोकनाथ और रानी मंडी के मुहल्लों में नौकरी को हिकारत से देखा जाता है और नौकरी करने वाले पर लोग तरस खाते हैं। हालात से घबरा कर अगर किसी ने ए.जी. ऑफ़िस में क्लर्की कर ली या किसी लड़की ने स्कूल में पढ़ाने का काम ढूँढ़ लिया तो मुहल्ले ने उसके पूरे परिवार का तिरस्कार आरम्भ कर दिया :

"उसका क्या है सारा दिन दफ़्तर में दो दूनी चार करता है।"

"दीपा को देखो मास्टरानी बन गई है। ब्याह होवै न करी, पढ़ावा करै उमिर भर।"

इसका मतलब यह नहीं कि जो दफ़्तर नहीं जाते वे निठल्ले बैठे हैं। राम कहो। उन्हें दम मारने की फ़ुरसत कहाँ। सुबह छह बजे चारखाने के तहमद का फेंटा कस कर मारते, वे बड़े नवाब की चाय की दुकान पर तब पहुँच जाते हैं जब उनकी अँगीठी ठीक से दहकी भी नहीं। सलाम वालेकुम, वालेकुम सलाम के साथ वे बेंच पर पड़ा अख़बार उठाते हैं। दो-चार मिनट उसी अख़बार से अँगीठी को ताव देकर वे अख़बार खोलते हैं। अच्छन भाई की आदत है वे पीछे के पन्ने से अख़बार पढ़ना शुरू करते हैं। कुश्ती, कबड्डी और क्रिकेट की ख़बरें देख-पढ़ लेने के बाद बारी आती है तीसरे पन्ने पर मरे-गिरे की ख़बरों की। सबसे फ़ारिग होकर वे पहले पन्ने पर आते हैं और चाय का गिलास अपनी तरफ़ सरकाते हुए फ़तवा जारी करते हैं, "अब इस प्रधान से देश कुछ सँभल नईं रहा है, जहाँ देखो उत्पात मचा है।"

अब तक आँखें मलते हुए कुछ और चाय प्रेमी आ जुटते हैं। चाय के साथ चर्चा और ख़बरों पर तबसिरा होता है। पता ही नहीं चलता कब नौ बज जाते हैं। चाय प्रेमियों की इस खेप में बड़े नवाब की दिलचस्पी खात्मे पर है। वे लसौढ़े जैसा मुँह बनाकर अँगीठी के बुझते कोयले कोंचने लगते हैं। तभी यादगारे हुसैनी स्कूल से एक साथ तेरह चाय का ऑर्डर लेकर कादिर चपरासी आ जाता है और बड़े नवाब की केतली का ढक्कन खुल जाता है। यादगारे हुसैनी का मतलब है पँचमेल चाट नीबू मसाला मार के। किसकी भतीजी किसके साथ फँसी है, कौन मंगनी के बाद माँ-बाप से रूसी पड़ी है, किसका निकाह जुम्मे को पढ़ा जाएगा, इन सब ख़बरों का कच्चा चिट्ठा कादिर की ज़ुबान पर रहता है। लेकिन कादिर खैनी का शौक़ीन है। लिहाज़ा, मुँह में खैनी भर कर वह मुँह उठाकर गों-गों आवाज़ में जो कहता है वह पता लगाना अच्छे अच्छों के बस की बात नहीं है।

इस बीच चाय उबल जाती है। कादिर के जाते ही काज़मी साहब तशरीफ़ लाते हैं। वे कब्ज़ के पुराने मरीज़ हैं। किसी तरह फ़ारिग हो कर वे बड़े नवाब के अड्डे पर मुखातिब हुए कि नई ख़बरों से अपने को लैस करें कि ख़ुद ईरम काज़मी के क़िस्से का चिथड़ा उनके हाथ लगता है। वे अपनी दाढ़ी पर हाथ फेरते हैं, "लाहौल विला कुव्वत, नवाब साब हमारे जीते जी सैयदों के खून में गिरावट तो आ नहीं सकती यह आप पूरी तरह जान लीजिए। मैं आज ही बेगम से दरयाफ़्त करूँगा।" वे बिना चाय पिये चल देते हैं। अँगीठी मद्दी हो गई है। बड़े नवाब की दिलचस्पी अँगीठी दहकाने में ख़त्म हो गई है। वे घर जाकर अपनी नींद पूरी करेंगे।

हमारा घर 370 रानी मंडी भी गप्पों का अड्डा था। मुद्रणालय के काम की एकरसता, मशीनों की घर्र-घर्र गुर्राहट, बिजली की मनमानी, इन सबसे कुछ देर के लिए राहत तभी मिलती जब कोई अचानक आ बैठता। जो भी

आता अपनी समस्त मौलिकता के साथ बात शुरू करता, "आपने सुना, अश्क जी के यहाँ स्वर्ण आभूषणों की चोरी हो गई," एक शाम सत्यप्रकाश ने एकदम गम्भीर मुद्रा में बताया।

रवि ने कहा, "सत्यप्रकाश, अश्क जी तो अपने आप को हिन्दी का ग्रीब (गरीब) लेखक कहते हैं। चोर को गहने कहाँ मिल गए?"

अब सत्यप्रकाश की हँसी छूट गई, "यार कालिया, वह जमालिया है न अपना, उसने उनकी इंटरव्यू की पूरी फ़ाइल, दिन दहाड़े, अश्क जी के कमरे से उड़ा ली।"

सतीश जमाली की हिम्मत और हिमाकत का उसके चेहरे की बेचारगी से कोई रिश्ता नहीं था। वह किसी से कुछ भी कह सकता था, कुछ भी कर गुज़रता था।

हमें याद आया सुरेश सिन्हा ने अश्क जी का एक लम्बा इंटरव्यू लिया था। उसे सवाल बनाने मुश्किल लग रहे थे। अश्क जी ने कहा, "लाओ मैं बना देता हूँ।" इस तरह उस इंटरव्यू के सवाल और जवाब दोनों अश्क जी के थे। उन्होंने गुड्डे (नीलाभ) से अपनी बातचीत का एक फ़ोटो भी खिंचवा लिया था। फ़ोटो खिंचवाने के लिए अश्क जी ने जैकेट पहनी, कंघी की और सुरेश सिन्हा को कंघा देकर कहा, "तुम भी अपने बाल सँवार लो।"

दोनों की एक राजा बेटे जैसी तस्वीर खिंच गई। अश्क जी ने सिन्हा से कहा, "तुम देखते जाओ, यह किताब इतनी अच्छी छपेगी कि तुम चोटी के लेखक गिने जाओगे, मुखपृष्ठ पर तुम्हारी फ़ोटो रहेगी।"

शाम के समय कॉफ़ी हाउस में सुरेश सिन्हा ने यह बात दोस्तों के बीच ज़ाहिर कर दी।

फिर क्या था। बात को इतने पंख लगे कि वह उड़ चली।

दूधनाथ सिंह ने कहा, "मैं तो भुगते बैठा हूँ, तुम कैसे फँस गए?"

ज्ञानरंजन बोले, "अब देखना तुम्हें नीलाभ प्रकाशन का लेखक मान लिया जाएगा। तुम क्या उनके स्टाफ़ में हो?"

सुरेन्द्रपाल ने कहा, "अश्क जी ने आज तक किसी का अच्छा किया है जो तुम्हारा कर देंगे। बेट्टा इस किताब को चार जगह कोर्स में लगवा लेंगे पर तुम्हें बदनामी के सिवा कुछ न मिलेगा।"

सुरेश सिन्हा घबरा गया।

वहाँ सतीश जमाली और सत्यप्रकाश भी बैठे थे।

तय किया गया कि जैसे-तैसे सुरेश सिन्हा को इस मुसीबत से छुटकारा दिलाया जाए।

सत्यप्रकाश ने कहा, "प्यारे जमाली, तुम्हारी हिम्मत तब जानें जब तुम ससुरी वह फ़ाइल ही उड़ा लाओ।"

जमाली जलवा दिखाने का कोई मौक़ा छोड़ता नहीं था। उसने सुरेश सिन्हा से विवरण इकट्ठे किए। फ़ाइल किस रंग की है, कितनी मोटी है, कहाँ रखी है। कहीं टाइपिंग में तो नहीं चली गई?

सिन्हा ने सारे तथ्य समझाए।

सुरेन्द्रपाल ने कहा, "अश्क जी की टाइपिंग शिवशंकर मिश्र करते हैं। मैं उनसे पूछ लूँगा।"

सारी सूचनाओं से लैस, सतीश जमाली अगले रोज़ सुबह 11 बजे, 5, खुसरो बाग़ रोड पहुँचा। रोज़ की तरह अश्क जी बगल वाले ब्लॉक में अपने अध्ययन कक्ष में बैठे कुछ लिख रहे थे। उन्होंने जमाली को साइकिल खड़ी करते देखा तो खिल गए, "आओ जमाली, क्या हाल-चाल हैं?" अश्क जी किसी भी लेखक-मित्र को देखकर ख़ुश हो जाते। एक तो लेखन की एकरसता से थोड़ा विराम मिलता, दूसरे कभी मन किया तो दो-चार पृष्ठ सुना भी डालते आने वाले को। अश्क जी ने जमाली को बैठने का इशारा

किया, "आज मैं 'अंजो दीदी' रिवाइज़ कर रहा था। कुछ हिस्से तो इसके इतने अच्छे लिखे गए हैं कि यक़ीन ही नहीं होता मैंने लिखे हैं। मैंने थोड़ी फेरबदल की है। तुम्हें बताता हूँ मैंने क्या पत्ते लगाए हैं। पहले ठहरो, मैं ज़रा अन्दर चाय के लिए बोल आऊँ।" अश्क जी अपनी घुमैया कुर्सी पर से उठे और पुराने ब्लॉक में बहू बिम्मा से चाय के लिए कहने गए।

इंटरव्यू की फ़ाइल बड़ी मेज़ की बायीं तरफ़ रखी थी। जमाली ने कवर खोल कर पुष्टि की कि सही माल है। उसने फ़ाइल बगल में दबाई और अपनी साइकिल पर बैठ कर चलता बना।

जमाली ने फ़ाइल सही ठिकाने पहुँचाई। सुरेश सिन्हा खुल्दाबाद में रहता था। जमाली ने कहा, "तुम थोड़े चुगद लगते हो। तुमसे यह फ़ाइल सँभलेगी नहीं। अच्छा हो तुम इसे भैरव जी के यहाँ जमा कर दो।"

भैरव जी और अश्क जी की अदावत कई वर्ष पुरानी थी। एक ज़माने में दोनों दोस्त थे। फिर इतनी लड़ाई हो गई कि भैरव जी ने अश्क जी पर एक पूरा उपन्यास लिख डाला, 'अन्तिम अध्याय'। वर्षों बाद अश्क जी ने अपनी पुस्तक 'चेहरे अनेक' में उनको जवाब दिया।

इलाहाबाद में ऐसी अदावतें होती रहती हैं। अदावतों में प्रतिभाओं की टक्कर होती है। कई बार अदावती लेखक एक-दूसरे की प्रतिभा से प्रभावित होकर संधि कर लेना चाहते हैं पर उनके समर्थकों की भरपूर कोशिश रहती कि संधिवार्ता विफल हो जाए। अश्क जी अक्सर अपने को हिन्दी का ग्रीब (गरीब) लेखक कहा करते। उनके विशाल परिसर में कमरे पर कमरे बनते जाते, उनकी किताबें समस्त भारत में पाठ्यक्रम में लगती जातीं लेकिन कॉफ़ी हाउस में अश्क जी आते ही घोषित करते, "भई मैं हिन्दी का ग्रीब (गरीब) लेखक हूँ।" एक दिन नरेश मेहता ने इस वाक्य का अनुवाद कर डाला "ही इज ए पुअर हिन्दी राइटर।" उस दिन से अश्क जी ने यह जुमला बोलना छोड़ दिया।

नरेश मेहता थोड़े नफ़ीस क़िस्म के व्यक्ति थे। पूरी तरह मसिजीवी होते हुए भी वे घर से लकदक निकलते। कॉफ़ी हाउस में बैठते मगर पाँच-दस मिनट में वहाँ से उठकर बगल में लोकभारती प्रकाशन पहुँच जाते। उनकी नाज़ुकमिज़ाजी को कॉफ़ी हाउस का शोर और धुआँ ज़्यादा देर गवारा न होता। जब उनकी ज़ुबान पर सरस्वती आ जाती वे अद्‌भुत बातें करते। पति-पत्नी दोनों सुन्दर, स्मार्ट। नरेश जी में भोलापन भी समानांतर चलता। उन्हें बड़े-बड़े पुरस्कार व सम्मान मिले। लेकिन जब कभी कथा-साहित्य की मुख्य धारा की चर्चा चली उसमें नरेश मेहता का नाम सिरे से ग़ायब रहा। एक शाम इसी खलिश पर बात होने लगी। रवि ने नरेश जी से पूछा, "आप शौक़ फरमाएँगे?"

नरेश जी ने कहा, "सिर्फ़ आधा पैग।"

स्टीरियो पर बेगम अख़्तर की ग़ज़ल लगा दी गई। मैंने नमकीन और सलाद की प्लेट लाकर रख दी।

नरेश जी को माहौल से ही सुरूर आ गया। वे बोले, "कालिया तुम्हें अपनी नई प्रेम कविताएँ सुनाऊँ?"

"इरशाद।" हमने कहा।

नरेश जी ने बड़ी भावप्रवण कविताएँ सुनाईं।

मैंने उस समय नोट नहीं की पर उनमें प्रेम की इतनी उत्कट और विराट अनुभूति थी कि कमरा भर गया। स्टीरियो भी बन्द करना पड़ा। एक कविता में बिम्ब था कि "तुम्हारी चाय से उठी भाप ने तुम्हारे कानों के पास कुंडल बना दिया है, कहीं वह मैं ही हूँ।"

हम काफ़ी देर चुप बैठे रहे। रवि ने ही ख़ामोशी तोड़ी। उन्होंने कविता का उत्स जानने की जिज्ञासा की। नरेश जी ने बताया कि वाकई ऐसी उनकी एक परिचिता थी। "इतनी इन्टेन्स प्रेम-कविताएँ तो आपने अपनी युवावस्था में भी नहीं लिखीं?"

नरेश जी बोले, "युवावस्था में आदमी प्रेम करता है, प्रेम लिखता नहीं।"

रवीन्द्र ने और कोंचा, "इन्हें सुनते हुए एक बंगाली ख़ूबसूरत महिला का चेहरा उभरता है।"

नरेश जी मान गए, "मेरे सम्पूर्ण लेखन में वह बांग्ला गंध ही तो है।"

रवीन्द्र, "मत्स्यगंधा!"

नरेश जी, "यह ठीक कहा, मत्स्यगंधा हा-हा-हा। एक बात बताऊँ। देयर वाज़ ए गर्ल। शी वॉज़ बंगाली। मेरा दुर्भाग्य..."

वे बड़ी देर के लिए चुप हो गए। गिलास अधपिया छोड़ दिया, धीरे से बोले "आय एम अपसैट। आय वॉन्ट टु गो नाउ।"

कितनी अजीब बात है कि नरेश मेहता ने इतने बहुल व पृथुल उपन्यास लिखे। लेकिन वे कहते थे उन्होंने आज तक कोई कहानी या उपन्यास नहीं पढ़ा। उन्होंने स्वीकार किया कि अगर कविता लिखकर उनका गुज़ारा चल जाता तो वे गद्य की ओर कभी झाँकते भी नहीं।

भैरव प्रसाद गुप्त के व्यक्तित्व में ऐसे कोमल कोने-अँतरे नहीं थे अथवा सम्भवत: वे उनका पता नहीं लगने देते थे। उनका संघर्ष भी विकट था। वे मित्र प्रकाशन में काम करते थे जो एक वक़्त, इलाहाबाद के साहित्यकारों का सबसे बड़ा पोषण और शोषण-केन्द्र था। एक बार अपने कॉलेज के लद्धड़पने से घबरा कर जब मैं मित्र प्रकाशन ज्वॉयन करने की सोच रही थी, भैरव जी ने मुझे आगाह किया, "ममता ऐसी गलती मत करना। वे छह महीने तो बड़ा अच्छा सलूक करते हैं, उसके बाद वहाँ अपमान ही अपमान है।"

भैरव जी ने, पता नहीं कब यह निष्कर्ष निकाल लिया था कि प्रगतिशील रचनाकार होने का अर्थ है बाक़ी सबको पतनशील समझो। वे भरी सभा में किसी युवा रचनाकार को झाड़ पिला देते, "आप क्या समझते हैं अपने आपको? क्या जानते हैं आप। बैठ जाइए। मैं कहता हूँ बैठ जाइए।"

डॉ. विश्वनाथ त्रिपाठी ने सही लिखा है कि भैरव जी शहर के सोंटा गुरु थे। दफ़्तर में वे डाँट खाते थे, दफ़्तर के बाहर वे डाँट पिलाते थे। जब रवि के साथ उनकी कभी ज़्यादा तू-तू मैं-मैं हो जाती वे अगली सुबह मुझे फोन करते, "ममता, रवि आजकल बहुत पीने लगा है। पीने के बाद उसे छोटे-बड़े का कोई लिहाज नहीं रहता। तुम उसे रात में घर से बाहर मत निकलने दिया करो।"

रवि कौन सा मुझसे पूछ कर निकलते थे। प्रेस में छुट्टी होने के बाद वे छुट्टा हिरन हो जाते।

पता नहीं यह इलाहाबाद की ख़ासियत थी या रवि की अथवा भैरव जी की; इतनी ले-दे के बाद जब भैरव जी को अपनी नई पुस्तक छपवानी थी, उन्हें हमारा प्रेस ही याद आया। उन्होंने आकर पांडुलिपि रवि को पकड़ाई। साथ ही उन्होंने एक छोटा-सा संस्मरण सुनाया कि क्यों वे किताब की छपाई का भुगतान यथासमय कर देंगे। उन्होंने कहा, "कालिया, एक बार मेरे साथ ऐसा हुआ कि मेरा हाथ तंग था और पत्नी बीमार पड़ी थी। मुझे एक प्रकाशक से रुपए मिलने की उम्मीद थी पर वह ऐन वक़्त मुकर गया। हमारा होने वाला बच्चा पत्नी के पेट में ही मर गया। तभी से मैंने प्रण किया कि कभी किसी का मेहनत का पैसा नहीं रोकूँगा।"

पता नहीं उनके इस संस्मरण में कितनी सचाई थी। रवि ने उनकी पुस्तक छाप कर दे दी। महीनों छपाई के दाम नहीं मिले।

एक दिन चौक में भैरव जी केले ख़रीदते हुए दिखे। रवि को देखते ही तपाक से बोले, "मैं तुम्हारी तरफ़ ही आ रहा था। घर चल रहे हो या कहीं और जाना है?" रवि ने उनकी साइकिल के साथ घर की ओर रुख किया।

ऑफ़िस में बैठकर भैरव जी ने अपनी जेब से एक एयरोग्राम निकाला, "ममता को बुलाओ।" मैं नीचे आई।

भैरव जी ने एयरोग्राम मेरे आगे रखते हुए कहा, "तुमने तो फ्रेंच भाषा पढ़ी हुई है। 'गंगा मैया' फ्रेंच में अनुवाद होकर धड़ाधड़ बिक गई और उसका प्रकाशक मेरी रॉयल्टी मारे बैठा है।"

"लिखो, लिखो, सख़्त शब्दों में लिखो। मैं हिन्दी में बोलता हूँ, तुम तर्जुमा करती जाओ।"

मैंने डर कर कहा, "भैरव जी मैंने तो तेरह साल पहले स्कूल में फ्रेंच पढ़ी थी। चिट्ठी लिखने की लियाकत कहाँ से लाऊँगी। कुछेक शब्द भर याद हैं।"

भैरव जी ने गर्दन हिलाई, "अच्छा चलो, इंग्लिश में लिखो कि वह मेरी रॉयल्टी फौरन भेजे।"

रवि समझ गए कि आज की उनकी विज़िट में पैसे मिलने की कोई सूरत नहीं है।

जैसे-तैसे चिट्ठी लिख कर मैंने भैरव जी को थमाई। भैरव जी ने चिट्ठी थूक से चिपकाई और रवाना हो गए।

इलाहाबाद की पुरानी पीढ़ी के साहित्यकारों ने हम नए लेखकों को कभी घास नहीं डाली। भैरव जी तो हमें इतनी हिकारत से देखते थे कि एक दिन हम सबको 'हरामियों की पीढ़ी' तक कह डाला। भैरव जी संवाद की बजाय विवाद और विमर्श की बजाय अमर्ष से काम लेने में यक़ीन रखते।

मार्कण्डेय और लक्ष्मीकान्त वर्मा भैरव जी से ज़्यादा लोकतांत्रिक थे। वे नए लेखकों की रचनाएँ पढ़ते। अच्छी लगती तो वे पसन्दगी ज़ाहिर करते। मेरे पहले उपन्यास 'बेघर' के शुरू के कुछ पृष्ठों का पाठ मार्कण्डेय जी के घर में हुआ और उन्होंने मुक्त कंठ से उसकी प्रशंसा की। मैं तब उपन्यास लिखने के बारे में कुछ भी नहीं जानती थी। मार्कण्डेय जी के यहाँ हुई गोष्ठी से मेरी बहुत हौसला अफ़ज़ाई हुई।

बातचीत करते वक़्त मार्कण्डेय जी की कई भंगिमाएँ बड़ी मोहक थीं। सुन्दर तो वे थे ही। अपने सफ़ेद बालों के बावजूद वे आकर्षक लगते। उनके चेहरे पर एक रहस्यमय स्मित रहती। हम सबकी लंतरानियाँ वे सुनते रहते और धीरे से एक जुमला सरका देते। वह एक बात इतनी वज़नदार होती कि पूरी बैठक उनके नाम हो जाती। सेंट जोजफ़ स्कूल की सेमिनरी से उनके बहुत अच्छे सम्बन्ध थे। वे फादर कामिल बुल्के को भी जानते थे। उनके कमरे में एक तख़्त था जिस पर मसनद के सहारे वे आराम से बैठते। 'हज़रते दाग जहाँ बैठ गए, बैठ गए' वाली मुद्रा में। उनकी पत्नी विद्या जी अन्दर से चाय, नाश्ता भिजवातीं। शाम को जब मार्कण्डेय जी कॉफ़ी हाउस के लिए निकलते, उनके चेले पीछे-पीछे साइकिल पर उनके साथ चलते। इनमें विश्वविद्यालय में पढ़ने वाले छात्र होते और युवा रचनाकार भी। मार्कण्डेय ने अपना प्रकाशन तो खोला ही हुआ था, वे 'कथा' शीर्षक से एक अनियत कालीन पत्रिका भी निकालते। वामपंथी लघु पत्रिकाओं में 'कथा' अच्छी, सुलझी हुई मानी जाती।

कॉफ़ी हाउस के सत्र में भैरव, मार्कण्डेय और शेखर जोशी की त्रयी एक मेज़ पर नज़र आती। मेज़ के अगल-बगल सभी के चेलों का चक्र बढ़ता चला जाता। बैरे मेज़ पर पानी के गिलास बढ़ाते जाते। काफ़ी देर तो ठंडे पानी के सहारे ही गर्मागर्म बहस चलती। फिर कोई समर्थ समर्थक इशारे से बैरे को कॉफ़ी लाने को कह देता। भैरव जी इस मंडली में सबसे वाचाल रहते। अमरकान्त इस समूह में अपनी मौन उपस्थिति बनाए रहते। हमें उनकी चुप्पी पर कोफ़्त होती ख़ासकर भैरव जी के डपट मार्का संवादों से। अमरकान्त उत्तेजना का चरम बिन्दु स्पर्श ही न करते। कहानी की इस त्रयी या त्रिकोण से वे बाहर रहते। शेखर जोशी भी अपनी ऊर्जा व्यर्थ नहीं गँवाते। भैरव जी एक तरफ़ परिमल के सदस्यों को बुरा-भला कहते दूसरी

तरफ प्रलेस (प्रगतिशील लेखक संघ) की कमियाँ गिनाते। कोई उन्हें टोकने की कोशिश करता तो वे सिगरेट का कश खींचते हुए आँखें तरेर कर उसे देखकर कहते, "बकिए आपको क्या बकना है।" इस मंडली में अमरकान्त की मौजूदगी एक अबूझ पहेली लगती। कभी-कभी लगता भैरव जी उन्हें दबा कर रखना चाहते हैं। इसीलिए लोग उन्हें भैरव का भैरोमीटर कहा करते।

अमरकान्त का एक कहानी संग्रह भैरव जी के यहाँ से प्रकाशित हुआ था। वर्षों पहले। कामरेड ज्ञानरंजन ने कहा, "आपको इसकी रॉयल्टी जल्द से जल्द मिलनी चाहिए।"

अमरकान्त ने धीरे से ज्ञानरंजन से कहा, "पहले आप पी.पी.एच. (पीपल्ज़ पब्लिशिंग हाउस) से तो मेरी रॉयल्टी दिलवाइए।"

नेपथ्य से दृश्य चुराने में अमरकान्त सिद्धहस्त थे। जब हमने सन् 1970 में उन्हें देखा, ऐसा लगता जैसे वे भैरव और मार्कण्डेय दोनों द्वारा उपेक्षित व शोषित थे। केवल शेखर जोशी उनके साथ मानवीय व्यवहार करते। उन दिनों इलाहाबाद शहर को त्रयी या तिकड़ी बनाने का बड़ा चस्का था। जो भी तिकड़ी यहाँ गढ़ी जाती, वह चल निकलती जैसे निराला, पंत और महादेवी। भैरव, मार्कण्डेय और शेखर जोशी। इसमें चर्चा की सहूलियत भी रहती। अमरकान्त इन तिकड़ियों के बीच नदी के द्वीप थे। वे न इधर थे न उधर। उधर परिमल गुट में भी त्रयी घोषित थीं।

इलाहाबाद में तीन का पहाड़ा हर जगह प्रचलित था। नदियाँ थीं तीन : गंगा, यमुना, सरस्वती जिनकी त्रिपथगा मिलकर संगम बनाती। छायावाद के दिग्गज तीन—निराला, पंत और महादेवी। प्रगतिवाद के प्रतिनिधि तीन—भैरव प्रसाद गुप्त, मार्कण्डेय और शेखर जोशी। प्रमुख भाषाएँ तीन—हिन्दी, उर्दू और अंग्रेज़ी। उर्दू साहित्य के दिग्गज तीन—फ़िराक़, फ़ारूक़ी और ऐजाज़ हुसैन। प्रकाश चन्द्र गुप्त एक तरह से प्रगतिशील लेखक संघ के एडमिन थे। परिमल

के उल्लेखनीय नाम थे धर्मवीर भारती, गोपी कृष्ण गोपेश, गिरिधर गोपाल, विजयदेव नारायण साही, जगदीश गुप्त, केशवचन्द्र वर्मा और रामस्वरूप चतुर्वेदी। कुछ लोग मध्यमार्गी थे, फैंस के इधर-उधर मँडराया करते। परिमल के बुद्धिजीवी ज़्यादातर गीतकार और कवि थे जबकि प्रगतिशील खेमे में गद्यकार थे। इलाहाबाद के माहौल में एक और विचित्रता थी। गोष्ठियों में एक खेमा दूसरे खेमे को लाख ललकारे पर शाम को कॉफ़ी हाउस में सब इकट्ठे हो जाते। कभी-कभी प्रलेस और परिमलियन के अलग गोल घेरे बनते लेकिन एक-दूसरे को लक्षित कर फ़िकरेबाज़ी चलती रहती। जब किसी की घनघोर निन्दा करनी होती तो उसे सी.आई.ए. का एजेन्ट घोषित कर देते। लेखक-प्रकाशक सम्बन्धों के सिलसिले में एक बात याद आई। इलाहाबाद में लोकभारती सबसे बड़ा और समर्थ प्रकाशन था। वहाँ लेखकों का जमघट लगता और अहर्निश पुस्तक प्रकाशन भी होता रहता। बहुत पहले की बात है। अमरकान्त जी की बेटी सन्ध्या का विवाह होना था। उन्हें मित्र प्रकाशन से बहुत सीमित वेतन मिलता था। दोनों बेटों में एक भी अभी रोज़गार से नहीं लगा था। दहेज़ का आडम्बर न भी हो तो न्यूनतम तैयारी तो होनी आवश्यक थी। अमरकान्त जी ने लोकभारती से उपन्यास की एवज़ चार हज़ार रुपए अग्रिम धनराशि ली। वे उन दिनों अपना वृहद् उपन्यास 'इन्हीं हथियारों से' लिख रहे थे। पत्नी की बीमारी और परिवार की परेशानियाँ उन्हें बहुत कम अवकाश देतीं। अगले दो-तीन महीनों में उत्तर प्रदेश हिन्दी संस्थान लखनऊ से पुरस्कारों की घोषणा हो गई। वह घोषणा, इलाहाबाद में हमेशा सावन के पहले दौंगरे की तरह ली जाती थी। बहुतों के चेहरे खिल जाते, बहुतों के चेहरे बुझ जाते। कई लोग ढाई हज़ार के इनाम से गद्गद हो जाते, कुछ को पच्चीस हज़ार भी कम लगते। उन दिनों पुरस्कार राशि कम थी मगर उसका ओहदा बड़ा था। लोकभारती में रमेश जी और राधेबाबू अपने मनोभावों

का पता न चलने देते लेकिन दिनेश जी में वह धैर्य नहीं था। उनके द्वारा प्रकाशित पुस्तकें जब पुरस्कृत होतीं, वे तिलमिलाते, "सरकार को यह नहीं पता कि फलाने जी की किताब तीन साल से गोदाम में सड़ रही है। गोदाम को दीमक, चूहों से तो मैं बचाता हूँ।"

रवि मज़ाक़ करते, "एक सुझाव दिया जाए कि लेखक के पुरस्कार में प्रकाशक का भी हिस्सा हो।"

दिनेश जी बिना शर्मिन्दा हुए कहते, "बिलकुल होना चाहिए। आप तो सरकार के मुँह लगे हैं, उनसे कहिएगा।"

रवि कहते, "फिर तो मुद्रक का हिस्सा भी बनेगा।" उस साल अमरकान्त जी का एक कहानी-संग्रह पुरस्कार पा गया। राशि चार हज़ार थी।

तब नियम यह था कि सात हज़ार से नीची धनराशि वालों के पुरस्कार डाक से भेज दिए जाते। ऊँचे पुरस्कार विजेताओं को 14 सितम्बर को आमंत्रित कर, उत्सव में सम्मानित किया जाता। पता नहीं कैसे अमरकान्त जी के पुरस्कार का चेक लोकभारती प्रकाशन के पते पर भेजा गया। वे ही उस कहानी-संग्रह के प्रकाशक थे।

दिनेश जी लिफ़ाफ़े से मजमून पहचानने वाले इनसान थे। उन्होंने शाम को अमरकान्त जी को कॉफ़ी हाउस में बैठे देखा तो अपने कार्यालय में बुलाया। उन्हें बधाई दी। अमरकान्त जी को ख़बर थी। वे अख़बार में घोषणा देख चुके थे।

अमरकान्त जी के आगे लिफ़ाफ़ा रखते हुए दिनेश जी ने कहा, "आपने अपना उपन्यास पूरा कर लिया?"

"अभी तो आधा भी नहीं हुआ है," अमरकान्त बोले।

"आपने उस पर अग्रिम ले रखा है, याद है।" दिनेश जी ने कहा। अमरकान्त जी का चेहरा पसीने-पसीने हो गया। स्वास्थ्य और अर्थ के संघर्षों

ने उनकी ऊपरी झिल्ली एकदम छील डाली थी। उन्होंने कहा, "दिनेश जी मैं ऐसी बातें सुनने का आदी नहीं हूँ। इधर दीजिए कलम। मैं यह चेक आपके नाम 'इंडोर्स' करता हूँ।"

बिना ज़रा भी लज्जित हुए, दिनेश जी ने कलम उनके हाथ में पकड़ाई और अमरकान्त जी ने चेक के पीछे अपने हस्ताक्षर कर दिए।

कई बार ऐसा हुआ कि शहर के लेखक को संस्थान से सिर्फ़ ढाई हज़ार का पुरस्कार मिला तो उससे अपना उधार वापस लेने वाले कई ढाई हज़ारिये पहुँच गए।

इसी सबसे आजिज़ आकर इलाहाबाद में आए दिन कोई-न-कोई लेखक अपना प्रकाशन खोलने का फ़ैसला करता। सबने खोले भी। भैरव प्रसाद गुप्त, मार्कण्डेय, अमरकान्त, शेखर जोशी, शैलेश मटियानी, रवीन्द्र कालिया, श्री प्रकाश, और ओमप्रकाश। लेकिन वितरण और विक्रय के बैताल से ये सब हार गए। प्राय: शत-प्रतिशत घाटा उठाकर ये सब प्रकाशन बन्द हुए। हमने तो 'मसिकागद' के नाम से जो प्रकाशन खोला वह अपना प्रेस होने के बावजूद सँभाल नहीं पाए। 'वर्ष अमरकान्त' ग्रन्थ निकालने में काग़ज़वाले, स्याहीवाले का उधार तो चढ़ा ही, वह पूरा संस्करण सप्रेम सौजन्य प्रतियों में खप गया। उसमें आरम्भिक आर्थिक योगदान तीन व्यक्तियों का था, रवीन्द्र कालिया, नरेश सक्सेना और मैं। जहाँ-जहाँ पूरे विश्वास से पुस्तक वी.पी. पी. से भिजवाई, वहाँ-वहाँ से वह बिन छुड़ाए हमारे पास वापस आ गई। जैसी रवि की फ़ितरत थी वह अपनी बरबादी को ट्रेजिक की जगह कॉमिक कोण दिया करते। उन्होंने अपने रजिस्टर के बीच के पन्ने पर लिखा 'काली सूची'। दूसरे हिस्से पर लिखा 'सफ़ेद सूची'। जिन्होंने पुस्तक की वी.पी.पी. छुड़ा ली वे उनकी सफ़ेद सूची में थे। अन्य सब काली सूची में। ज़ाहिर है काली सूची बहुत लम्बी थी। यहीं से रवि को अपनी लम्बी कहानी 'काला

रजिस्टर' के लिए नाम सूझा। वैसे टाइम्स ऑफ इंडिया में भी एक रजिस्टर था। उसमें दर्ज नाम को अगर भारती जी का सम्मन मिलता तो उसके काले दिन शुरू हो जाते। इन दोनों तजुर्बों से कहानी का नाम पड़ा था 'काला रजिस्टर'। 'मसिकागद' बैनर के तले हमने अपनी कुछ बाल-पुस्तकें भी छापी थीं। मन में एक ख्वाब था कि जिस तरह अश्क जी और कौशल्या जी ने 'नीलाभ प्रकाशन' खड़ा किया, हम भी 'मसिकागद' खड़ा कर लें। रवि कहते, "ममता, जब हमारा प्रकाशन जम जाए, तुम सबसे पहले नौकरी छोड़ देना। प्रिंसिपली भी क्लर्की होती है और कुछ नहीं।"

मैं भी उनके संग सपनों में उड़ने लगती। कौन लेखक अपने लिए आज़ादी नहीं चाहता। मेरा जी, कॉलेज से और उखड़ जाता। इन्हीं दिनों पुस्तक-ख़रीद की राष्ट्रीय नीति में बदलाव आया। निजी प्रकाशकों के समस्त क्रयादेश रद्द हुए। ज़ीरो रोड के गोदामों से टनों किताबें रद्दी के दाम बिकीं। छापाख़ानों के लिए छपाई की क़ीमत उगाहना भी दूभर हुआ। हमारी बाल-पुस्तकें गोदाम में पड़ी धूल खाती रहीं। निजी प्रकाशन की पुस्तकें पाठ्यक्रम में लगनी बन्द हो गईं। कहने का मतलब यह कि आप लाख परिश्रमी हों, प्रतिभाशाली हों, कल्पनाशील हों, ज़िन्दगी बार-बार पीछे से धक्का मार आपको ऐसे गिराती है कि दम तो नहीं निकलता पर घुटने छिलते रहते हैं।

चलिए कुछ और रंग देखे जाएँ अपने जान से प्यारे इलाहाबाद के।

मूलत: शहर की हवा में महक है, मस्ती है, अलमस्ती है। हर मौसम की अपनी बहार दिख जाती है। यहीं के विद्यार्थी सर्वाधिक अव्वल आते हैं। यहीं के रचनाकार लम्बे समय तक याद किए जाते हैं। कला, साहित्य, संस्कृति के इस नगर में अगर गोष्ठियाँ धारावाहिक होती रहती हैं तो क्या ताज्जुब। चकमक पत्थर की तरह यहाँ के रचनाकार न सिर्फ़ ख़ुद रगड़ खाते रहते हैं वरन् बाहर से आए विद्वानों को भी प्रज्वलित रखते हैं। विचार के धरातल

पर यहाँ अधिसंख्य समृद्ध हैं। जेब में पैसे न हों पर यहाँ का साहित्यकार हिन्दुस्तानी अकादमी के सभागार में दम ठोंक कर सवाल उठाएगा। बड़े-बड़े दिग्गज इलाहाबाद की गोष्ठियों में शिरकत करने से घबराते हैं। प्रश्नकर्ता की प्रतिरोधी शक्ति की पारदर्शिता यहाँ छोटे-से-छोटे आयोजन में दीख जाती है। लघु मानव का आत्मविश्वास यहाँ सर्वोपरि है। ग़ौरतलब यह है कि लघु अपने को लघु मानने से इनकार करता है। एक बहुश्रुत प्रसंग फिर से बताने का लोभ मुझे पकड़ रहा है कैसे विजयदेव नारायण साही ने सुमित्रानन्दन पंत के पुस्तक लोकार्पण में कह दिया था। "न मैंने 'लोकायतन' पढ़ा है न पढ़ूँगा।" पंत जी ने इसका जवाब दिया था, "आप न पढ़ें, आने वाली पीढ़ियाँ मुझे पढ़ेंगी।" इसी सिलसिले में मुझे शहर की एक और रचनाकार याद आ रही है। उदीयमान लेखिका थी। हसीन थी, तिहरे बदन की, दोहरी ठोड़ी और इकलौते नखरे वाली। उसकी आवाज़ में एक तंज़ का दाना था, शबाना आज़मी जैसा। चलिए उसे शबाना ही कह लें।

उन दिनों भी रवि कोई कहानी संकलन सम्पादित कर रहे थे। लेखक-मित्र अक्सर अपनी रचनाएँ देने घर आते। शबाना मोहतरमा भी अपनी कई रचनाएँ रवि को दे गईं। गर्मी की चिलचिलाती धूप में वे दरयाफ़्त करने आतीं कि उनकी कौन सी कहानी संकलन में जाएगी। उनकी बौद्धिकता का रुआब कुछ ऐसा कि अगर मैं प्रेस में नीचे बैठी मिलूँ तो वे सम्पादक से कहें, "ऊपर चल के तफ़सील से चर्चा करते हैं।" अगर मैं ऊपर रहूँ तो वे कहतीं, "नीचे चलिए कालिया जी, कुछ अहम बातें तय होनी चाहिए।" अपने को वे बहुत बड़ी बुद्धिजीवी समझतीं और मेरी हैसियत उनकी निगाहों में एक नानबाई जितनी थी। उनसे एक बार मैंने मूर्खतावश पूछ लिया, "क्या आपने अमरकान्त जी का उपन्यास 'इन्हीं हथियारों से' पढ़ा है?"

शबाना बेगम ने मेरी तरफ़ हिकारत से देखकर कहा, "मैंने अमरकान्त

न पढ़ा है न पढ़ूँगी।" वे अमरकान्त जी से अच्छी तरह परिचित थीं। उनका बयान मुझे देर तक के लिए आहत कर गया। मैंने रवि को बताया। रवि ने कहा, "अब यह बात अमरकान्त जी को बताने का अहमकपन मत कर डालना। तुम्हें क्या ज़रूरत थी इतना बेवकूफ़ाना सवाल करने की?"

मैं भड़क गई, "उसके अहमकपन पर तुम्हें कुछ नहीं कहना जो अमरकान्त जी को कुछ नहीं समझती, हमेशा मेरे ऊपर तोप ताने रहते हो।"

भैरव जी का कहना था लक्ष्मीकान्त वर्मा सी.आई.ए. के एजेन्ट हैं जबकि लक्ष्मीकान्त जी अपने पान-तम्बाकू के लिए भी सत्यप्रकाश मिश्र की संगत करते। भैरव जी ने एक बेहद भौंडी कहानी लिखी, 'मैं अमरीकी गेहूँ नहीं खाऊँगी' और अपने को प्रगतिशील सिद्ध करने का दुराग्रह करने लगे। इलाहाबाद में चार-पाँच रचनाकारों को छोड़कर बाक़ी सब मुफ़लिसी के मारे थे। कारुणिक यह था कि जिसके घर दो वक़्त चूल्हा जलने लगता, उसी को सी.आई.ए. का एजेन्ट घोषित कर दिया जाता। सी.आई.ए. का एजेन्ट कहलाना निकृष्टतम गाली माना जाता।

इतनी गहमागहमी उसी शहर या क़स्बे में हो सकती है जहाँ रुचियाँ आपस में रगड़ खाती हों, सब एक-दूसरे को पढ़ते हों और संवाद गतिशील रहे। इलाहाबाद में एक स्पर्धा भी रहती। कोई नई किताब प्रकाशित होती तो सब उस पर टूट पड़ते। ख़रीद कर, माँग कर, उड़ा कर, उसे पढ़ना ही होता। इस स्पर्धा में लेखक, सहलेखक तो होते ही, विद्यार्थी, शोधार्थी और प्रतियोगी परीक्षाओं के अभ्यर्थी भी शामिल होते। एकाध मील पैदल चल कर, किताब माँगने पहुँच जाना किसी भी पाठक के लिए आम बात थी।

इलाहाबाद विश्वविद्यालय से जुड़े एक से एक विद्वान विभिन्न विभागों की शान थे। उनसे वार्तालाप के लिए जितनी अदब की ज़रूरत थी उतनी ही अदब (साहित्य) की जानकारी की। परिसर के अन्दर और बाहर प्रतिभाओं

की टक्कर बनी रहती। हिन्दी विभाग में धीरेन्द्र वर्मा, रामकुमार वर्मा, रघुवंश, हरदेव बाहरी, धर्मवीर भारती, रामस्वरूप चतुर्वेदी, जगदीश गुप्त जैसे चर्चित नाम थे। इनमें से कई सृजनात्मक लेखन में स्थापित हो चुके थे। अंग्रेज़ी विभाग भी कम समृद्ध नहीं था। वहाँ प्रकाशचन्द्र गुप्त तो थे ही, फ़िराक़ और यदुपति सहाय, एस.सी. देव और विजयदेव नारायण साही जैसे दिग्गज भी थे। ये सभी एकाधिक भाषाओं के ज्ञाता थे। इनकी प्रखरता का आलोक और आतंक दूर-दूर तक फैला था। इनमें से किसी के भी निर्देशन में शोधकार्य करना कठिन तपस्या थी। नियमित रूप से कॉफ़ी हाउस आने वालों में वियजदेव नारायण साही और रामस्वरूप चतुर्वेदी थे। शनिवार को कुछ और लोग शामिल हो जाते जैसे केशवचन्द्र वर्मा, विश्वंभर मानव, इलाचन्द्र जोशी, गिरिधर गोपाल आदि। परिमलियन माहौल बन जाता। साही जी इस बैठक के सरगना हो जाते। वे एक समय समाजवादी सोशलिस्ट पार्टी से चुनाव भी लड़े थे। हालाँकि वे चुनाव हार गए थे, अपनी अदा से वे यही दिखाते जैसे वे दिग-दिगन्त के विजेता हैं। उनके आगे कोई बोल ही न पाता। उनका पाइप पीने का अन्दाज़, लम्बा-चौड़ा डीलडौल और बुलन्द आवाज़ लोगों को आकर्षित करती। उनकी पत्नी कंचन साही दुबली-पतली कनक छड़ी सी थीं। कभी-कभी वे भी कॉफ़ी हाउस आतीं। वे महिलाओं के लिए बने पारिवारिक कक्ष में बैठतीं। साही जी चार-छह गर्वोक्ति करके घोषित करते, "चलूँ, थोड़ी देर परिवार के पास भी बैठूँ।" उनका बड़बोलापन इसी से ज़ाहिर होता था जैसा मैंने पूर्व में भी बताया कि उन्होंने सुमित्रानन्दन पंत जैसे मृदुभाषी, मितभाषी कवि के लिए कह दिया, "पंत जी की 'लोकायतन' न तो मैंने पढ़ी है और न पढ़ूँगा।" इस दम्भ में, छायावाद के एक दृढ़ स्तंभ पर चोट करने का अहंकार भी था। जबकि उनके निधन के बाद जब उन पर एक स्मृति-सभा रखी गई तब विभूतिनारायण राय ने कहा कि "शिक्षक

के तौर पर साही जी ने हमारा बहुत समय नष्ट किया, वे विद्यार्थियों को कन्फ्यूज़ किया करते थे।"

इसी शहर में प्रलेस के तीन खंड हुए—प्रलेस, जलेस और जसम—जिसके कारण प्रलेस कमज़ोर पड़ने लगा। परिमल की प्रभा, भारती जी के चले जाने से मंद पड़ी। अकेले भैरव जी कोतवाल की तरह जब-तब हाँक लगाते रहते "जागते रहो।"

हिन्दुस्तानी अकादमी की एक गोष्ठी में मार्कण्डेय काटजू अध्यक्षता कर रहे थे। वे जाने-माने न्यायमूर्ति थे और शहर में उनका दबदबा था। अध्यक्षीय भाषण में उन्होंने कहा, "वैसे देखा जाए तो प्रेमचन्द इतने बड़े कथाकार नहीं थे कि..." भैरव जी हॉल में चिंघाड़े, "आप प्रेमचन्द के बारे में क्या जानते हो, क्या समझते हो। किसने आपको जज बना दिया। भागो यहाँ से।"

भैरव जी उन्हें मंच से धकेलने के लिए लपके तो मार्कण्डेय काटजू तपाक से कूद कर मंच से उतरे और नंगे पैरों बाहर भागे। उनका अर्दली उनके जूते हाथ में उठाकर पीछे-पीछे दौड़ा। भैरव जी के रौद्र रूप के आगे सब सहम गए।

एक बात जो मेरी कभी समझ में नहीं आई कि यह लेखकों की त्रयी बनाने का आधार क्या होता था। कुछ लेखक कभी त्रयी का हिस्सा नहीं रहे, फिर भी वे लिखते थे। कुछ त्रयी में थे लेकिन उनके गुणधर्म एकदम विरोधी थे। जैसे जब हम इलाहाबाद पहुँचे तब लोगों की ज़ुबान पर जिस त्रयी का नाम था वह थी भैरव, मार्कण्डेय और शेखर जोशी जबकि तीनों एकदम अलग मिज़ाज के रचनाकर्मी थे। भैरव जी बवंडर थे तो मार्कण्डेय जी मंद समीर और शेखर जी पहाड़ी झरना। अमरकान्त इनके साथ बने रहते लेकिन वे शिवलिंग की तरह तटस्थ और तरंगहीन थे। एक से एक बेहतरीन कहानियों के रचयिता—डिप्टी कलक्टरी, ज़िन्दगी और जोंक, दोपहर का

भोजन, हत्यारे और मौत का नगर—लेकिन मजाल है जो उनके मुँह से कोई आत्मप्रशंसा का 'अ' भी सुन पाए। वे एक दर्शक की तरह साथ बैठे रहते। भैरव जी बहस को कटुता की हद तक पहुँचा देते मगर मार्कण्डेय, एक हथेली से अपने पतले होंठ दबाए चुप बने रहते। शेखर जोशी कभी-कभी एक अर्थपूर्ण जुमला फेंक देते लेकिन क्या मजाल जो वे भैरव जी को सबक सिखा सकें। इसीलिए जब दिग्गजों को छोड़कर, रवीन्द्र कालिया ने तय किया कि 'वर्ष' पत्रिका का विशेषांक अमरकान्त पर निकलेगा, कॉफ़ी हाउस में हलचल मच गई।

मार्कण्डेय जी में कटुता का कोई ऐसा कोष नहीं था कि वे हर किसी से भिड़ें। वे मद्धम स्वर में अपनी बात कहते लेकिन उनका एक बार का कथन पर्याप्त होता। उनका सबसे प्रिय शगल तो यही था कि वे घर पर अपने तख़्त-ए-ताऊस पर विराजमान रहें, उनके आगे हिन्दी का दरबार लगा रहे, क़िस्से बयां हों, लतीफ़े पैदा हों, साहित्यिक शरारतों के नक्शे खींचे जाएँ, किसी न किसी पर क़यामत बरपा हो। कभी-कभी महफ़िल बर्खास्त होते तक मार्कण्डेय जी बख़्श भी देते गुनहगार को, "जाने दो यार, मरे हुए को क्या मारना!"

मार्कण्डेय जी के अन्दर निश्छल शरारत का स्थायी भाव था। पढ़ाई के दिनों में मार्कण्डेय, दुष्यन्त कुमार और कमलेश्वर का तिगड्डा मशहूर था। ये तीनों, विश्वविद्यालय से लेकर कॉफ़ी हाउस तक अपने कारनामों से उत्पात मचाए रहते। कभी-कभी ये ऐसे प्रैक्टिकल मज़ाक़ कर डालते जो ख़ुद इन्हीं पर भारी पड़ जाते। तीनों ख़ूबसूरत थे, तीनों प्रतिभाशाली। छठे दशक की लड़कियों में ये तीनों लोकप्रिय थे हालाँकि तीनों विवाहित थे। मार्कण्डेय जी का ग्रामीण स्वभाव उन्हें मेंड़ उलाँघने से रोकता लेकिन वे दुष्यन्त और कमलेश्वर को उकसाने में प्रमुख भूमिका अदा करते।

दरअसल मार्कण्डेय जी व्यक्ति से अधिक समाज के प्रेम में गिरफ़्तार थे। वे जीवन सन्दर्भों के बीच से कहानी चुनने और बुनने को ज़्यादा महत्त्व देते। उन्हें ग्रामीण समाज की गहरी पकड़ थी।

मार्कण्डेय में विनोदप्रियता कूट-कूट कर भरी थी लेकिन वे अपने आपको मज़ाक़ का पात्र बनने से साफ़ बचा ले जाते। उनके झकाझक कुरते पर कभी हमने छींटा या शिकन पड़ते नहीं देखी। भैरव जी जब कालभैरव बन जाते, उन्हें शान्त करना मार्कण्डेय के ही वश की बात थी। इलाहाबाद के साहित्य जगत में दो बार तिगड्डों की घोषणा हुई।

(1) भैरवप्रसाद गुप्त, मार्कण्डेय और शेखर जोशी।

(2) मार्कण्डेय, दुष्यन्त कुमार और कमलेश्वर।

दोनों ही घोषणाओं में मार्कण्डेय का नाम केन्द्रीय भूमिका में रहा जबकि पहले तिगड्डे में मार्कण्डेय और भैरव दो ध्रुवांत थे। दोनों की सृजनधर्मिता भी अलग थी और जीवन-शैली भी। हाँ मार्कण्डेय, दुष्यन्त और कमलेश्वर का तिगड्डा ज़्यादा विश्वसनीय था। वे समवयस्क समकालीन और सहपाठी थे। तीनों में से एक भी पैदाइशी इलाहाबादी नहीं था किन्तु तीनों ने यहाँ का तेवर अपनाने में ज़्यादा वक़्त नहीं लगाया। मार्कण्डेय शुरू में कविता लिखते थे लेकिन 'गुलरा के बाबा' की ख्याति के बाद पूरी तरह गद्य को समर्पित हो गए। दुष्यन्त कुमार मूलतः और पूर्णतः कवि थे लेकिन उनकी ग़ज़लों में बदलते समाज के संकट साफ़ नज़र आते। कमलेश्वर ने क़स्बे के आम आदमी को अपना नायक माना। घनघोर विषमताओं के बीच उन्होंने नई कहानी को साहित्य की केन्द्रीय विधा के रूप में स्थापित किया। हालाँकि 'नई कहानी' शब्द किसी कहानीकार का दिया शब्द नहीं था। यह शब्द दुष्यन्त कुमार की देन था जिन्होंने सन् 1955 में कल्पना में एक लेख लिख कर 'नई कहानी' अवधारणा की पुष्टि की और नए कहानीकारों के नाम भी

घोषित कर दिए यथा—मोहन राकेश, राजेन्द्र यादव, कमलेश्वर, मार्कण्डेय, अमरकान्त, शेखर जोशी, केशव प्रसाद मिश्र, भैरव प्रसाद गुप्त, अश्क जी, भीष्म साहनी और राजेन्द्र अवस्थी। बाद में एक शरारत के तहत दुष्यन्त, मार्कण्डेय और कमलेश्वर ने डॉ. नामवर सिंह से कहानी/नई कहानी के सैद्धान्तिक पक्ष पर लेख लिखवा लिया। अश्क जी ने 'संकेत' नाम से संकलन निकाला तो परिमल गुट ने 'निकष' नाम से रूपवादी रचनाकारों को लामबन्द किया। कुछ लेखक दोनों गलियारों में चतुराई से चहलक़दमी करते रहे। मार्कण्डेय जी बहुत बढ़िया क़िस्सागो थे। मामूली सी घटना को भी वे आवाज़ दबा कर, धीमे-धीमे मुस्करा कर होंठों पर हाथ रखकर इतना अर्थपूर्ण बना देते कि सुनने वाले को लगता उनका राज़दार बस वंही है। उनके अन्दर कथा के सोते फूटते रहते। उन्होंने अपनी पत्रिका का नाम भी 'कथा' रखा।

एक बार मुहर्रम के तीसवें रोज़ के मातम, चेहल्लुम में वे हमारे रानी मंडी वाले घर में फँस गए। वे सवेरे सतीश जमाली के साथ आए थे। इत्तफ़ाक़ से उस दिन मार्कण्डेय धोती-कुर्ते में थे। बातों ही बातों में दिन चढ़ आया और हमारी गली में भीड़ बढ़ने लगी। रानी मंडी के तीन प्रमुख इमामबाड़े, हमारे घर के अगल-बगल ही थे। काले लिबास में स्त्री-पुरुषों और बच्चों के हुजूम के हुजूम आते गए। गली में फूलमालाएँ और सिन्नी (प्रसाद) बेचने वाले भी घूम रहे थे। पैगम्बर साहब के अलम और दुलदुल की सजधज भी निराली थी। हम बरसों से यह सब देख कर इसके अभ्यस्त हो चले थे। हमारे प्रेस की ड्योढ़ी और ऊपरी मंज़िल की बालकनी औरतों, बच्चों से ठसाठस भर गई।

मार्कण्डेय जी घबरा कर बोले, "कालिया, हमें यहाँ से बाहर निकालो किसी तरह।"

रवि ने कई दोस्तों, परिचितों को फोन किए पर किसी में यह हिम्मत नहीं थी कि उस धार्मिक जुलूस के बीच से हमारे मेहमानों को ले जाए। सबने कहा, "शाम पाँच बजे मातम हल्का पड़ेगा तब आप चले जाएँ।"

मार्कण्डेय जी एकदम सन्न बैठे रहे। चाय, नाश्ते, खाने में उनकी दिलचस्पी ख़त्म हो गई। वे बार-बार गली की तरफ़ देखते और उदास हो जाते।

बाद में उन्होंने दोस्तों से कहा, "पता नहीं कालिया उस माहौल में कैसे रह लेता है!"

चौक इलाक़े की अपनी मस्तियाँ थीं। रानी मंडी से ज़रा हटकर हिन्दू मुहल्ले थे, अतरसुइया, कल्याणी देवी, लोकनाथ और भारती भवन। भारती भवन के ढलान वाला इलाक़ा अहियापुर था। वहाँ के लोगों की बोली-बानी अहियापुरी मानी जाती। 'कस गुरु', 'का गुरु', 'सरऊ के नाती', 'चकाचक' उनकी शब्दावली के स्थायी हिस्से थे। वहाँ सड़क में बाज़ार और बाज़ार में सड़कें थीं। सब्ज़ी बेचने वाले कहीं भी एक कपड़ा बिछाकर अपनी दुकान लगा लेते। जब हिन्दुस्तान में हर जगह से आना-पाई के सिक्के हट गए तब भी लोकनाथ, अहियापुर में सब्ज़ी वालियाँ पुकार लगातीं "चले आओ आलू के खाये वारो, बीस आना पसेरी। मालवीय नगर यहाँ से सटी हुई गली थी जहाँ एक मकान जनेश्वर मिश्र का था। दो-चार समाजवादी नेता वहाँ अवश्य टहलते मिलते। जनेश्वर जी को छोटे लोहिया के नाम से जाना जाता। इलाहाबाद में गर्मियाँ आते ही हर तरफ़ कूलर ही कूलर नज़र आते हैं। यानी रूम कूलर। कहीं मरम्मत हो रही है, कहीं बेचे जा रहे हैं। इलाहाबाद में बहुत गर्मी पड़ती थी। दिन का तापमान कभी-कभी 48 डिग्री तक चला जाता। मकान भी बेढब बना था। हर कमरे में बड़े-बड़े आदमकद खिड़के। रानी मंडी नाम से ही कल्पना और ख़याल उस ज़माने में पहुँच पाते जब इन खिड़कों में तवायफ़ें अपनी पूरी तैयारी और ठसके के साथ शाम को खड़ी

होती रही होंगी। नीचे की खुली चौड़ी ड्योढ़ी में नवाबों के इक्के ठहरा करते होंगे और ऊपर मुजरा चलता रहता होगा।

ऐसी ही तो थी वह 370 नम्बर की हवेली जिसमें हमारी रिहाइश थी। बेहतर मकान में जाने लायक़ आमदनी नहीं थी। इसका किराया महज़ तीन सौ रुपए महीने था। नीचे की मंज़िल में हमारा प्रेस, ऊपर हमारा ठिकाना। इसके कई फ़ायदे और नुकसान थे। फ़ायदा यह था कि प्रेस के खाते से ही किराया अदा हो जाता। बिजली-पानी जिसका बिल हमेशा अन्दाज़े से बहुत अधिक होता, सब प्रेस के खाते से दिया जाता। फिर प्रेस के काम पर हरदम निगरानी रखना ज़रूरी था क्योंकि उस ज़माने के लैटर प्रेस में टाइप की चोरी बहुत ज़्यादा हुआ करती। नारंग जी, जिनसे हमने प्रेस ख़रीदा था, इस मकान के स्वामी थे। उन्होंने अपनी सुख-सुविधा से प्रेस की, मकान के किराये की किस्तें और दर तय की थी। हम तो बम्बई के सर्वहारा थे। किसी भी शर्त पर एतराज़ करने की हालत में न थे। प्रिंटिंग प्रेस माहवारी किस्तों पर देने को नारंग जी तैयार हुए थे, इसलिए उन्होंने भुगतान के सभी नियम लिखित रूप में एक प्रति रवि को देकर दूसरी अपने पास रख ली। नियमों में सात तारीख़ का बहुत महत्त्व था। प्रेस में काम करने वालों को सात तारीख़ को तनखा देनी होती। नारंग जी को मकान का किराया सात तारीख़ को पहुँचाना होता, स्याही वाले, फाउंड्री वाले सबके भुगतान की तारीख़ सात निर्धारित थी। बिजली का बिल 20 तक दिया जा सकता था। रवि अपनी समस्त सूझबूझ, मेहनत और हिम्मत का इस्तेमाल कर अपने को सात तारीख़ का सामना करने के लिए तैयार करते पर कोई न कोई कमी रह जाती। दिल डूबना, रक्तचाप मन्द होना, नर्वस रहना नए कारोबार की दी हुई नियामतें थीं। कुल जमा बत्तीस साल के रवि को डॉक्टर दरबारी ने सलाह दी कि ज़्यादा घबराहट हो तो वे थोड़ी सी ब्रांडी पानी में डाल कर पी लिया करें,

ज़ाहिर है परेशान रवि को यह सलाह कुछ ज़्यादा पसन्द आ गई।

रानी मंडी की 370 नम्बर की हवेली बाहर से शानदार मगर अन्दर से ख़स्ताहाल थी। आधी पक्की और आधी खपरैल से ढकी इस इमारत में कमरों से बड़ा आँगन और आँगन से बड़ी छत थी। जहाँ प्रेस था वहाँ खपरैलों की छावन थी।

गर्मियों की एक दोपहर में रवि सिविल लाइन्स में अपने बैंक की बगल में बजाज इलेक्ट्रिकल्स के शो-रूम के आगे खड़े हुए थे कि शो-रूम का मालिक अन्दर से उठ कर आया और कहा, "कहिए क्या लेना है?"

रवि ने कहा, "लेना तो कूलर के साथ-साथ बहुत कुछ है पर पैसे नहीं हैं।"

दुकानदार ने कहा, "मैंने आपसे पैसों की बात की क्या? आइए सामान देख लीजिए।" पता नहीं रवि की भोली सूरत पर विश्वास कर या तरस खा कर उस आदमी ने उसी वक़्त दो रूम-कूलर और एक छत का पंखा ट्रॉली में रखवा दिया यह कहते हुए "हम अपने ग्राहकों पर भरोसा करते हैं कालिया साहब।"

यानी अब बजाज इलेक्ट्रिकल्स के मालिक, मलिक साहब की भी मासिक किस्तें शुरू हो गईं। दोनों कूलरों की फिटिंग में बहुत परेशानी हुई। अव्वल तो कोई मुकम्मल दीवार न थी और जहाँ थी वहाँ दस इंच मोटी थी। राजमज़दूर बुलवा कर एक दीवार तोड़ कर कूलर लगा कर आस-पास की जगह ईंटों से भरवाई गई। कमरे में उसका पम्प रखने का कोई इन्तज़ाम न था। कूलर के पम्प का ब्रांड टुल्लू बनारस, कानपुर, इलाहाबाद में बड़ा मशहूर था। यही टुल्लू पम्प ला कर कमरे के बाहर खपरैलों की ढलान पर दो ईंटों के बीच रखा गया। दूसरा कूलर रवि के नए कमरे में दीवार तोड़ कर लगाया गया।

यह एक नया काम शुरू हो गया कि सुबह उठकर लम्बे पाइपों के सहारे कूलरों की टंकी भरना और बीच-बीच में झाँकना कि उनमें पानी कम तो नहीं हो गया। अगर कभी चलते-चलते कूलर रुक जाता, रवि तुरन्त कूद कर खपरैलों पर पहुँच जाते कि टुल्लू पम्प में ख़राबी आ गई है। मुझे डर रहता कि इनके वज़न से खपरैलें टूट न जाएँ पर रवि काहे को मानते। जब वे पम्प के साथ मुठभेड़ कर, पसीना-पसीना वापस कमरे में आते चिढ़ के मारे मुझे कूलर से ठंडी हवा आनी बन्द हो जाती। मैं कहती, "क्या फ़ायदा हुआ कूलर लगाने का? आधा वक़्त तो तुम इसकी मरम्मत में लगे, बाहर बैठते हो।" रवि मुझे गुदगुदी कर देते, "तुम्हारे लिए ताजमहल तो बनवा नहीं पाऊँगा ममता, कूलर ही कबूल करो।"

जीवन में अनेक बार रवि ने साहित्य-पत्रिकाओं का सम्पादन किया। किया तो मैंने भी है किन्तु मुझे यह काम पसन्द नहीं। रवि को सम्पादन में रस मिलता था। उन्हें नए लेखक ढूँढ़ना और उन्हें ख़ास अन्दाज़ में प्रस्तुत करना पसन्द था। सम्पादन ज्ञानरंजन भी कर रहे थे लेकिन उनकी मुद्रा एक गुरु-गम्भीर पत्रकार की थी। यह बात तो सिर्फ़ सुनयना बता सकती है कि क्या ज्ञान के पास नवोदित लेखिकाएँ अपनी रचनाएँ लेकर आया करती थीं। रवीन्द्र कालिया के बारे में कह सकती हूँ कि 'गंगा-यमुना' साप्ताहिक के दिनों में इनके पास महत्त्वाकांक्षी महिला-लेखक आतीं। रवि की एक अच्छी आदत यह थी कि जो भी शरारत करनी होती, खुल्लम-खुल्ला करते। ऐसी प्रत्याशियों को कार्यालय में न बुला कर घर पर बुलाते। उसके पति और अपनी पत्नी की मौजूदगी में कभी किसी को प्रोत्साहित करते तो किसी को हतोत्साहित।

एक बात जो मेरी कभी समझ में नहीं आई वह यह कि लेखिका बनने का चाव लड़कियों, महिलाओं में इतना प्रबल क्यों होता था। वे

गुलाबी काग़ज़ों पर नीले अक्षरों से लिखकर कोई थकी हुई सी रचना लातीं, फूलों के गुलदस्ते के साथ सम्पादक को थमा देतीं, मुझे भाभीजी का दर्जा देते हुए बतातीं कि वे दसवीं कक्षा से कविता लिख रही हैं, उन्हें महादेवी वर्मा की कविताएँ कंठस्थ हैं, उनके लेखन को फलाँ गवर्नर का आशीर्वाद प्राप्त है और अब वे गंगा-यमुना में प्रवेश चाहती हैं। ऐसी मूर्खाओं का प्रलाप रवि सुनते, मुझे चाय के लिए इशारा करते और प्रत्याशी कवयित्री को समझाते कि महादेवी युग से अब तक, हिन्दी कविता का मुहावरा बदल चुका है।

"हार नहीं मानेंगे" शैली में कुछ कवयित्रियाँ तुरन्त गद्य पर उतर आतीं। उनके पति सुन्दर सी फ़ाइल में से एक टाइप की हुई पांडुलिपि उनके हाथ में रखते और वे धुआँधार सुनाना शुरू कर देतीं। रवि सिगरेट और चाय के बीच वक़्त बिताते। वे घर में अक्सर दीवान पर गोल मसनद के सहारे बैठते थे। एक बार एक उत्साही लेखिका अपनी रचना सुनाने के बाद ख़ुद ही ख़ुद से इतनी प्रभावित हो गई कि रवि के दीवान पर जाकर अधलेटी हो गई। मैं भौचक, क्योंकि रवि का दीवान उनका 'तख़्त-ए-ताऊस' था, उस पर कोई लेटना तो क्या बैठने की भी हिम्मत नहीं कर सकता था।

रवि अचकचा कर खिसके और उसके पति की तरफ़ देखने लगे।

पति महोदय ने गम्भीर मुद्रा में बताया, "जब-जब ये अपना मास्टरपीस पढ़ कर सुनाती हैं, इनकी यही हालत हो जाती है।"

रवि ने मुझसे कहा, "इन्हें पानी-वानी पिलाओ" और अपनी सिगरेट की डिब्बी उठा कर ऊपर प्रस्थान कर गए। एक बार एक अन्य युवा कवयित्री शाम के समय हमारे घर आई। उसके पास रजिस्टर भर गीत और कविताएँ थीं।

बैठते ही उसने कहा, "हमारे घर में लेखन को बहुत बुरा काम समझा जाता है।"

"फिर तुम्हें नहीं लिखना चाहिए। माता-पिता का कहना माना करो।" हमने कहा।

"जी मैं नहीं लिखती। कविता अपने आप उतर आती है। जैसे ही मम्मी-पापा अपने कमरे में सोने चले जाते हैं, कविता उतरने लगती है। कभी-कभी तो रात भर रुक-रुक कर उतरती है।"

"इस रजिस्टर में तुम्हारी लिखी कविताएँ हैं?" रवि ने पूछा। "जी ऐसे चार और हैं। आप ये पढ़ लें तो वे भी दिखाऊँगी।" "रात होने वाली है, अब तुम्हें घर लौटना चाहिए," रवि ने कहा। दीप्ति शिवकुटी के पास रहती थी। "हाँ, जी मैं पहले ही बहाना बना कर आई हूँ। पापा ऑफ़िस से लौटे नहीं थे मैंने मम्मी से कहा, "चप्पल बनवाने मोची के पास जाना है।" "इतनी सी उमर में तुम्हें झूठ नहीं बोलना चाहिए," मैंने समझाया।

उसने समझदारी से सिर हिलाया, "मैडम सच बोल कर जीना बहुत मुश्किल होता है।" मुश्किल से 19 या 20 की उम्र में उस लड़की का इतना नकारात्मक जीवन दर्शन जानना हमें काफ़ी तकलीफ़ दे गया।

उसकी रचना तो 'गंगा-यमुना' में नहीं छपी लेकिन लड़की मेरे दिल पर छाप छोड़ गई। जूनियर इंजीनियर की बड़ी बेटी दीप्ति सिंह के तीन छोटी बहनें थीं। उसने बताया कि उसके पापा का कहना है चाहे सौ बेटियाँ पैदा हो जाएँ वे बेटा पैदा किए बिना रिटायर नहीं होंगे। "तुम्हारी माँ क्या कहती हैं?" मेरी जिज्ञासा थी। "उनका क्या है। वे सारी चिल्लर पार्टी मेरे हवाले कर रात में पापा के साथ कमरे में बन्द हो जाती हैं।" मैं उसकी बातें सुनकर सन्न रह गई।

कितने विरूप ढंग से स्त्री-पुरुष सम्बन्धों का यथार्थ इस लड़की के गले उतर रहा था। माता-पिता के प्रति तीव्र वितृष्णा, बहनों से विमोह और जीवन से उकताई हुई थी दीप्ति सिंह। हर तीन-चार दिन में एक चक्कर लगाती,

"कालिया जी ने मेरी कविताएँ पढ़ लीं? कब छाप रहे हैं?"

उसका आत्मविश्वास प्रतिभा से निकल रहा है या मूढ़ता से यह जानने के लिए मैंने एक दिन उसका रजिस्टर खोला।

दो-दो पंक्तियों के उच्छ्‌वास भरे उद्‌गारों से पन्ने भरे हुए थे जिनमें एक कविता पर मेरी नज़र अटक गई। शीर्षक नहीं था। 23 नम्बर की कविता की पहली पंक्ति थी, 'बेटियाँ होती हैं ग़मों की पेटियाँ।' अगली पंक्तियाँ उतनी प्रभावी नहीं थीं। दिया-बाती जैसे थोक प्रतीकों से स्त्री जीवन पर आँसू छाप गीत था। अगली शाम जब वह आई मैंने रजिस्टर उसे देते हुए कहा, "देख लीं तुम्हारी रचनाएँ। कई पढ़ डालीं।"

"कैसी लगीं?"

"ऐसा है दीप्ति लिखने से पहले कुछ अच्छी कविताएँ पढ़ लो तो तुम्हें अन्दाज़ा हो जाएगा कि आजकल कविता की भावभूमि और भाषा कैसी है।"

दीप्ति का चेहरा कठोर हो आया। उसने कहा, "मैंने पूरा हिन्दी साहित्य पढ़ा हुआ है। मैं यहाँ कविता लिखना सीखने नहीं आई हूँ। मेरी कविताएँ हर साल कॉलेज में इनाम जीतती हैं।"

मैंने कहा, "देखो दीप्ति जैसे यह पंक्ति तुम्हारी अच्छी है, 'बेटियाँ होती हैं ग़मों की पेटियाँ।' पर अगली पंक्तियाँ कमज़ोर हैं।" उसने गर्दन ऊँची कर कहा, "मैडम मैं अपना लिखा एक भी शब्द न बदलूँगी न काटूँगी।" वह रजिस्टर लेकर चली गई और वापस कभी नहीं आई।

अगर उसमें थोड़ा लचीलापन होता तो आज वह एक अच्छी कवयित्री बन सकती थी।

सम्पादक के पास लेखक पैदा करने का कारख़ाना नहीं होता। वह सुझाव ही दे सकता है। 1993 से 1999 के वर्षों में मैंने देखा कि स्थानीय साप्ताहिक में छपने के लिए भी लोग कितना व्यग्र रहते थे। इसकी दो ही

वजहें दिखाई देतीं। एक तो यह कि कालिया ने अपने गाजे-बाजे स्टाइल की पत्रकारिता से 'गंगा-यमुना' साप्ताहिक-पत्र को इतना चर्चित बना दिया कि वहाँ छपना अपरिहार्य हो गया। दूसरी यह कि हर रचनाकार राष्ट्रीय से पहले अपनी स्थानीय पहचान मुकम्मल करना चाहता है। सन् 1999 में गंगा-यमुना अचानक बन्द हो गया। हिन्दी पत्रकारिता ऐसे हादसों से पटी पड़ी है जहाँ पत्र-पत्रिकाओं का अकस्मात् अवसान हो जाता है जैसे सबको कोरोना लग गया हो। सवाल यह उठता है कि इनके पत्रकारों का क्या होता है।

देश के सबसे अस्थायी, अल्पवित्त और अनिश्चित, इस पत्रकारिता नाम के पेशे का नशा वही जानता है जिसने इसे एक बार चख लिया। आज लिखे को कल छपा देखना और परसों उसका कानाफूसी बन जाना, पत्रकारिता का ही करिश्मा है। इसमें रहते हुए पत्रकार इतना शक्तिशाली हो सकता है कि सत्ता उससे सतर्क रहे या उसे पटाए। लोकतंत्र के इस चौथे खम्भे का इतिहास इलाहाबाद के सन्दर्भ में बहुत तेजस्वी है जो सब जानते हैं। रवि के पास हमेशा यह सुविधा रही कि साहित्य के दरवाज़े उनके लिए खुले रहे। कृपाकांक्षियों की कतार में न लग कर वे एक बार फिर रचनात्मक साहित्य की ओर मुड़ गए।

2

पिछले चार-पाँच बरसों से ऐसा हो रहा है। जब भी कहीं कोई इलाहाबादी हमसे टकराता तो सारी ख़ैरियत के बीच हम शहर की ख़ैरियत ज़रूर पूछते, "और बताएँ, इलाहाबाद का क्या हाल है!"

इलाहाबादी कहता, "क्या बताएँ, शहर का नक्शा एकदम बदल गया है। ये ऊँची-ऊँची इमारतें बन गई हैं और अभी बननी जारी हैं। सारा दिन बालू-सीमेंट उड़ाती धूल भरी आँधी चलती है। सड़कों की शान फ़ना हो गई है, लोग अपनी हरियाली बेच कर ख़ुशहाली ख़रीद रहे हैं।" हम भी बेचैन हो जाते, 'यह अपने अलमस्त शहर को क्या हो गया। वहाँ टैगोर टाउन और लूकरगंज में बँगले से बड़ी बारादरी और बारादरी से बड़ा लॉन हुआ करता। वहाँ रहने वालों के घर जब उत्सव-आयोजन होते, उन्हें कोई जलसाघर लेने की ज़रूरत नहीं पड़ती। सारा काज अपने द्वार पर निपट जाता।' व्यग्रता थमने पर हमें अहसास होता कि हमारा डर निर्मूल है। इलाहाबाद का हाल और माहौल ईंट-गारे से न कभी बना न बनेगा। शहर की ऊपरी सतह पर चाहे जितनी मंज़िलें चढ़ जाएँ, उसकी अन्दरूनी ख़ूबसूरती नष्ट नहीं होगी। इलाहाबाद साहित्य, संस्कृति, कला और इतिहास का नगर है। ये सम्पदाएँ सैकड़ों साल से यहाँ मौजूद हैं। पीढ़ियाँ बदल जाएँ, संवाद-विवाद गतांक से

आगे बढ़ जाएँ किन्तु इलाहाबाद की इयत्ता स्थापित रहेगी। भारतीय राजनीति में भी इलाहाबाद का अन्नप्राशन काम आता है। मँजे हुए राजनेता वे ही व्यक्ति रहे हैं जिन्होंने यहाँ के हवा-पानी में साँस ली है। यहाँ के विश्वविद्यालय के छात्र संघ का चुनाव, राजनेता की पहली मंज़िल रहा है। कुछ तो ख़ास है यहाँ के मिज़ाज में कि यहाँ सत्ता पक्ष की राजनीति की जगह प्रतिपक्ष की राजनीति ही पनपती है। साहित्य में भी विरोध और प्रतिरोध की घोषणा यहीं से आरम्भ होती है। भैरव जी, मार्कण्डेय जी, अमरकान्त जी और शेखर जी के बाद साठोत्तरी पीढ़ी ने यहीं रह कर अपने पैर जमाए और नई कहानी की शक्तिशाली त्रयी—मोहन राकेश, कमलेश्वर तथा राजेन्द्र यादव के किले को ध्वस्त किया। कहानी के कल्पतरु की उपशाखा बनने की बजाय साठोत्तरी कहानीकारों ने अपना अलग वृक्षारोपण किया। इतने बड़े-बड़े विश्व हिन्दी सम्मेलन आयोजित हो जाते हैं जिनमें मूल समस्या का समाधान नहीं निकलता, वहीं एक हिन्दी कथा-समारोह में, सन् 1965 में कलकत्ते में यह तथ्य स्पष्ट हो गया कि कहानी में नई कहानी के युग का पटाक्षेप हुआ। इस तेवर और तैयारी के पीछे इलाहाबाद की पृष्ठभूमि और अग्रगामिता थी। ज्ञानरंजन, दूधनाथ सिंह, काशीनाथ सिंह और रवीन्द्र कालिया ने नई कहानी की फॉर्मूलाबद्धता के ख़िलाफ़ अपनी ताज़ा, मौलिक रचनाओं से जिहाद छेड़ा। दूधनाथ सिंह बलिया से आए किन्तु उनकी शिक्षा इलाहाबाद में हुई और यहीं उनकी वैचारिकता निर्मित हुई। ज्ञानरंजन खाँटी इलाहाबादी हैं। काशी जी रहते बनारस में हैं पर जब भी इलाहाबाद आते, यहाँ रम जाते। रवीन्द्र कालिया कई शहरों की ख़ाक छान कर इलाहाबाद पहुँचे और यहीं के होकर रह गए। इस शहर में रचना करना बड़ी मुमकिन सी बात है। दूधनाथ सिंह, ज्ञानरंजन और रवीन्द्र कालिया ने अपनी तमाम यादगार कहानियाँ यहीं लिखीं। दूधनाथ सिंह ने जटिल फंतासी के ज़रिए, 'रक्तपात', 'रीछ',

'स्वर्गवासी' जैसी कहानियों में भयावह यथार्थ का शोध किया। ज्ञानरंजन की सभी महत्त्वपूर्ण रचनाएँ इलाहाबाद में सम्भव हुईं जैसे 'दाम्पत्य', 'यात्रा', 'घंटा' और 'बहिर्गमन'। काशीनाथ सिंह ने बनारस में रहते हुए इलाहाबादी लेखकों की टक्कर की कहानियाँ लिखीं—'अपना रास्ता लो बाबा' और 'कविता की नई तारीख़' आदि। रवीन्द्र कालिया ने शहर में रानी मंडी की गली में जीवन के अनेक रंग देखे जो उनकी कहानियों—'गरीबी हटाओ', 'टाट के किवाड़ों वाले घर', 'पनाह' और 'नया कुरता' में व्यक्त हुए। इन रचनाओं ने कहानी सृजन का पैमाना तय कर दिया और तापमान भी। इससे यह न समझा जाए कि ये कहानीकार हर वक़्त काग़ज़-कलम लिए बैठे रहते थे। इन सब में ज़िन्दगी जीने की अदम्य आग थी। दो पहिया वाहन तक उपलब्ध न होने पर भी ये शहर का कोना-कोना छान मारते। इलाहाबाद में पैदल चलना कभी भी निरुपायता का पर्याय नहीं था।

'मस्ती का आलम साथ चला, हम धूल उड़ाते जहाँ चले' वाले अन्दाज़ में इन सबके लिए शम्भू बैरक, लूकरगंज और रानी मंडी से सिविल लाइन्स तक टहलते हुए निकल जाना मामूली सी बात थी। काशी जी तो दूर थे पर इन तीनों में सबसे शाहदिल ज्ञानरंजन थे। उनकी जेब में जैसे छेद था। वे ख़र्च करने में सबसे अव्वल रहते। उनके आसपास दोस्तों का जमघट भी सबसे ज़्यादा लगता। सिविल लाइन्स में एक मिठाई की दुकान थी 'मुरारी'। कॉफ़ी हाउस की बजाय ज्ञान जी यहीं महफ़िल जमाते। 'मुरारी' का मालिक शायद ज्ञान जी की मुहब्बत में गिरफ़्तार था। वह बिना एतराज़ चाय के बेहिसाब प्याले ऊपर की मंज़िल पर भिजवाता रहता। लेखकों, ग़ैर-लेखकों से सजी यह महफ़िल तब तक चलती जब तक 'मुरारी' के बन्द होने का वक़्त न हो जाता। 'मुरारी' से जुड़ा एक और क़िस्सा याद आया। इस वाक़िये पर आज भी मन उद्विग्न हो जाता है।

दरअसल रवि बम्बई में धोखा खाकर, प्रताड़ित होकर पूरी इस तैयारी से आए थे कि जैसे भी हो इलाहाबाद में पैर जमाने हैं। उनके विपरीत मैं पैर पटकती, इलाहाबाद पहुँची थी। मुझे बम्बई की रफ़्तार रास आई थी। धोखे मेरे साथ भी हुए थे, मैं फिर भी वहाँ रहना चाहती थी। नौकरी छूटने पर, जब मैं मुम्बई से इलाहाबाद पहुँची तो एक बड़े शहर से छोटे, लद्धड़ शहर में आने की उदासी के साथ-साथ घर चलाना बड़ी चुनौती था। चौक का मकान घर से ज़्यादा गोदाम था। समस्त दीवारें तारकोल से पुती हुईं कि दीमक न लगे। नीचे छापाख़ाना ऊपर बेढंगे कमरों में रिहाइश। मकान मालिक जो इस छापेख़ाने के मालिक भी थे उन्होंने इस ऊपरी हिस्से में अपना पुस्तक गोदाम बना रखा था। हमारे लिए अन्यत्र घर लेना सामर्थ्य से बाहर था सो यहीं डेरा जमाया। मकानमालिक ने आँगन पार करके एक बड़े कमरे में रसोई के लिए एक प्लेटफॉर्म बनवा दिया था, बस। नीचे रवि के ऑफ़िस में चाय ले जाने के लिए रसोई से आँगन, गलियारा, कमरा पार कर ऊँची-ऊँची अँधेरी सीढ़ी उतरनी पड़तीं। हमारी कुकिंग गैस भी अश्क जी के यहाँ काम आ रही थी सो माँगते नहीं बन रही थी। स्टोव पर, अँगीठी पर मैंने कभी काम नहीं किया था।

मैंने बहुत से परिचितों, दोस्तों से एक घरेलू सेवक के लिए कह रखा था। घर के कामों में मदद कर दे, बाज़ार का फेरा लगा दे, और नीचे रवि के दफ़्तर में चाय पहुँचाता रहे तो जीवन जीने लायक़ बने।

एक शाम सिविल लाइन्स की मिठाई की दुकान 'मुरारी' में हम सब बैठे हुए थे—यानी ज्ञानरंजन, सतीश जमाली, शैलेश मटियानी, अमर गोस्वामी, रवि और मैं। और भी दोस्त थे, नाम याद नहीं आ रहे। यह ज्ञान जी का प्रिय अड्डा था। नीचे दुकान में मिठाई बिकती, ऊपर चाय पीने के लिए कुर्सी-मेज़ थी। जो लड़का चाय लेकर आया, बड़ा ख़ूबसूरत, भोला-भाला

पहाड़ी बालक था। उम्र मुश्किल से तेरह-चौदह। मटियानी जी ने बात शुरू की "कहाँ के हो, कब आए?" ज्ञान जी ने पूछा, "यहाँ क्या मिलता है?" "पन्द्रह रुपए और खाना।" लड़के ने बताया। ज्ञान जी ने कहा, "पच्चीस रुपए पर काम करोगे?"

लड़का भौचक ज्ञान जी की तरफ़ देखता रहा। फिर बोला, "अगर हमसे कप-प्लेट टूटेगा, तो पैसे तो नहीं काटोगे?" ज्ञान जी ने आश्वस्त किया, "कुछ नहीं कटेगा। यहाँ सैकड़ों लोगों का काम करते हो, घर में सिर्फ़ दो लोगों का काम होगा।"

लड़के ने थोड़ी देर सोचा, फिर कहा, "अभी मालिक हमको सौंफ लेने बाहर भेजेंगे। हम चौराहे पर मिलेंगे।"

हम सब सिविल लाइन्स के चौराहे पर इन्तज़ार करने लगे।

वादे के मुताबिक लड़का आया।

अमर गोस्वामी ने उसे अपनी साइकिल के कैरियर पर बिठाकर हमारे घर पहुँचाया।

उस लड़के की भोली-भाली सूरत ने हमारा मन मोह लिया। जगदीश नाम के इस लड़के को सब्ज़ी काटना, चाय बनाना, बिस्तर बिछाना सब आता था। सबसे बड़ी बात, वह ऊपर-नीचे के दसियों चक्कर लगाता। बहुत जल्द जगदीश हमारे लिए घर का सदस्य बन गया। दोस्तों के आने पर वह झट ऊपर जाकर चाय बना लाता। जगदीश प्रेस के कर्मचारियों से भी हिल-मिल गया। कुछ महीने बाद जगदीश को गाँव की याद सताने लगी। वह कहता, "मुझे घर जाना है। तीन साल से मैं घर नहीं गया।"

मैं कहती; "साल भर बाद जाना। तब तुम्हारे हाथ में कुछ रुपए भी हो जाएँगे।"

एक शाम हमें अश्क जी के यहाँ जाना था। जगदीश ने बताया घर में

सब्ज़ी एकदम ख़त्म है। मैंने उसे पैसे दिए और चाभी का गुच्छा कि वह ताला लगा कर बाज़ार जाए और लौट कर अपना खाना बना कर खा ले। अश्क जी कभी भी हमें बिना खाना खिलाए नहीं भेजते थे।

हम रात दस बजे घर लौटे। ताला बाहर से बन्द था। हमने अपनी चाभी से फाटक खोला तो ड्योढ़ी में चाभियों का गुच्छा पड़ा मिला।

रवि ने फ़ौरन कहा, "लगता है जगदीश पहाड़ चला गया। देखो कितना सच्चा है। ताला लगा कर चाभियाँ अन्दर डाल गया।"

यह तो ऊपर जाकर पता चला कि लड़का चोरी करके भागा था। कमरे से रुपए, ट्रांजिस्टर, रवि की हाथ घड़ी और लोहे के ट्रंक से घर की कुल सम्पदा तेरह सौ रुपए उसने उड़ाए थे।

हम सन्न रह गए। हानि से अधिक यह धक्का था जो हमारे विश्वास को लगा।

अगले दिन जिसने भी सुना यही कहा कि पुलिस में रपट लिखाओ। लड़के को पूरे घर की जानकारी है, वह फिर कभी चोरी कर सकता है। अतरसुइया थाने में हमने रपट लिखवाई। दो घंटों में पुलिस ने उसे बरामद कर लिया। हम सोच रहे थे अब पुलिस इसे हमारे हवाले कर देगी पर पुलिस ने इनकार कर दिया। जगदीश को हवालात में बन्द कर दिया गया।

घर लौट कर रवि एकदम उदास हो गए। उन्होंने उस दिन खाना भी नहीं खाया। कहने लगे, "पता नहीं पुलिस ने जगदीश को कितना पीटा होगा। कहीं वह मर न जाए।"

मेरा मन भी कच्चा हो रहा था जैसे हमारे हाथों अपराध हो गया।

दो-तीन दिन बाद साहस करके हम थाने पहुँचे तो पता चला जगदीश को किसी बाल सुधार गृह में भेज दिया गया। हम बेहद उदास हो गए।

मिर्ज़ा ग़ालिब की जीवनी लिखने वाले रचनाकार, स्वाधीनता-सेनानी रामनाथ 'सुमन' का लूकरगंज में बहुत विस्तृत और विशाल बँगला था। वह चारों तरफ़ हरियाली से भरा रहता। कथाकार मित्र ज्ञानरंजन इन्हीं सुमन जी के मझले सुपुत्र हैं। ज्ञान जी का ज़िक्र आया तो यह चंद सतरों में क़ैद नहीं किया जा सकता। विलक्षणता के अपने वलय होते हैं। सन् 1970 के ज्ञानरंजन को हम बेधक रचनाकार, बेधड़क इनसान और बेमिसाल दोस्त की तरह जानते थे। मैंने उन्हें सुनयना के साथी और पाशा के पापा की भूमिका में भी देखा और सराहा। पिता के बड़े से बँगले में ज्ञानरंजन फ़क़ीर की तरह बसते थे। गर्मी की दोपहरें वे अपने घर के ठंडे कमरों में नहीं बल्कि प्लाज़ा बिल्डिंग की दुकान पेट्रोला में गुज़ारते। कभी हम सब रानी मंडी में मिल बैठते। रवि तो लगातार सिगरेट होंठों से लगाए होते। कभी-कभार ज्ञानरंजन भी सिगरेट आज़माते। उनके बेटे पाशा के अन्दर सिगरेट को लेकर दिली दहशत थी। ज्ञान जी जैसे ही सिगरेट का पहला कश लेते, पाशा ज़ोर-ज़ोर से रोने लगता, "पापा फू पियो ना। पापा फू नहीं पीना।" ज्ञानरंजन उसी वक़्त सिगरेट मसल कर बुझा देते।

आप पूछ सकते हैं ज्ञानरंजन तो जबलपुर में काम करते थे, उन्हें इलाहाबादी क्यों समझा जाए? ज्ञान जी जबलपुर में सिर्फ़ नौकरी करते थे। उनका मन इलाहाबाद में रहता था। यहीं उनकी यारी-दोस्ती थी, यहीं घुमक्कड़ी-छुट्टियाँ ख़त्म हो जातीं, ज्ञान जी की तफ़रीह ख़त्म न होती। दोस्तियाँ और अदावतें धारावाहिक चलती रहतीं। सच और सही के लिए अड़ने के लिए ज्ञान जी में बेकाबू आग थी। कभी काशीनाथ सिंह, बनारस से आ जाते तो चारों यार जम कर बैठते। दूधनाथ सिंह, काशीनाथ सिंह ज्ञानरंजन और रवीन्द्र कालिया, ये सब साठोत्तरी पीढ़ी के प्रमुख कथाकार थे जिनमें कोई किसी की कार्बन-कॉपी नहीं था। दूधनाथ सिंह इन सबमें वरिष्ठ थे और गरिष्ठ।

वे जटिल फंतासी के ज़रिए अलक्षित यथार्थ तक पहुँचने की कोशिश करते। उनकी कहानियों में इस तरह के प्रयोग अधिकाधिक हुए। ज्ञानरंजन, दम तोड़ती व्यवस्था, टूटते रिश्ते और घिसटती विसंगतियों के कहानीकार थे। उन्होंने अपने कथा-संकलन का शीर्षक भी 'सपना नहीं' रखा। वे अपनी कहानियों में सच का क्रूरतम स्वरूप दिखाने से नहीं हिचकते। यथार्थवाद का दामन तीनों ने अपनी तरह से थाम रखा था। रवीन्द्र कालिया ने अपनी कहानियों में कथ्य को कॉमिक एंगिल बना कर सचाइयों को लिख डाला तो सहज ही 'एब्सर्ड' विधा का सूत्रपात हो गया। पुरानी पीढ़ी के जो साहित्यकार जीवन की कटु सचाइयों को रेशमी रूमाल के नीचे दबा-छुपा कर रखने के कायल थे, एकबारगी चिहुँक पड़े।

अपने शहर इलाहाबाद की विलक्षण सामर्थ्य का पता ऐसे ही मौक़ों पर चलता रहा है। इस छोटे से शहर का पेट इतना गहरा है कि ये कई सैकड़ा परिमलियन रचनाकार हज़म कर लेने के बाद भी प्रगतिशीलों की अगवानी में लेखक सम्मेलन बुलवा लेता है। प्रलेस (प्रगतिशील लेखक संघ), जलेस (जनवादी लेखक संघ) के किंचित् शिथिल पड़ने पर यह जसम (जन संस्कृति मंच) की गतिविधियाँ आयोजित होने देता है। दरअसल इलाहाबाद ने लोगों, विचारधाराओं, आन्दोलनों और एजेंडों को इतनी उलटी-पलटी खाते देख लिया है कि अब उसे आश्चर्य नहीं होता। साहित्यिक हलक़ों में दो जुमले ज़ालिम बेइज़्ज़ती माने जाते। (1) तुम सी.आई.ए. के एजेंट हो। (2) तुम मीडियाकर हो। आरोपित लेखक यह सोच-सोच कर चकराता कि एक अदद 'स्पैन' पत्रिका की कॉपी भेजने के सिवा अमेरिका ने उसे और क्या दे दिया। लेखन के क्षेत्र में मीडियाकर कहलाना सबसे निकृष्ट गाली थी। इसका दाग़ी रचनाकार ख़ुद-ब-ख़ुद महफ़िलों से उठ जाता, गोष्ठियों से ग़ायब हो जाता और साहित्यिक पत्रिकाओं से बाहर। उसके लिए सिर्फ़ दैनिक अख़बारों के

रविवार पृष्ठ और सरिता, नीहारिका जैसी व्यावसायिक पत्रिकाएँ बचतीं। कई बार दाग़ी रचनाकार अपनी 'न्यूसेंस वैल्यू' विकसित कर लेता। वह गोष्ठियों में गुलगपाड़ा मचाता और कॉफ़ी हाउस में कोलाहल।

साहित्य से इतर इलाहाबाद में बहुत बड़ी तादाद विद्यार्थियों की है। स्कूल, कॉलेज, विश्वविद्यालय में पढ़ने वाले छात्र तो लाखों की संख्या में हमेशा से थे ही, साल दर साल हुजूम के हुजूम छात्र बाहर से यहाँ आकर प्रतियोगी परीक्षाओं की तैयारी में लगे रहते। शहर में इतनी हॉस्टल व्यवस्था नहीं थी। बिहार, बंगाल, मध्य प्रदेश से आए मेहनती लड़के मिलजुल कर एक मकान किराए पर लेते, यूनिवर्सिटी रोड से किताबें ख़रीदते। वहीं ठेलों पर किलोग्राम के हिसाब से कॉपियाँ मिला करतीं। हर छात्र दो-तीन किलो कॉपी ख़रीदता और उसका अध्ययन आरम्भ हो जाता। सुबह का अख़बार ये चाय की दुकान पर पढ़ लेते और शाम की ख़बरें पानवाले के टी.वी. सेट पर सुन लेते। न्यूनतम सुविधाओं में रह कर ये छात्र आई.ए.एस., पी. सी.एस., रेलवे भर्ती बोर्ड, स्टाफ़ सेलेक्शन कमीशन जैसे पेचीदा इम्तहानों से जूझते। बहुत से इस परीक्षा प्रतियोगिता को जीत जाते तो काफ़ी सारे छात्र वापस लौट जाते। जो नहीं लौटते वे शहर की हताश जनसंख्या में बढ़ोतरी करते और अपने अभिभावकों पर एक और साल अपना व्यय-भार डालने का इसरार करते। कुछ छात्र पत्रकारिता और लेखन की तरफ़ मुड़ जाते। विद्यार्थियों में वामपंथी विचारधारा सर्वाधिक स्वीकार्य रही। इस दीक्षा में विश्वविद्यालय के प्राध्यापकों की शिक्षण-संस्कृति का भरपूर योगदान रहा। कई बार गुरुओं को धूल चटा दी, ऐसे भी तेजस्वी शिष्य निकले। हीन भावना से हताहत प्राध्यापकों ने विद्यार्थियों के शोधकार्य में अड़ंगे लगा कर उनके भविष्य के साथ खिलवाड़ किया। इलाहाबाद विश्वविद्यालय की छात्रा मीनू दुबे ने एम.ए. के बाद, डी.फिल् करने की सोची। बतौर गाइड उसे दूधनाथ

सिंह मिले। दूधनाथ ने उसके अध्ययन में इतने रोड़े अटकाए कि तंग आकर उसने शोध का उपक्रम ही छोड़ दिया। उन दिनों दूधनाथ, विश्वविद्यालय की एक प्राध्यापिका के प्रेम में पड़े थे। हिन्दी विभाग इस प्रेम प्रकरण का साक्षी रहा। शहर और विश्वविद्यालय का चरित्र इतना सहिष्णु था कि उन्होंने पटना के मटुकनाथ की तरह इलाहाबाद के मटुकनाथ के मुँह पर न तो कालिख मली न ही दूधनाथ की पत्नी निर्मला ने उनकी सार्वजनिक पिटाई की हालाँकि वह दुखी रहती थी। जब कभी मैं निर्मला से कहती, "तुम उस गोष्ठी में क्यों नहीं आईं?" वह उदास होकर जवाब देती, "ये हमें लेकर ही नहीं गए। दूसरी वाली को ले गए होंगे।" अध्यापन के बाद दूधनाथ का स्कूटर मिंटो रोड पर खड़ा मिलता। उनके रिटायर होने पर यह प्रेम प्रसंग भी अवकाश प्राप्त कर गया।

यह उदारता और सहिष्णुता हमारे इस शहर को रहने योग्य बनाती है। हमारी कमज़ोरियों को लुकोने वाली, हमारी ग़लतियों को छुपाने वाली, हमें बार-बार जीवन शुरू करने का मौक़ा देने वाली। हम उत्तीर्ण होकर तो जीते ही हैं, अनुत्तीर्ण होकर भी यहाँ जी सकते हैं। ऐसे कई निठल्लों को मैंने नज़दीक से देखा जो हर परीक्षा और इंटरव्यू में असफल रहे लेकिन अपने घर-परिवार में हेकड़ी बनाए रहे। किसी दिन माँ या पत्नी ने ज़्यादा चूँ-चपड़ की तो रसोई में जाकर पानी का मटका एक धक्के से फोड़ दिया। सारी रसोई पानी-पानी हो गई। माँ और पत्नी मटके के अवशेष बीनने में व्यस्त हो गईं और उनका मूल प्रश्न "क्या कहीं पर काम मिला?" हवा में विलीन हो गया। एक युवा पत्रकार वर्षों राष्ट्रीय सहारा में काम करता रहा जहाँ तनख्वाह ही नहीं मिली। तंग आकर उसने कार्यालय जाना बन्द कर दिया। वह जब भी कभी मिलता, सिगरेट सुलगा कर घोषणा करता, "मैं बहुत जल्द अपना अख़बार शुरू करने जा रहा हूँ।" एक और लड़का जो

हमारे घर के पास रहता था, हर साल मुझसे कहता, "इस बार पर्चे बहुत अच्छे हुए हैं। मैं श्योर लिखित परीक्षा निकाल लूँगा। आप मुझे थोड़ी सी इंगलिश पढ़ा दें तो इंटरव्यू भी पार लग जाए।"

उसकी इस सादगी पर फ़िदा होना मुश्किल था क्योंकि तीन बरसों में मिले तीन अवसरों में वह लिखित परीक्षा भी पास नहीं कर पाया। तंग आकर वह एक दिन बोला, "अच्छा आप मुझे कहानी लिखना ही सिखा दीजिए।" उसे कैसे समझाती कि कहानी का कोई विद्यालय नहीं होता। ऐसे लड़कों से बात करते हुए मुझे अखिलेश की कहानी 'चिट्ठी' और अरुण प्रकाश की कहानी 'भाषा' का ध्यान आता। दोनों कहानियों में युवाओं और प्रतियोगी छात्रों का संत्रास व्यक्त हुआ है।

किसी शहर की शख़्सियत महज़ पढ़े-लिखे लोगों, विद्यालय और विश्वविद्यालय से नहीं बनती। उसकी नींव में वे पुराने मोहल्लों और चौबारे होते हैं जहाँ दादा, नाना, दादी, परदादी क़िस्म के दुर्लभ पात्रों ने निवास किया। इलाहाबाद में पुरनिया मोहल्लों और गलियों की भरमार है। कई बार एक गली से गुज़रते हुए कई मोहल्लों की सैर हो जाती है।

चौक इलाक़ा अपने आप में गुलज़ार रहता है। रोज़मर्रा की ज़रूरत की हर चीज़ यहाँ किफ़ायती दाम पर उपलब्ध है। चौक से चार राहें फूटती हैं। एक घंटाघर और जॉनसनगंज की तरफ़ चली जाती है तो दूसरी खुल्दाबाद की तरफ़। तीसरी राह बताशा मंडी, गुड़मंडी, मीरगंज से गुज़रती बहादुरगंज, कोठापारचा होती हुई बाई का बाग़, कीडगंज, बैरहना निकल जाती है। चौथी राह कोतवाली से अन्दर मुड़ती है उस तरफ़ जहाँ शहर की सबसे सघन बस्ती है। इन गलियों में रहने वाले बख़ूबी जानते हैं कि कैसे कुत्तों, कूड़े और साँड़ों से बचते हुए घर तक पहुँचना है। स्कूल जाने वाले बच्चे, पतली गलियों में, दोनों तरफ़ की नाली में गिरने से अपने आप को बचाते हुए,

साइकिल चलाने में निष्णात हो जाते हैं। कोतवाली के पिछवाड़े से ही रानी मंडी शुरू हो जाती है। चौड़ी सड़क के एक तरफ़ बच्चा जी की कोठी और दूसरी तरफ़ काशी कोठी दो अमीरों की वैभवगाथा के प्राचीन नमूने हैं। यहाँ से सड़क फिर तीन तरफ़ की गलियों में मुड़ती है। एक हाथ को घनघोर हिन्दूवादी मोहल्ला लोकनाथ है तो दूसरी तरफ़ अतरसुइया और तीसरी तरफ़ रानी मंडी का अन्दरूनी इलाक़ा।

मैं रोज़ बैरहना से रिक्शे में बैठ कर वापस घर आती। कॉलेज से बाहर निकलते ही मेरे सिर पर घर सवार हो जाता और मैं रानी मंडी की बजाय चौक उतर जाती। पाठक स्टोर से डबलरोटी, बिस्किट वगैरह ख़रीद कर, फल मंडी से केले, सन्तरे, अमरूद लेती। चौक लाँघकर लोकनाथ की लम्बी-लम्बी दो गलियाँ पड़तीं। वहाँ सब्ज़ी सस्ती और ताज़ी मिलती। लोकनाथ की गली में मिठाइयों के साथ-साथ हरि नमकीन नाम की दुकान भी थी जिसके समोसे, खस्ता और दमआलू की दुनिया भर में धूम रही। कई लोगों का तो सुबह का नाश्ता ही यह होता। छप्परवाले हलवाई की दही-जलेबी और हरि नमकीन का खस्ता दमआलू, ऊपर से एक कुल्हड़ लस्सी, इलाहाबाद का रईसी नाश्ता था। यही नाश्ता खाने-खिलाने, ज्ञानरंजन लूकरगंज से लोकनाथ आया करते। लोकनाथ में दुमंज़िले, तिमंज़िले पुराने मकान थे जिनमें भूतल के कमरों में छोटी-छोटी दुकानें थीं। देखा जाए तो ये वर्कशॉप जैसी थीं। बड़े सर्राफों के कारीगर यहाँ बैठ कर गहने गढ़ते और पॉलिश करते। किसी का यहाँ जूतों का गोदाम होता। कहीं कोई औरत सिलाई मशीन पर गुड़ियों के धड़ों पर सिर सिल रही होती तो कहीं दो औरतें चबूतरे पर बैठी दस रुपए पंसेरी के हिसाब से खरबूजे के बीज छील रही होतीं। मकानों की ऊपरी मंज़िल से समृद्ध घरों के विंडो एयरकंडीशनरों से टप-टप टपकता पानी सब्ज़ी वालियों के लिए मुसीबत पैदा करता। वे कभी अपना

माल बचातीं कभी कपड़े। घर पहुँचने की उतावली में मैं जल्दी-जल्दी पैर बढ़ाती, गलियाँ पार कर जाती। रानी मंडी का नामकरण उस ज़माने में हुआ था जब यहाँ तवायफ़ों के कोठे हुआ करते थे। सभी मकानों की रचना एक सी थी, प्रवेश द्वार की शक्ल में ख़ूब बड़ी ड्योढ़ी जिसमें दो विशाल पल्लों का फाटक। कहते हैं यहाँ नवाबों के इक्के आकर खड़े होते थे। अन्दर दो या तीन आँगन, उसके बाद बारादरी। खिड़की के स्थान पर बिना सींखचे वाले खिड़के, जैसे फ़िल्म पाक़ीज़ा में दिखाए गए थे। मकान की रचना देख कर ही अतीत का अनुमान लग जाता। मकान का पटाव इतना ऊँचा था कि घनघोर गर्मी में भी कमरे ठंडे रहते। ऊपर की मंज़िल में बड़ा आँगन और उतनी ही बड़ी छत। रहते-रहते यह बेढंगा घर भी हमें प्यारा लगने लगा था।

एक बार रवि को बाग़बानी का जुनून चढ़ा। उन्होंने 180 गमले लगा लिए। हर रंग का बेगम बेलिया लगाया गया। हमारा आँगन छोटा-मोटा 'टैरेस गार्डन' लगने लगा। एक गाने की पंक्ति थी, 'बेला, गुलाब, जूही, चम्पा, चमेली'। रवि ने पाँचों पौधे नर्सरी से लाकर लगाए। कोई ऐसा फूल न था जों हमारे यहाँ नहीं था। स्याही के ड्रमों को साफ़ करवा कर उनमें रबर के पेड़ उगाए गए। शाम को वे अपने हाथ से पौधों में पानी डालते। अगर उन्हें कहीं बाहर जाना पड़ता तो वापस आने पर टॉर्च से अपने पौधे देखते कि मैंने पानी डाला या पौधे सूखे पड़े हैं। एक रात मैंने कहा, "तुम्हें पौधों से बहुत प्यार है न?"

रवि ने एक नज़र मुझे देखा, लम्बी साँस भरी और कहा, "मनुष्य से निराश होकर ही इनसान प्रकृति की ओर मुड़ता है।" रवि वृश्चिक की तरह अचानक वार करते। उनकी जन्मराशि भी वृश्चिक थी। ग़नीमत यह कि मेरी जन्मराशि भी वृश्चिक है। दंश का अंश हम दोनों में समान था। कभी मैं तुरन्त हिसाब चुकता कर देती, कभी भविष्य के लिए डंक जेब में डाल रखती।

370, रानी मंडी वाले घर का बहिरंग तो दिलचस्प था ही, उसका अन्तरंग भी कम अनोखा न था। ऊँचे पटाव वाले बड़े-बड़े दो कमरे, उसके बाद एक सँकरा गलियारा जो बहुत चौड़े आँगन में खुलता। आँगन के पार फिर दो विशाल कमरे जिनमें एक रसोईघर और एक जालीयुक्त हवादार कमरा जहाँ बैठ कर कुल मकान का जायज़ा लिया जा सकता। आँगन में एक ग़ुसलख़ाना था जहाँ नल नहीं था। हम वहाँ मोबिल ऑयल का बड़ा ड्रम और चार-पाँच बालटियाँ पानी से भर कर रखते। एक ग़ुसलख़ाना बैठक से सट कर बना था जो नई तकनीक का था। रसोई, आँगन और ग़ुसलख़ानों में बड़े मुँह वाली नालियाँ थीं जिनका निकास बाहर गली में होता। इसी रास्ते से घर में जंगी चूहे दाख़िल हो जाते। चूहे इतने ज़बरदस्त थे कि वे रात में तो धींगामुश्ती मचाते ही, दिन में भी मौक़ा नहीं चूकते। बच्चे उन दिनों 'रामायण' धारावाहिक देखा करते थे। अन्नू ने एक बड़े चूहे का नाम जामवंत रखा हुआ था।

दोनों ग़ुसलख़ानों में मैं एक बट्टी लाइफ़बॉय और एक टिकिया पियर्ज़ साबुन रखा करती। कई बार अगले दिन ही पियर्ज़ ग़ायब। हैरान होकर बच्चों से पूछताछ होती, "तुमने नाली या कमोड में तो नहीं गिराया?"

बच्चे सिर हिला देते। बाद में पियर्ज़ साबुन के कुतरे हुए टुकड़े आँगन में मिलते। अन्नू कहता, "माँ, हम पाँच लोग एक ही साबुन से नहा रहे हैं, पापा, आप, मन्नू, मैं और जामवंत। ख़र्च तो बढ़ेगा ही।"

घर में बिल्लियों की तादाद भी मज़े की थी। आस-पड़ोस में मांसाहार बनने की वजह से बिल्ली को छिछड़े की आस लगी रहती। चूहों में उसकी कोई दिलचस्पी नहीं थी। हमारे घर में कभी-कभी दूध-दही पर वह हाथ साफ़ करती। एक बार सिविल लाइन्स के डिपार्टमेंट स्टोर बी.एन. रामा एंड संज़ से मैंने हॉकिन्ज़ का 'स्लो कुकर' ख़रीदा। मेरे साथ मीनू दुबे भी थी। हमें

यह जान कर बड़ा अचम्भा हुआ कि यह बिजली की ऐसी हँडिया थी जिसमें रात को खाना चढ़ाओ तो सुबह पक कर तैयार मिले और सुबह चढ़ा दो तो रात में खाना हाज़िर। उन वक़्तों में भी इस कुकर की क़ीमत शायद 2300 रुपए थी। रवि ने पहले इस बर्तन का मज़ाक़ उड़ाया कि जब सारी दुनिया आगे जा रही है तो ममता कालिया पीछे चल रही है। बाद में यह तय हुआ कि इसमें सबसे पहले चिकन बना कर इसकी परख की जाए। रवि को खाना बनाने का नया शौक़ चर्राया हुआ था। उन्होंने डालडा पाक पुस्तक के सहारे चिकन दो प्याज़ा का सारा उद्यम कर हँडिया में चढ़ा दिया और बच्चों से कहा, "रात के आठ बजे आज स्पेशल दावत मिलेगी।" इधर हम सब शाम के कामों में मशगूल हुए उधर एक मोटे काले बिल्ले ने रसोई में घुस कर बिजली की हाँडी पर ऐसा हमला किया कि उसका शीशे का ढक्कन ज़मीन पर गिर कर चूर-चूर हुआ और चिकन बिल्ले के उदर में। जब शाम सात बजे मैं रसोई में आई चिकन की सिर्फ़ हड्डियाँ आस-पास बिखरी पड़ी थीं। सबको ऐसी निराशा हुई जैसे कोई बड़ी दुर्घटना घटित हो गई हो। अन्नू-मन्नू बिल्ले के ख़ून के प्यासे बन कर ऊपर-नीचे दौड़ने लगे। रवि ने दर्शनशास्त्र झाड़ा, "दरअसल हमारा घर ऐसी चीज़ों के लिए बना ही नहीं है।" मैं इस घटनाक्रम पर सन्न बैठी रह गई। अगली शाम मैं ढक्कन विहीन हँडिया लेकर वापस स्टोर पर पहुँची, "इसे वापस ले लीजिए, हमें नहीं चाहिए ऐसा बर्तन।"

सेल्ज़मैन ने पूरी बात सुनी और कहा, "मैडम, हम आपके लिए दूसरा ढक्कन मँगाने का इन्तज़ाम कर सकते हैं पर बिल्ली-चूहों पर काबू तो आपको ख़ुद करना होगा।" सेल्ज़मैन की हाज़िरजवाबी की कायल होती हुई मैं अपने अराजक घर में लौट आई। हॉकिन्ज़ कम्पनी से दूसरा ढक्कन नहीं आया। हँडिया मेरी नाकामयाबी का नमूना बनी रसोईघर के एक कोने में उपेक्षित पड़ी रही।

370, रानी मंडी में जो भी मित्र पहली बार आता, यही कहता, "कालिया तुम्हारी हवेली का बड़ा ज़ोरदार चरित्र है।" लोगों को बड़ा-सा फाटक, उस पर लटकती लोहे की लम्बी साँकल और सात लीवर का गोदरेज ताला देख कर आनन्द आता। घर के अन्दर फैली बदइंतज़ामियाँ उसमें रहने वाले ही समझ सकते थे।

नल में जो पानी आता उसके पाइप गली की अन्दरूनी सतह से गुज़र कर घरों तक पहुँचते। कई बार शोर मचता, "ज़मींदोज़ पाइप ज़ंग लग कर फट गए हैं। साफ़ पानी के साथ गंदा पानी मिलने से संक्रामक बीमारियों का ख़तरा है। पानी उबाल क़र पिया जाए।"

यह एक झमेले का काम था। कॉलेज की पूर्णकालिक ड्यूटी के कारण घर का काम सेविका के हवाले रहता। उसने पानी ठीक से उबाला या नहीं, इसका कोई भरोसा नहीं था। खेलते समय बच्चे किसी के भी घर पानी पी लेते। उन पर नियंत्रण रखना सम्भव नहीं था। हार कर हम ज़ीरो बी नामक फिल्टर ख़रीद कर लाए कि इससे पानी स्वच्छ हो जाएगा। लेकिन फिल्टर से गुज़र कर पानी बेस्वाद और बेमज़ा लगता। हम हेकड़ी से कहते, "हमने अपने अन्दर इतनी प्रतिरोधी शक्ति अर्जित कर ली है कि यहाँ के मच्छर, मक्खी, चूहे, बिल्ली और बन्दर हमारा कुछ बिगाड़ नहीं सकते।"

वहाँ के बौड़मपने के हम इतने आदी हो गए कि जब सन् 1992 में रवि और माताजी ने मेहदौरी कॉलोनी के मकान का रुख़ किया तो अन्नू, मन्नू और मैं रानी मंडी छोड़ने को तैयार नहीं हुए। मैंने कहा, "वहाँ से कॉलेज जाना मुश्किल होगा।" बच्चों ने कहा, उनका स्कूल और यूनिवर्सिटी यहीं से पास पड़ेंगी।

रवि तो अड़ियल थे ही। वे इतनी दूर से इलाहाबाद प्रेस आते। दिन भर काम करते। शाम को अपना एक गमला स्कूटर पर रख कर वापस मेहदौरी

कॉलोनी चले जाते। हम तीनों शनिवार, इतवार को वहाँ जाते। उनके जाने पर अन्नू कहता, "पापा यहाँ से अपने तमाम पौधे उठा ले जाएँगे। बस दो पौधे नहीं ले जा पाएँगे।" यह कोई अच्छी व्यवस्था नहीं थी। आधा सामान रानी मंडी में था, आधा मेहदौरी वाले घर में। रवि के मनोविज्ञान पर इसका गहरा असर पड़ रहा था। वे दोस्तों से कहते, "ममता अपने को बहुत स्वतंत्र समझने लगी है।"

सचाई यह थी कि बहुत दिनों के बाद घर में हम तीनों एक रेग्युलर ज़िन्दगी जी रहे थे। अन्नू एम.बी.ए. की प्रवेश-परीक्षा की तैयारी कर रहा था तो मन्नू आई.सी.एस.सी. की। पक्का होने पर मेरा कॉलेज बहुत से नियमों की गिरफ़्त में था। कुछ महीनों बाद अन्नू एम.बी.ए. करने इन्दौर चला गया। मन्नू के इम्तहान ख़त्म हो गए। एक दिन ऐसा आया कि रानी मंडी हमेशा के लिए हमसे छूट गई।

वह 6 दिसम्बर का दिन था। अच्छी-ख़ासी ठंड। देश में राजनीतिक सरगर्मियाँ बढ़ी हुई थीं। कॉलेज में शिक्षकों के बीच, छात्राओं के झुंड में बहस का मुद्दा यही होता कि तुम इस तरफ़ हो या उस तरफ़। दक्षिणपंथी ताक़तें सिर उठा रही थीं। हमें फिर भी विश्वास था कि कांग्रेस के राज में अमन-चैन कायम रहेगा। रवि रोज़ की तरह मेहदौरी कॉलोनी वाले घर से रानी मंडी आए हुए थे। यकायक उन्होंने टीवी पर समाचार देखा बाबरी मस्जिद ढहाई जा रही है। लाखों की तादाद में कारसेवक अयोध्या में जुटे हुए थे। बिलकुल युद्ध जैसा वातावरण पैदा हो गया था। मैं उस दिन घर में थी। रानी मंडी ऐसा अल्पसंख्यक मुहल्ला था जो अमन-चैन में तो घोंसले की तरह सुरक्षित था लेकिन हिंसा का एक भी वाकया होने पर सुलग उठता। 6 दिसम्बर रानी मंडी के लिए ख़ूनी तारीख़ की तरह उगा। देखते-देखते वहाँ पान की, चाय की, पतंग की गुमटियाँ वीरान हो गईं, गली की हलचल

सुनसान पड़ गई। मैं खिड़की में खड़ी गली की तरफ़ देख रही थी कि बगल के मकान से एक जोड़ी हाथ निकले। हाथों में बड़ी-सी कैंची थी। पड़ोसी दर्जी भाई रईस अहमद ने टेलिफोन के खम्भे से हमारे घर के टेलिफोन तार काट दिए। मेरा कलेजा धक् हो गया। ये वही पड़ोस था जहाँ के सदस्य दंगा होने पर हमारे घर के आगे अड़ जाते थे कि "भाभी साहब हमारे रहते कोई आपको छू भी नहीं सकता, आप यहीं रहिए। हम पहरा देते रहेंगे।"

हिंसा में सबसे बड़ी हानि विश्वास की होती है। फिर इस दिसम्बर की चढ़ाई में हज़ारों लोग निरपराध मारे गए। रानी मंडी के अल्पसंख्यकों को सारे हिन्दू हिंसक नज़र आने लगे। रवि ने कहा, "ममता, अब यहाँ एक रात भी रुकना मुनासिब नहीं। ज़िद छोड़ो और फ़ौरन चलो।" मन्नू की ढूँढ़ मची। उसे साथ लिए बिना कैसे निकलते। वह घंटे भर बाद बरामद हुआ। किसी पड़ोसी के घर पर था। अच्छन भाई का ट्रांजिस्टर ठीक कर रहा था। अन्नू इन्दौर से इलाहाबाद आया हुआ था उन दिनों।

पहले उसने विरोध किया, "पापा, हमें कोई क्या कहेगा। हम अपने घर में हैं।"

रवि ने कहा, "नहीं, घर को ताला जड़ो और चल पड़ो।"

मैंने खाने-पीने का सामान, कॉलेज की एक-दो ज़रूरी फ़ाइलें, अपनी दवाएँ, दो जोड़ी अपने और दो-दो जोड़ी दोनों बच्चों के कपड़े और रुपए सँभाल कर एक झोला तैयार किया। पर्स मेरे कन्धे पर था। रवि ने कहा, "तुम इतना सारा सामान स्कूटर पर ले कर चलोगी?"

वाकई चौक इलाक़े में भगदड़ मची हुई थी। कौन किसको छुरा मार दे कहना मुश्किल था। किसी तरह सामान और हल्का किया गया। अपने ही घर से शरणार्थियों की तरह रवि के स्कूटर पर हम दोनों और अन्नू के स्कूटर पर दोनों बच्चे।

उस दिन शहर पहचान में नहीं आ रहा था। लोगों से ज़्यादा पुलिस और पुलिस से ज़्यादा पी.ए.सी.। जगह-जगह रुक कर बताना पड़ा हम कौन हैं, क्यों बाहर निकले हैं और जाना कहाँ है। निरंजन टॉकीज़ और बिजलीघर पार करने के बाद सड़क पर अफ़रा-तफ़री कुछ कम हुई लेकिन पुलिस और पी.ए.सी. बल मौजूद मिला।

मेहदौरी कॉलोनी के शान्त घर में पहुँचने पर भी मन बार-बार उचटता रहा। हर चीज़ को छूते वक़्त रानी मंडी में उस चीज़ के रखे होने की जगह याद आ जाती। शहर से शहर का विस्थापन एक झटके में हो जाता है परन्तु घर से घर का विस्थापन महीनों ले लेता है। यहाँ माहौल शान्त था लेकिन मन अशान्त। रानी मंडी हमारे ज़ेहन में एक सपने में तबदील होता जा रहा था। मुझे अपनी दोस्त याद आतीं। रानी मंडी में कभी-कभी मेरी दोस्त अनीता गोपेश और शशि शर्मा घर आ जातीं। दोनों के पास अच्छी नौकरी थी लेकिन परिवार की उलझनें उन्हें परेशान रखतीं। दोस्तों को देखते ही हमारी तबीयत खिल उठती। उनकी कोशिश होती कि हमें प्रसन्न देखें और हमारी कोशिश होती कि वे अपनी समस्या भूल जाएँ। तब शशि की शादी नहीं हुई थी और वह बिन्दास लड़की थी। हम तीनों मिलकर पकौड़े बनाते और लिपटन की ग्रीन लेबिल चाय। नीचे प्रेस के ऑफ़िस में हम चारों मिल-बैठकर समय बिताते। शशि कहती, मेरी प्रॉब्लम यह है कि "अब तक तो जो भी दोस्त मिले, शादीशुदा मिले।" हम आदर्श दम्पती की तरह दोनों लड़कियों पर दबाव डालते कि शादी कर लो। कई युवकों ने हमारे माध्यम से भी शादी का प्रस्ताव भेजा पर इन लड़कियों को अपनी आज़ादी प्यारी थी। वे कहतीं, "ममता दी रवि दा जैसा कोई ढूँढ़ कर दें तो हम शादी की सोचें।"

मुझे बड़ा गुरूर होता।

बाद के वर्षों में एक दुर्घटना की तरह अकस्मात् शशि ने शादी कर ली।

उसकी समस्याएँ कई गुना बढ़ गईं। पर अनीता ने अपनी आज़ादी बरकरार रखी। अतरसुइया की गली से निकल कर उसने पढ़ाई पर फोकस रखा, विश्वविद्यालय से पी-एच.डी. तक शिक्षा प्राप्त की और आज वहीं जन्तु विज्ञान विभाग की अध्यक्ष है। उसके पिता गोपी कृष्ण गोपेश इलाहाबाद के प्रसिद्ध प्रोफ़ेसर और गीतकार थे। उन्होंने बहुत समर्थ अनुवाद भी किए थे। विक्टर ह्यूगो के उपन्यास 'द मिज़रेबिल्ज़' का हिन्दी अनुवाद 'विपदा के मारे' तथा शोलोखोव के वृहद् उपन्यास 'And quiet flows the Don' का रूपांतरण 'धीरे बहे दोन रे...' गोपेश जी का ही काम था। अनीता ने अपनी रचनात्मक शक्ति को एकाग्र करना ज़रा देर में सीखा। जैसा इलाहाबाद में युवाओं के साथ होता है, उसने थियेटर को काफ़ी समय दिया। बोलते हुए दृश्य चित्र खड़ा करने की उसके अन्दर अच्छी प्रतिभा है। मैं उसे लगातार लिखने के लिए उकसाती। वह लिखना स्थगित करती जाती। यह इलाहाबादी पानी का असर है कि कोई अपनी फ़ितरत से टस्स से मस्स नहीं होता। मीनू दुबे ने काफ़ी कविताएँ लिखीं लेकिन अपनी पुस्तक प्रकाशित होने के प्रति नितांत उदासीन रही। उसने जीवन के स्वर्णिम वर्ष पत्रकारिता में गँवा दिए। ये सब वे नाम हैं जो नगर की हलचलों के केन्द्र में हैं, हर गोष्ठी में इनकी शिरकत है लेकिन अवसर लपकने का लालच इनमें क़तई नहीं। दिल्ली में लेखक-लेखिकाएँ हाथी की तरह एक-दूसरे को रौंदते हुए आगे बढ़ते हैं और आत्मप्रचार के सब हथकंडे इस्तेमाल करते हैं, इलाहाबाद में इस प्रवृत्ति को हेय समझा जाता है। अगर किसी को कहीं क़ामयाबी मिल जाती है, वह शिवमंगल सिंह 'सुमन' के शब्दों में यही दोहराता है—

मैं नहीं आया तुम्हारे द्वार
पथ ही मुड़ गया था।

रानी मंडी में ठीक हमारे घर के सामने 'शब ख़ून' उर्दू पत्रिका का दफ़्तर था। शब ख़ून के प्रधान सम्पादक, उर्दू और अंग्रेज़ी के प्रख्यात रचनाकार शम्सुर्रहमान फ़ारूक़ी थे। जिस मकान में यह दफ़्तर था, वह फ़ारूक़ी साहब की पत्नी जमीला आपा का था। उनके पूरे परिवार से हमारे पारिवारिक सम्बन्ध थे। रवि को उर्दू की अच्छी जानकारी थी। जिस दिन फ़ारूक़ी साहब वहाँ आते रवि उनके पास जाकर बैठते। फ़ारूक़ी साहब का रुतबा इंगलिश और उर्दू में बराबर का था। कविता, आलोचना और उपन्यास पर उनकी गहरी पकड़ थी। काव्यशास्त्र के सिद्धान्त से लगा कर उन्होंने आधुनिक उर्दू आलोचना को नई आवाज़ दी। उन्होंने मीर की शायरी पर महत्त्वपूर्ण काम किया। वे अन्त तक लेखन के क्षेत्र में सक्रिय रहे। उनका बहुत बड़ा उपन्यास 'कई चांद थे सरे-आसमां' पहले उर्दू में छपा। उन्होंने उसका अंग्रेज़ी रूपान्तरण ख़ुद किया जो पेंगुइन पब्लिशर्स से छपा। इसका हिन्दी अनुवाद भी उपलब्ध है। इलाहाबाद के पास यह गर्व करने का कारण है कि फ़ारूक़ी साहब को सरस्वती सम्मान, पद्मश्री की पदवी सब मिल चुके हैं। निहायत ख़ूबसूरत, स्मार्ट, फ़ारूक़ी साहब अपने घुँघराले बालों के साथ जब धीमे से हँसते हैं, उनके आसपास का सारा माहौल रौशन हो जाता है। वे एक बुद्धिजीवी की दिनचर्या जीते हैं, अपनी विशाल लाइब्रेरी में कई घंटे बिताते हैं, हेस्टिंग्ज़ रोड के अपने बँगले के ख़ूबसूरत लॉन पर बेंत की आरामकुर्सी पर बैठे वे साहित्य की जीती-जागती मिसाल रहे हैं।

दरअसल इलाहाबाद के माहौल में हिन्दी, उर्दू, अवधी और अंग्रेज़ी का मिला-जुला नूर है। सैयद अक़ील रिज़वी, अली अहमद फ़ातमी, एहतराम इस्लाम, असरार गांधी हिन्दी गोष्ठियों में भी शिरकत करते हैं और हिन्दी के लेखक उर्दू साहित्य की बैठकों में शामिल होते हैं। जो अंग्रेज़ी में लिखते हैं जैसे अरविन्द कृष्ण मेहरोत्रा, स्मिता बहुगुणा अग्रवाल, नीलम सरन गौर, वे

भी हिन्दी बोलने से परहेज़ नहीं करते, बल्कि उनकी दोस्तियाँ हिन्दीवालों से हैं। इस शहर में संगम केवल नदियों के मिलन में नहीं वरन् भाषाओं की मझधार में भी है। इसी से यहाँ की गंगा-जमुनी संस्कृति बनी है।

मेहदौरी कॉलोनी में हमारे घर के नज़दीक बहुत से कलाकार, बुद्धिजीवी और साहित्यकार रहते थे। अक्सर सबका एक-दूसरे से मिलना होता रहता और सबका मन लगा रहता। कवि यश मालवीय सुबह सोकर उठते ही, साइकिल पर अख़बार वाले राजेश शुक्ला के स्टॉल पर चल देते। बहुत लोकप्रिय और रचनाधर्मी यश की एक साथ कई अख़बारों में कविता छपी होती। डाक में आई पत्रिकाओं की भी उन्हें अग्रिम जानकारी होती। उन्होंने गीतों की सामाजिक पहुँच और भूमिका को बहुत पहले से पहचान लिया था जब लिखा—

कहो सदाशिव कैसे हो
झुर्री-झुर्री गाल हो गए
जैसे बीता साल हो गए
भरी तिजोरी सरपंचों की
तुम कैसे कंगाल हो गए।

नवगीत विधा में यथार्थबोध व्यक्त करने वाले यश अकेले नहीं हैं। एहतराम इस्लाम, सुधांशु उपाध्याय ने भी उतने ही सशक्त गीत लिखे हैं। एहतराम जी की कविता है 'अग्निवर्षा है तो है और बर्फबारी है तो है', 'मोम की गुड़िया अगर बच्चे को प्यारी है तो है' तथा सुधांशु उपाध्याय का गीत—

किसी नर्स की आँखें देखो
कोने में थोड़ा जल होगा
और ज़रा-सा केरल होगा।

ये हर कविगोष्ठी की जान हुआ करते। इनकी रचनाओं के साहित्यिक अवदान पर अभी तक कोई गम्भीर लेख सामने नहीं आया है। गीत ही नहीं, नव्यतम तकनीक में कविता लिखने वाले कवि विवेक निराला, अंशुल त्रिपाठी, रविकान्त, अंशु मालवीय अपनी मौलिकता और सामर्थ्य पर टिके हुए हैं। बोधिसत्व और कमल लोचन पांडे इलाहाबाद से अपनी प्रतिमा बटोर कर मुम्बई में कामयाबी ढूँढ़ने निकल गए। वाजदा ख़ान चित्र और रचनाएँ समेट दिल्ली चली आईं।

शाम के समय डॉ. बालकृष्ण मालवीय मेहदौरी कॉलोनी की सड़क जल्दी-जल्दी नापते, बाज़ार की तरफ़ बढ़ते दिखाई देते। उन्हें कोई टोकता तो वे कहते, "बाद में बात करूँगा। बड़ी ज़ोर की तलब लगी है, ज़रा दारू की दुकान तक जाना है।" उनकी बातों में इतना नाट्य होता कि हमें लगता जैसे हम थियेटर में बैठे हैं। वे अचानक 'घासीराम कोतवाल' के संवाद सुनाने लगते या कुमार गंधर्व का 'निर्गुण'। एकदम सधी हुई आवाज़ थी उनकी जिस पर दारू की एक बूँद भी नहीं चढ़ती। थियेटर के क्षेत्र में और भी अनेक प्रतिभाएँ हैं जिनकी वजह से यहाँ रंगकर्म हमेशा सप्राण रहता है। अनिल रंजन भौमिक, प्रवीण सिंह, सुषमा शर्मा, अजामिल एक से बढ़ कर एक प्रतिभा हैं जो पूर्णकालिक नौकरी के साथ-साथ नाटक को जीवित रखे हुए हैं। यूनिवर्सिटी में ही रवि के दोस्त सचिन तिवारी भी थियेटर से जुड़े हुए थे पर वह पेचीदा शख़्स थे। दारू उनके दिमाग़ में चढ़ जाती और वे नशे में अटक लड़ाई मोल लिया करते, पत्नी स्मिता से, दोस्तों से, टैक्सी ड्राइवरों से। वे प्रतिभासम्पन्न थे, थोड़े लेखक, थोड़े अभिनेता और काफ़ी हद तक निर्देशक। वे और स्मिता अंग्रेज़ी विभाग में प्राध्यापन करते थे। उनके पिता डॉ. डी.डी. तिवारी कानपुर विश्वविद्यालय के कुलपति थे और इलाहाबाद विश्वविद्यालय के सामने उनका बड़ा सा बँगला था। सचिन को कोई भौतिक

कष्ट न था लेकिन वे व्हिस्की के दूसरे पैग के बाद अपने ग़ुस्से को सँभाल न पाते। अक्सर स्मिता उनकी पहली शिकार होती। घर की सेवक मंडली भी चपेट में आ जाती। धीरे-धीरे पति-पत्नी में अलगाव बढ़ता गया। पिता के दिवंगत हो जाने के बाद उन दोनों ने बँगले का आधा-आधा हिस्सा बाँट लिया। एक हिस्से में सचिन रहते, दूसरे में स्मिता। अनबोले की इन्तहा ऐसी हो गई कि विभाग के बाहर यदि सचिन की कार बीच रास्ते में खड़ी मिलती, स्मिता किसी तीसरे से कहती, "प्लीज़ जाकर सचिन तिवारी से कहें वे अपनी कार हटा लें।" पता नहीं उनके इकलौते बच्चे गौरव ने माता-पिता का यह शीतयुद्ध कैसे झेला। रंगजगत के अलबेले लोगों से इलाहाबाद का तानाबाना बुना गया है। उभरते हुए अभिनेता और रंग निर्देशक अभिषेक पांडे अक्सर उस वक़्त घर आते जब हम दिन तमाम कर चुके होते। एक बार वे कलाकार पूजा ठाकुर को लेकर आए। रवि ने जिज्ञासा की "आजकल कौन से नाटक में लगे हुए हो?"

अभिषेक ऊँची उड़ान में था। उसने पूजा से कहा वह आग़ा हश्र कश्मीरी लिखित नाटक 'ख़ूबसूरत बला' आदि से अन्त तक अभिनय करके हमें दिखाए। पूजा दिन भर के रिहर्सल से थकी हुई थी। उसे सुबह ऑफ़िस भी जाना था पर निर्देशक की अवहेलना कैसे करे। मैंने लाख कहा, "अभिषेक इस वक़्त देर हो गई है, रहने दो।"

अभिषेक पर धुन सवार हो गई, "नहीं, अभी खेला जाएगा 'ख़ूबसूरत बला'। यह मेरा आदेश है।"

कमाल पूजा का था कि उसने पूरा नाटक अभिनीत कर दिखाया।

कुछ समय बाद अभिषेक बरास्ते दिल्ली मुम्बई पहुँच गए। आज भी मुम्बई के नाट्य और फ़िल्म जगत में दर्जनों ऐसे हस्ताक्षर होंगे जिनकी जड़ों में इलाहाबाद की मिट्टी का असर होगा। कलकत्ते की नाट्य निर्देशक और

रंगकर्मी संस्था की सर्वेसर्वा उषा गांगुली की परवरिश और शिक्षा इलाहाबाद में हुई।

इस शहर की फ़िज़ा में अदब का हर रंग शामिल है, गीत, कविता, कहानी, नाटक, उपन्यास और आलोचना। यहाँ विभूति नारायण राय जैसे भी रचनाकार रहे जिन्होंने कभी कहानी लिखी ही नहीं, सीधे उपन्यास की रचना कर डाली। यह अलग बात है कि उनका दूसरा उपन्यास 'शहर में कर्फ़्यू', बस कहानी जितना लम्बा था। सन् 1980 में जब वे पुलिस सुपरिंटेंडेंट थे, हमारा इलाक़ा रानी मंडी दंगों की चपेट में था। राय के दिमाग़ में कोई जातिगत पूर्वाग्रह नहीं था बल्कि वे अल्पसंख्यकों के प्रति हमदर्दी रखते थे। वे आज़मगढ़ के थे लेकिन उनकी उच्च शिक्षा इलाहाबाद विश्वविद्यालय में हुई। हर चार साल पर हुए दंगों पर उन्होंने नियंत्रण रखा और कई अल्पसंख्यकों का पुनर्वास किया। उनकी पुस्तक 'हाशिमपुरा' फ़र्ज़ी मुठभेड़ की त्रासदी बयाँ करती है। उसका इंग्लिश और तमिल में अनुवाद हो चुका है।

हमारे शहर की बौद्धिक सम्पदा लेखकों, अध्यापकों और विद्यार्थियों के हाथ थी तो आर्थिक सम्पदा वकीलों, क़ानूनविदों और हाईकोर्ट के हाथ। हमारे लिए यह कल्पना करना कठिन है कि शहर में हाईकोर्ट न होता तो शहर का क्या होता। अभी तो उच्च न्यायालय की वजह से शहर में रौनक़ रहती, होटल ठसाठस भरे रहते, रेस्तराँ में बैठने की जगह न मिलती और हमारे क़ानूनी मित्र सारा दिन मुवक्किलों से घिरे रहते। विशुद्ध तर्क और बुद्धि के बल पर चलने वाला यह अध्यवसाय, अन्य रोज़गारों से ऊँचा दर्जा रखता है। यहाँ एक से एक अधिवक्ता हुए तो एक से बढ़कर एक न्यायमूर्ति। सन् 1975 में इसी उच्च न्यायालय में न्यायमूर्ति जगमोहनलाल सिन्हा के फ़ैसले से बौखला कर इन्दिरा गांधी ने आपातकाल की घोषणा की। अनेक ऐतिहासिक फ़ैसले इस संस्थान में लिए गए। सन् 1869 में स्थापित यह उच्च न्यायालय

अपने जीवन के डेढ़ सौ वर्ष पूरे कर चुका है। हमें तो केवल उन मित्रों से सरोकार था जो हाईकोर्ट के होते हुए हमारे 'इनर कोर्ट' के थे जैसे वहाँ के रजिस्ट्रार गिरीश वर्मा और उत्तर प्रदेश के स्थायी अधिवक्ता उमेश नारायण शर्मा। ये मित्र मुझे रवि के माध्यम से मिले लेकिन अपने बनते चले गए। आज भी इलाहाबाद जाने का मतलब होता है उमेश जी के घर जा पहुँचना और भरपेट सुस्वादु भोजन करना। दिन भर वे काम में व्यस्त रहते लेकिन अपनी शाम, दोस्तों के लिए रख छोड़ते। उनके घर जाने के लिए सभी दोस्त एक दूसरे को आमंत्रित कर लेते। पता नहीं उमेश जी की पत्नी जया, एक साथ इतने लोगों का भोजन कैसे बनवा लेतीं। इलाहाबाद के ख़ानदानी घरों की तरह उनकी भी परम्परा थी कि कोई अभ्यागत उनके घर से ख़ाली पेट नहीं जाएगा। अभी हाल तक राज्य सभा सदस्य रहे देवी प्रसाद त्रिपाठी नवें दशक में इलाहाबाद विश्वविद्यालय में प्राध्यापक थे। वे दोस्तों के बीच में डीपीटी नाम से जाने जाते।

जे.एन.यू. से पढ़े डीपीटी विलक्षण वाक् कौशल के धनी थे। जब वे व्याख्यान देते, उनकी कक्षा में अन्य विभागों के विद्यार्थी भी चले आते। कक्षा खचाखच भर जाती। लड़के-लड़कियाँ डेस्क पर, बेंच पर, यहाँ तक कि खिड़कियों पर खड़े होकर उन्हें सुनते। उनकी प्रतिभा का ऐसा स्वागत और कहीं नहीं हो सकता था। जब वे कक्षा से निकलते, उनके पीछे बीस-पच्चीस शिष्यों का जुलूस चलता। विभिन्न दलों के राजनेताओं से भी उनका घनिष्ठ परिचय था जिसकी परिणति यही होनी थी कि वे सक्रिय राजनीति से जुड़ जाएँ।

कई दोस्तियाँ ऐसी होती हैं जो घटित स्तर पर हमें परेशान करती हैं किन्तु फ्लैश बैक में समृद्ध। डीपीटी से इसी तरह की दोस्ती रही। डीपीटी प्रथमतः रवि के दोस्त थे। उनकी बातों की कायल मैं भी थी। लेकिन जब

ये दोनों कश पर कश और जाम पर जाम वाले मुक़ाबले में कूद जाते, मेरी उलझन बढ़ जाती। कुछ और दोस्त आ जाते। सब मिलकर इतना शोर करते, धुआँ फैलाते कि बच्चों को पढ़ाई के लिए जगह न बचती। अन्नू का वह आई.सी.एस.सी. का आख़िरी साल था। वह किताब-कॉपी लेकर मेरे पास रसोई में भन्नाता, "माँ, मैं कहाँ बैठ कर पढ़ूँ। हर कमरे में ठहाकों का शोर आ रहा है।"

मैं रसोई में उसके लिए एक कुर्सी रख देती और वह देर रात तक ऐसे ही पढ़ता। सुबह रवि को उठने की कोई जल्दी न होती जबकि मेरी और बच्चों की भागदौड़ सात बजे से शुरू हो जाती।

ऐसा लगता है अन्नू ने बड़ी जल्दी अपने जीवन और कैरियर की प्राथमिकताएँ तय कर लीं। चौक में एक और गली थी जिसका नाम था खोआ मंडी। घिचपिच मकानों से बसी इस गली में साल के बारह महीने खोआ बिकता। वहाँ अन्नू का एक दोस्त, अपूर्व मेहरोत्रा रहता था। वह अन्नू से सीनियर था। उसने कैट परीक्षा पास कर एम.बी.ए. में प्रवेश ले लिया था। अन्नू कहता, "अगर खोआ मंडी का लड़का एम.बी.ए. कर सकता है तो रानी मंडी का लड़का क्यों नहीं कर सकता।" अन्नू का मन था कि रानी मंडी में रहते हुए ही वह एम.बी.ए. की पात्रता अर्जित करे। ऐसा उसने कर भी दिखाया। हमारे घर के लिए यह बड़ी बात थी क्योंकि हमने कभी बच्चों के सिर पर अपने सपने नहीं थोपे—तुम्हें यह बनना है, तुम्हें वह बनना है। अन्नू अपने आप पढ़ाकू दोस्तों की संगत में पढ़ाकू बन गया और मन्नू लड़ाकू दोस्तों की संगत में लड़ाकू। छोटा होने की वजह से उसे हमेशा ऐसा लगा कि अपनी बात पंचम सुर पर बोल कर ही वह इंसाफ़ हासिल कर सकता है।

एक ही शहर और घर में पल कर भी दो भाइयों की प्रकृति अलग हो सकती है यह हर परिवार में साबित होता रहा है। मेरी बड़ी बहन प्रतिभा

और मैं चरम और परम जैसे दो ध्रुवों पर रहे तो रवि और उनके बड़े भाई परस्पर विलोम। प्रेम भाई साहब कनाडा के कोल्डलेक—सबसे ठंडे इलाक़े में रहते हैं। उन्होंने डॉक्टर के कहने पर भी कभी मांस-मदिरा की तरफ़ नहीं देखा। रवि को कॉलेज के दौरान ही गुरु से ज्ञानगंगा के साथ-साथ सोमरस की सुरसरि भी प्राप्त हो गई।

उमेश जी की तरह ही दिलदार हमारे डॉक्टर मित्र थे। आज सोच कर हैरानी होती है कि डॉक्टरों ने कितनी दोस्ती निभाई। हमसे उन्हें कोई प्राप्ति नहीं थी, फीस तक की नहीं; लेकिन वे आधी रात में चले आते हमें राहत दिलाने। एक बार मेरे सिर में बड़ी ज़ोर से दर्द उठा। पेन बाम, एस्पिरिन, बादामरोगन किसी से आराम नहीं आया। उस दिन रवि से मिलने कई दोस्त आए हुए थे। ऊपर उनके कमरे में महफ़िल सजी थी। मैंने घबरा कर रवि को आवाज़ दी। रवि हड़बड़ी में नीचे आए और मुझे खुली हवा में बैठने जैसा सामान्य सुझाव देकर ऊपरी मंज़िल पर वापस चले गए। मैंने डॉ. अभिलाषा और डॉ. खोपर जी को फोन करवाया। पति-पत्नी अपना सब काम छोड़, आनन-फानन में हमारे घर पहुँच गए। रवि ने 'स्कोडा' गाड़ी घर पर रुकते देखी तो समझ गए अब मामला गम्भीर है। उन्होंने 'सॉरी' और नमस्ते के बीच दोस्तों से विदा ली और चुपचाप नीचे आकर बैठ गए। डॉक्टर अभिलाषा ने कोई दवा दी, प्यार दिया और बड़ी देर तक दुलार से मेरे सिर पर हाथ फेरती रहीं। उनकी नर्म और नम हथेलियों से सुकून के सोते फूट रहे थे। हमारे ये डॉक्टर खोपर जी अद्‌भुत प्रतिभा के धनी हैं। निस्संतानता का डॉपलर तकनीक से उपचार करते हैं, साथ ही ध्वनि संयोजन, बढ़ईगिरी, लुहारगिरी से भी कोई परहेज़ नहीं है।

एक बार की बात है। रवि और मैं जब शाम को घूमने निकले घर की चाभियाँ अन्दर मेज़ पर रखी रह गईं। मुख्य द्वार पर स्वचालित ताला

था गोदरेज का। जब वापस लौटे तब ग़लती का पता चला। रवि ने डॉक्टर खोपर जी को फोन मिलाया और समस्या बताई।

"मुझे ताले तोड़ने का अच्छा तजुर्बा है," डॉक्टर साहब ने कहा और वे अपने टूल बॉक्स के साथ आ गए। उनके बच्चे अभिनय और तनया भी साथ थे। डॉक्टर साहब ने पहले सब तरफ़ से टटोला, कहाँ से घर में प्रवेश पाया जाए।

मैंने कहा, "टैरेस पर जो दो ताले लगे हैं वे काफ़ी पुराने हैं। किसी मामूली कम्पनी के बने हैं। शायद वे जल्दी टूट जाएँ।"

डॉक्टर साहब, बैटमैन की तरह छलाँग लगा कर टैरेस पर चढ़ गए। अँधेरा हो गया था। शटर के ताले पर उन्होंने दसियों हथौड़े मारे, ताले नहीं टूटे।

पड़ोसी अपने-अपने सुझाव देने बाहर निकल आए।

अपनी विलक्षण विमूढ़ता में मुझे उस वक़्त सिर्फ़ एक फ़िक्र हो रही थी कि मैं गैस के ऊपर दूध का पतीला छोड़ आई हूँ। अगर रात भर ताला न खुला तो दूध ख़राब हो जाएगा।

डॉक्टर साहब ने कहा, "पुराने तालों में बड़ा दम होता है कालिया जी।" तभी हमें एक किरण कौंधी आशा की। पीछे के आँगन से बाथरूम के रास्ते सिर्फ़ एक दरवाज़ा तोड़कर घर में घुसा जा सकता था। हमारे ड्राइवर प्रकाश ने एक पेड़ पर चढ़, पिछवाड़े के आँगन में छलाँग लगाई और पेचकस से दरवाज़े के कब्ज़े अलग किए।

असलियत यही है कि वहाँ हमारे दोस्त और खैरख़्वाह हर मरहले पर साथ खड़े होते। सरोकार बने रहते। एक की तकलीफ़, दूसरे की भी होती। जब कभी हमारा छोटा बेटा मन्नू बगावत पर उतर आता, डॉक्टर दम्पती ही उसे पटरी पर लाते।

अब ऐसे दोस्त कहाँ मिलते हैं, कहाँ ऐसा याराना। पिछले कई बरस

दक्षिण दिल्ली के इलाक़े लाजपत नगर में बीते जहाँ कभी किसी से दोस्ती तो छोड़िए परिचय तक न हुआ। वहाँ कार पार्किंग को लेकर भाई-भाई में झगड़े और हत्या तक देखी। एक परिवार ने दूसरे परिवार की कार को आग लगा कर स्वाहा कर दिया क्योंकि वह कार ग़लती से उसके गेट के सामने खड़ी थी। कोई किसी के पचड़े में नहीं पड़ता। आस-पड़ोस के लोग न आपके पक्ष में बोलते हैं न विपक्ष में। किसी भी वारदात पर पुलिस को चश्मदीद गवाह नहीं मिल पाते। पीड़ित परिवार को हमदर्द भी नहीं मिल पाते। हर साल दिल्ली में अपराधों के आँकड़े बढ़ जाते हैं, उसकी जड़ में यही सरोकारहीनता है।

एक ज़माने में मित्र प्रकाशन की शहर में बड़ी प्रतिष्ठा थी। प्रकाशन के अध्यक्ष आलोक मित्र विलक्षण प्रतिभा के धनी थे। थोड़े-बहुत लेखक भी थे। ये सभी गुण उन्हें विरासत में मिले थे। उनके पिता क्षितीन्द्र मोहन मित्र ने इलाहाबाद में मित्र प्रकाशन स्थापित किया था। जहाँ से माया, मनोरमा, मनोहर कहानियाँ जैसी लोकप्रिय पत्रिकाएँ प्रकाशित होती थीं। क्षितीन्द्र बाबू ने अपने चार बेटों के बीच प्रकाशन का समस्त प्रबन्धकीय दायित्व बाँट दिया था। गल्प लिखवाने और बेचने की कला में ये सब माहिर थे। आलोक बाबू ने बड़े से बड़े साहित्यकार को अपने प्रतिष्ठान में नौकरी दी। उनका फॉर्मूला था, 'हम ग़रीबी दूर नहीं कर सकते मगर उसे बेच सकते हैं।' साल में एक बार वे 'माया' का साहित्य विशेषांक प्रकाशित करते। मार्कण्डेय जी ने 'माया' के कई विशेषांक सम्पादित किए।

इसी मित्र प्रकाशन के दूसरे नम्बर के भाई अशोक मित्र ने एक स्थानीय साप्ताहिक पत्र निकालने की सोची। अंग्रेज़ी में जिसे 'टेबलॉयड' कहते हैं, वहीं उन्होंने रवि को इसका प्रधान सम्पादक नियुक्त किया। रवि के रहते यह साप्ताहिक 'गंगा-यमुना' स्थानीय कैसे रहता। रवि ने इसे सन् 1993

से सन् 1999 में राष्ट्रीय स्तर का पत्र बना दिया। सन् 1999 में भाइयों की आन्तरिक कलह के कारण यह साप्ताहिक बन्द हो गया। मित्र प्रकाशन और माया प्रेस के अवसान के साथ इलाहाबाद में बहुत से पत्रकार और रचनाकार बेरोज़गार हो गए। चालीस साल, वैभव के चरम पर रहा यह संस्थान ताशमहल की तरह ढह गया। आज भी मुट्ठीगंज में माया प्रेस और मित्र प्रकाशन के परिसर में ताले पड़े हैं।

अन्य शहरों की तरह इलाहाबाद में भी आए दिन अख़बार और पत्र-पत्रिकाएँ निकलते और बन्द होते रहते हैं। पेंशन और प्रॉविडेंड फंड तो दूर की बात है, पत्रकारों, स्तम्भकारों को पारिश्रमिक भी ठीक से नसीब नहीं होता। 'भारत', 'स्वतंत्र भारत', 'अमृत प्रभात' जैसे अख़बार अनेक वर्ष निकलने के बावजूद अपना अस्तित्व नहीं बचा पाए। न जाने कितने पत्रकार विस्थापित हुए और कितने ही शहर छोड़ गए। विकल्प का अभाव जहाँ सृजनधर्मिता की आधार भूमि बना वहाँ न जाने कितने परिवारों को निराधार कर गया। जब-जब इलाहाबाद से विस्थापन हुआ है उसकी जड़ में किसी न किसी अख़बार का विध्वंस रहा है। हमारे मित्र बाबूलाल शर्मा, प्रभात ओझा, प्रदीप भटनागर, प्रदीप सौरभ और अन्य कई पत्रकारों ने मजबूरन शहर छोड़ा।

कुछ व्यक्तियों से बात करने पर हमेशा नई ऊर्जा प्राप्त होती। हमारे घर से एक मकान की दूरी पर डॉ. लालबहादुर वर्मा और उनकी पत्नी रजनीगंधा वर्मा रहते थे। जब भी कभी हम वहाँ जाते, डॉ. वर्मा हमेशा कुछ लिखते मिलते लेकिन वे तुरन्त काग़ज़ एक तरफ़ समेट, हमारा स्वागत करते। जितना कुछ लिख चुके उसका कोई घमंड नहीं किन्तु लेखक की गरिमा से भरपूर समृद्ध। उनका बात करने का सलीका, हमारे पूरे दिन की सुस्ती धो डालता। अक्सर उनके घर एक से एक विद्वान उपस्थित मिलते। हर बार उनके यहाँ से उठते समय हम तय करते कि हमें यहाँ और ज़्यादा आना

चाहिए। कुछ दिन दिल्ली रह कर वे शायद देहरादून चले गए। हमारे लिए वे हमेशा इलाहाबाद की हस्ती रहेंगे।

हमारे शहर के बहुत से विद्यार्थियों ने ख़ूब नाम कमाया। अ़खिलेश, बद्रीनारायण, मृत्युंजय, श्री प्रकाश शुक्ल, मनोज कुमार पांडेय, जहाँ कहीं से आए, शिक्षा-दीक्षा के चलते इलाहाबाद के ही माने गए। जब ये पढ़ते थे किसी को यह आभास नहीं था कि ये इतने महत्त्वपूर्ण साहित्यकार और बुद्धिजीवी सिद्ध हो जाएँगे। मनोज पांडेय और संजय कबीर तो हमारे देखते-देखते लेखक बने हैं। इन सबमें एक बात कॉमन थी। सभी को पढ़ने की लगन थी। पाठ्य पुस्तकों से इतर हिन्दी व अंग्रेज़ी साहित्य की पुस्तकों को टटोलते थे। अंग्रेज़ी दुर्गम लगे तो अनुवाद पढ़ लेते। पढ़ने का चस्का ही लिखने की मेज़ तक ले जाता है। अखिलेश और मनोज ने अपने शुरुआती दिनों में मुश्किल से एकाध कच्ची-पक्की रचना लिखी होगी। इनके अन्दर सृजनात्मक आत्मविश्वास बड़े सहज रूप से विकसित हुआ। समूचा श्रेय शहर के नाम करने का मन नहीं होता। ज़रूर इसमें 90 प्रतिशत योगदान उनकी क्षमता का भी होगा। शहर की भूमिका यही है कि वह हमें स्पन्दित रखता है, विचलन के इतने विकल्प प्रस्तुत नहीं करता कि हम बिखर जाएँ। प्रतिभा के कद्रदां यहाँ हैं तो आलोचक भी यहीं। अपने शहर की ख़ासियत यही है कि हमें मुश्किल से कबूल करता है, खराद पर चढ़ाता है, गढ़ता, छीलता, छाँटता है और एक दिन, दुनिया की हवाओं में उछाल देता है, फुटबॉल की तरह।

3

कवि रुचि भल्ला की ताज़ा कविता है,

जो नाम लेती हूँ इलाहाबाद
पत्थर का वह शहर
एक शख़्स हो आता है।
शहर नहीं रह जाता फिर
धड़कने लगता है उसका सीना।

रहती वह फलटन, महाराष्ट्र में है, लेकिन इलाहाबाद उसके अन्दर कुछ इस क़दर घूमता है कि वह कह उठती है,

जब तक जीती हूँ
इलाहाबाद हुई जाती हूँ
जब नहीं रहूँगी
इलाहाबाद हो जाऊँगी मैं

कवि वही जो अपने साथ-साथ मेरे मन के क़रीब की भी बात कहे।

तुकान्त हो, अतुकान्त हो, उमाकान्त हो, रविकान्त हो, वह यादों में बस जाता है। ताज्जुब यही कि जब हम शहर में जी रहे होते हैं तब उसकी ख़ूबी हमें पता नहीं चलती लेकिन जब वहाँ से बोरिया-बिस्तर उठ जाता है तब वह हमारे मन में बस जाता है ख़ुशबू की तरह। उसका नाम लेते ही यादों के रोशनदान खुल जाते हैं।

देखा जाए तो यह एक तरह की बेईमानी है कि मैं गाज़ियाबाद में रहते हुए भी यहाँ की नहीं गिनती अपने आपको। मेरी चेतना यहाँ से 640 किलोमीटर दूर मँडराती रहती है हालाँकि अब वहाँ मेरा कोई पता-ठिकाना नहीं बचा, बैंक खाता बन्द हो गया और कई प्रियजन, परिजन रुख़सत हो गए। क़ायदे से वहाँ की यादों के फाटक पर ताला डाल कर चैन से अपने इस चौदह साला तड़ी पार को तर्पण मान लेना चाहिए। जिसे हमारा नया घर कहा जाता है, चार साल तो इसमें रहते हो गए। वक़्त की चट्टान के बड़े-बड़े टुकड़े मेरे चारों ओर जमा होते जा रहे हैं मगर दिमाग़ का वह हाल है कि टैक्सी में बैठते ही ड्राइवर से कह उठती हूँ "ज़रा सिविल लाइन्स लेना पहले।" ड्राइवर भौचक ताकता है और वाकई उत्तरी दिल्ली की तरफ़ चल पड़ता है जहाँ यूनिवर्सिटी की तरफ़ सिविल लाइन्स नामक इलाक़ा है। हाइवे 24 की निर्माणाधीन चौड़ी सड़कें देख कर दिमाग़ वर्तमान में लौटता है और मैं संशोधन करती हूँ, "मुझे कनॉट प्लेस जाना है।" अकेले जीने की सबसे अलबेली अदा यही है कि हम ख़ूब ग़लतियाँ करते रहते हैं, अपने दाँतों तले अपनी जीभ काटते रहते हैं पर किसी को भनक तक नहीं लगती कि हम कितने बेवकूफ़ हैं। ऐसा ही तो उस दिन भी हुआ—

झटके से आँख खुली। दीवार घड़ी की तरफ़ देखा। पहले लगा ग्यारह बजे हैं। थोड़ी देर टकटकी लगा कर देखा। नहीं एक बज कर दस मिनट लिखा है।

जी धक् से रह गया।

यह क्या कि रात बीती, सुबह बीती, दिन चढ़ गया और अब 1:10 बजे हैं।

बिस्तर पर चश्मा ढूँढ़ा। कहाँ गया। रात पढ़ते-पढ़ते यहीं छोड़ा था किताब पर। किताब से नीचे गिरा पड़ा था। फिर घड़ी देखी। आठ तारीख़ है।

अच्छी तरह याद है। कल कई बार घड़ी देखी। छह तारीख़ थी। 6 को कूरियर से दो किताबें आई थीं। बिस्तर पर पड़ी थीं। एक चेक भी स्पीड पोस्ट से आया था। तकिए के नीचे रखा था।

हाँ मिल गया। चेक पर 31 मार्च की तारीख़ है पर मुझे 6 को मिला।

यारो यह बीच का एक दिन कहाँ गया?

इसका मतलब मैं एक की जगह दो दिन सोती रही। कल और आज के अख़बार देखे जाएँ। दरवाज़ा खोल कर देखा।

वाकई दो दिनों के अख़बार बाहर फड़फड़ा रहे थे। जल्दी से उन्हें अन्दर किया। कमरों में धूल भर गई थी। रेत की आँधी चली होगी। खिड़कियाँ खुली थीं।

कल और आज दोनों सेविकाएँ घंटी बजा कर चली गई होंगी। दूधवाला भी लौट गया होगा। इन सबसे यह नहीं हुआ कि एक फोन कर लेते। उन्हें मुफ़्त की छुट्टी जो मिल गई।

सवाल तंग करता रहा। सात तारीख़ कहाँ चली गई? क्या मैं 36 घंटे बाद उठी हूँ? इतना लम्बा दिन, आँधी-तूफ़ान की आफ़त के साथ, धूप, धूल और गरमी के साथ सर्र से निकल गया। शरीर किसी ज़रूरत पर न हिला न डुला। कोई तलब नहीं हुई, न भूख, न प्यास।

ऐसे कैसे ज़िन्दगी का एक दिन ग़ायब हो गया। बिना मेरी उपस्थिति के। शाम को जिन साथिनों के साथ अहाते में बैठती हूँ, उन्हें भी मेरा ख़याल

नहीं आया। एक मिस्ड कॉल तो कर ही सकती थीं वे। मैं लुटी हुई सी बैठी रह गई।

बाहर धूप थी। चुनौती की तरह चटकदार, चुभती हुई, चौकन्नी। अन्दर धूसर रंग की धूल थी और सन्नाटा।

मैं लेटी-लेटी सोचने लगी अभी उठूँगी। पहले मटके में से पानी निकाल कर आँखों पर ठंडे छींटे डालूँगी। गैस पर चाय चढ़ाऊँगी, डब्बे में से बिस्कुट निकालूँगी। टी पॉट भर कर चाय बनाऊँगी।

हिश्ट, नहीं करनी अपने को इतनी मशक्कत। यह क्या कि चाय पीनी है तो ख़ुद बनाओ। ट्रे में सजाओ और अपने आपको पेश करो, "उठिए मैडम चाय हाज़िर है।"

अरे, वे हरे चने कहाँ चले गए, ताज़गी से भरे! आसपास आँखें फाड़-फाड़ कर देखा। यहीं तो रखे हुए थे, मैं तोड़ कर, छील कर खा रही थी। धत् तेरे की। लगता है नींद ही नींद में इलाहाबाद की सैर कर आई। वहीं मिला करती थीं हरे चने की डालियाँ। उसके बाद 'कामधेनु' की काजू कतली भी तो खाई थीं। एक-दो कतली नहीं, डब्बा भर कर। किसी ने नहीं टोका, एक मिलेगी बस और नहीं। इलाहाबाद मेरे लिए यूटोपिया में तब्दील होता जा रहा है। वह गड्ढों-दुचकों भरा ढचर-ढूँ शहर जहाँ ढंग की कोई जीविका तक नहीं जुटा पाए हम, आज मुझे अपने स्पर्श, रूप, रस, गंध और स्वाद में सराबोर कर रहा है। कितने गोलगप्पे खाए होंगे वहाँ और कितनी कुलफी? कितनी बार सिविल लाइन्स गए होंगे? कितनी बार रिक्शे की सवारी की होगी? बेशुमार, बेहिसाब। आज बैरहना में सचान नर्सिंग होम के पीछे चाटवाले के पास चलना है—चलो। आज लोकनाथ में देसी घी वाली आलू टिक्की खानी है—चलो। बच्चों को पैलेस टॉकीज़ के सामने क्वालिटी के सॉफ्टी कॉर्नर से सॉफ्टी खानी है, वहीं चलो।

शाम होते ही हम इलाहाबादियों के पंख उग आते और हम उड़ चलते। चालीस, पचास रुपए में कुल ऐय्याशी कर वापस आ जाते। कभी रवि अलग से पचास रुपए थमा कर कहते, "लौटते हुए चुन्नीलाल के ढाबे से राजमा और कोफ्ते पैक करवा लाना।" अपनी तो ईद मन जाती। घर पहुँच कर सिर्फ़ चपाती बनानी रहती।

बच्चे इसी भोजन पर पले-बढ़े थे।

चुन्नीलाल भी एक शख़्सियत था। पैलेस टॉकीज़ के पीछे 'ऑनेस्टी शॉप' नाम से उसका ढाबा चलता। सड़क पार एक शॉप और थी उसकी जहाँ हर समय चाय-समोसे और छोले-भटूरे बिकते। किफ़ायती दाम पर गरम, ताज़ा खाना मिलने का यह अच्छा ठिकाना था। उसके तीनों बेटे साथ लगे रहते। विद्यार्थी, दूर-दराज़ से आए मुवक्किल, मरीज़ों के तीमारदार, ख़स्ताहाल वकील—सबका भोजनालय था चुन्नीलाल का ढाबा। रात के ठीक साढ़े नौ बजे अपनी कलाई घड़ी आँख के पास लाकर चुन्नीलाल घोषणा कर देता, "नाइन थर्टी।" यह इशारा होता कि ढाबा बन्द होने वाला है। बची हुई सब्ज़ी, कढ़ी और दाल के पतीले ढाबे के बाहर रख दिए जाते। बर्तनों में सीधे मुँह डाल कर गायें अपना भोजन ग्रहण करतीं।

लोग कहते, "खड़कखेल फर्रुखाबादी है चुन्नीलाल का। किसी को ठंडा बासी नहीं खिलाता, सब गौमाता को अर्पण कर देता है।"

चुन्नीलाल के चेहरे पर हरदम मुस्कान रहती। लोगों को भोजन कराते हुए वह स्वयं तृप्त होता जाता। सिर्फ़ एक बार हमने उसे फ़िक्रमन्द देखा। उन दिनों चुन्नीलाल के ढाबे के सामने एक विशाल हो टल निर्मित हो रहा था—कान्हा श्याम नाम से। शायद चार सितारा होटल था वह।

चुन्नीलाल ने कहा, "देखो जी हमारा बिज़नेस बिगाड़ेंगे ये बड़े लोग।

कहीं और खड़ा कर लेते अपना होटल। यह क्या कि 'ऑनेस्टी शॉप' के ऐन सामने बना लिया?"

रवि ने कहा, "चिन्ता न करो चुन्नीलाल। वहाँ के लोग भी तुम्हारे यहाँ आकर खाया करेंगे।"

बात सच निकली। कान्हा श्याम में ठहरने वाले मेहमानों को उनके स्थानीय मेज़बान ताज़े गरम भोजन के लिए चुन्नीलाल के ढाबे पर ही लेकर आते। बड़े होटल के बेस्वाद, बेनूर खाने के मुक़ाबले ढाबे का ताज़ा, गरम और सुस्वादु भोजन सबको पसन्द आता। काँटे-छुरी की नखरेबाज़ी से निजात मिलती। यहाँ बोलने पर कोई पाबन्दी नहीं थी, चाहे जितनी ज़ोर से बोलो, खाँसो, हँसो या हँसाओ। ढाबे के कर्मचारी एक प्लेट दाल से रोटी खाने वाले को भी उतनी ही चुस्ती से खिलाते जितनी चार सब्ज़ी-दाल खाने वाले को। बल्कि अगर किसी की दाल कम पड़ जाती तो कर्मचारी, ग्राहक को, दुबारा दाल परोस देता, वह भी निःशुल्क।

शहर में इस तरह का धर्मखाता या दरियादिल बहुतों के अन्दर था। लोग बिना जताए, बिना बताए, ज़रूरतमंदों की झोली भरते रहते। इतने फ्रीलांसर इस शहर में शरण पाए हुए थे। कुछ अपनी छोटी-मोटी पत्रिका निकालते। कुछ अख़बारों के भरोसे ज़िन्दा रहते। एक रेडियो प्रोग्राम मिलने से मनोबल में उछाल आ जाता। रेडियो से मिले मानदेय के चेक को लेखक हफ़्तों, अपने कुर्ते की जेब में तहा कर रखता और सुख-सम्पन्न महसूस करता। कड़की के एक दिन वह लोकभारती प्रकाशन पहुँच, चेक के पीछे हस्ताक्षर कर उसे प्रकाशन के नाम 'इन्डोर्स' करता और नगद राशि लेकर चला आता।

इलाहाबाद से साहित्यिक पत्रिकाएँ तकरीबन डेढ़ सौ साल से निकलती रही हैं। हिन्दी के विकास में इनका महत्त्वपूर्ण स्थान रहा। सन् 1877 में

बालकृष्ण भट्ट के सम्पादन में 'हिन्दी-प्रदीप' यहीं से आरम्भ हुआ। अपने ज़माने की मशहूर पत्रिका 'सरस्वती' यों तो सन् 1900 में काशी से प्रकाशित हुई लेकिन सन् 1903 में महावीर प्रसाद द्विवेदी के सम्पादन में इलाहाबाद में जम गई। सरस्वती के प्रारम्भिक अंक देखकर अन्दाज़ होता है कि द्विवेदी जी को रचनाकारों से खड़ी बोली हिन्दी लिखवाने के लिए कितना जतन करना पड़ता था। बड़े से बड़े नेता और लेखक पत्रिकाओं पर मेहनत करने में संकोच न करते। महामना मदन मोहन मालवीय 'अभ्युदय' समाचार-पत्र तथा कृष्णकान्त मालवीय 'मर्यादा' पत्रिका के सम्पादक थे। बाद में प्रेमचन्द के सम्पादन में 'मर्यादा' हर माह प्रकाशित होती रही। सबसे लम्बी पारी 'सरस्वती' की रही क्योंकि उसमें दो विभूतियों का ख़ून-पसीना शामिल रहा। द्विवेदी जी और चिन्तामणि घोष का। कहने को घोष मोशाय केवल मुद्रक थे किन्तु उनके सरोकार हमेशा राष्ट्र और भाषा के हित में रहे। पहला अंक एक जनवरी, सन् 1900 को बाज़ार में आया और फिर नियम से प्रकाशित होता रहा। बहुत से साहित्यकारों के विकास और वर्चस्व में 'सरस्वती' की भूमिका रही।

इलाहाबाद की जलवायु में यह जलवा और जोश घुला-मिला है। जिस भी गोशे में निकल जाओ, हिन्दी के इतिहास का कोई पन्ना फड़फड़ाता हुआ हाथ में आ जाता है। दाएँ हाथ को इंडियन प्रेस चौराहा है तो बाएँ हाथ को ड्रमंड रोड जिसके छह नम्बर बँगले से अज्ञेय जी ने 'प्रतीक' द्वैमासिक पत्र का सम्पादन किया। हालाँकि यह एक सम्मिलित प्रयास था जिसमें नेमिचन्द्र जैन, भारत भूषण अग्रवाल और अज्ञेय जी की साधना लगी थी। साधन जुटाए प्रेमचन्द के बड़े पुत्र श्रीपत राय ने जिन्होंने अरसे बाद 'कहानी' पत्रिका का सम्पादन व प्रकाशन कर हिन्दी कहानी को शीर्ष पर पहुँचा दिया। यही पत्रिका 'नई कहानी' आन्दोलन की रीढ़ बनी। श्रीपत जी ने शुरू तो यह

सन् 1938 में की लेकिन दूसरे महायुद्ध के छिड़ने पर काग़ज़ की क़ीमतों में इतना उछाल आ गया कि इसे बन्द करना पड़ा।

वक़्त ने हमें भी लेखन और मुद्रण से जोड़ रखा था इसलिए हमें साहित्य से जुड़ी हर जानकारी मूल्यवान लगती। हम रहते भी ऐसे इलाक़े में थे जिसका ज़र्रा-ज़र्रा हिन्दी का इतिहास बयान करता।

ज़ीरो रोड पर 'हंस' प्रकाशन का दफ़्तर था जहाँ से 'हंस' पत्रिका निकलती। 'हंस' के साथ प्रेमचन्द का नाम तो नत्थी था ही हिन्दी साहित्य के प्रगतिवादी चिन्तन का इतिहास भी नत्थी था। आज यह सोच कर बेहद गर्व होता है कि कथा सम्राट प्रेमचन्द के दोनों पुत्रों के साथ हमारा सम्पर्क रहा। श्रीपत राय और अमृत राय में कुछ बातें समान तो कुछ एकदम भिन्न थीं। दोनों गौरवर्ण सुन्दर और सृजनशील थे। दोनों ने अपने पिता प्रेमचन्द की पुस्तकों को निहायत कम मूल्य पर प्रकाशित कर घर-घर प्रेमचन्द साहित्य पहुँचाया। दोनों को पत्रिका निकालने का जुनून था। हालात ने उन्हें निजी धक्के बहुत दिए पर उन्होंने हार नहीं मानी।

एक बार हम सुमित्रानन्दन पंत जी के यहाँ बैठे हुए थे। तभी अमृत राय और उनकी पत्नी सुधा राय वहाँ आए। वे पड़ोस में रहते थे। अमृत जी ने पंत जी की भानजी डॉ. शान्ता जोशी को चिढ़ाना शुरू किया। शान्ता जोशी बार-बार मामा से अपील करतीं कि वे अमृत जी को टोकें। पंत जी और सुधा राय मन्द-मन्द मुस्कराते रहे। यही अमृत राय गोष्ठियों में एकदम मौन रहे आते। सुधा राय अपनी माँ सुभद्रा कुमारी चौहान की प्रतिच्छवि थीं। एक बार वे हिन्दुस्तानी अकादमी में मंचासीन थीं। संयोग से उनका स्थान ठीक सुभद्रा कुमारी चौहान की तस्वीर के नीचे था। ऐसा लगा मानो तस्वीर दीवार से उतर कर मंच पर आसीन हो गई। मुझे याद पड़ता है शहर के प्रसिद्ध छायाकार संजय बनौधा ने यह चित्र कैमरे में क़ैद किया था। जो

'हंस' कथा मासिक प्रेमचन्द ने सन् 1930 में आरम्भ किया, सन् 1936 तक उससे वे जुड़े रहे। उनके निधन के पश्चात् अमृत राय ने उसे एक मिशन की तरह जारी रखा। इलाहाबाद में प्रगतिशील कैम्प की व्यापकता में 'हंस' और 'कहानी' पत्रिकाओं का बड़ा योगदान है। 'हंस' के सम्पादक शिवदान सिंह चौहान थे जिनका काम शहर में बड़े अनुराग से लिया जाता है। सन् 1942 में शिवदान जी गिरफ़्तार हो गए और तीन साल जेल में बन्द रहे। कुछ समय के लिए जैनेन्द्र कुमार ने भी 'हंस' का काम सँभाला लेकिन उनका मन उखड़ा रहता। आख़िरकार वे दिल्ली लौट गए।

'हंस' और 'कहानी' पत्रिकाओं को जमाने में अमृत राय और श्रीपत राय दोनों भाइयों को बहुत संघर्ष करना पड़ा। प्रेमचन्द के सुसम्पादन ने एक मानक निर्मित कर दिया था जिस तक पहुँचना कठिन था। इलाहाबाद में मानकों की कमी नहीं रही। महादेवी वर्मा व आचार्य चतुरसेन 'चाँद' पत्रिका की धाक जमा चुके थे। संक्षेप में यही कहूँ कि अपने नगर की आभा-शोभा साहित्य और संस्कृति से ही थी। थी नहीं, है। अपने समय को प्रतिबिम्बित करती पत्रिकाएँ तब भी निकल रही थीं जब हम वहाँ पहुँचे। हिन्दी साहित्य सम्मेलन ने सत्यप्रकाश के सम्पादन में 'माध्यम', पुनर्जीवित किया। डॉ. राजेन्द्र कुमार 'अभिप्राय' निकाल रहे थे। श्रीप्रकाश मिश्र 'उन्नयन' नियम से सम्पादित, प्रकाशित करते। 'कथ्य रूप' को नियमित चलाने के लिए उसके सम्पादक-लेखक अनिल श्रीवास्तव अपनी भविष्य-निधि से धनराशि निकालते रहते। पत्रिका चलाना, वह भी नियमित, कोई आसान काम नहीं। हमारे इलाहाबाद प्रेस में अनेक साहित्यिक पत्रिकाएँ छपा करतीं। छपने के बाद वे ज़िल्द बँधने के लिए दफ़्तरी के पास जातीं। पत्रिकाएँ महीनों दफ़्तरी के यहाँ पड़ी रहतीं क्योंकि सम्पादक उसके आर्थिक इंतज़ाम में भागदौड़ कर रहा होता।

एक समय इलाहाबाद से अज्ञेय जी की पत्रिका 'प्रतीक' की भी ख़ूब धूम मची। 'नई कविता' नाम से अर्द्धवार्षिक पत्रिका रामस्वरूप चतुर्वेदी और जगदीश गुप्त ने सम्पादित की। धर्मवीर भारती की पत्रिका 'निकष' अच्छे संसाधनों से निकली। कुछ अंक 'बहाव' पत्रिका के भी निकले, अमरकान्त के सम्पादन में। छात्र हो या अध्यापक, सरकारी कर्मचारी हो या फ्रीलांसर, इलाहाबाद में हर व्यक्ति का सपना होता था कि अपनी पत्रिका निकाले। सपने में यह कल्पना शामिल रहती कि एक अंक निकलते ही हिन्दी-जगत में धूम मच जाएगी। मार्कण्डेय की पत्रिका 'कथा' और विभूति नारायण राय की पत्रिका 'वर्तमान साहित्य' दोनों का सम्पादन, प्रकाशन, वितरण, बरसों इलाहाबाद से हुआ। सन् 1991 में प्रकाशित हुआ 'वर्तमान साहित्य' का महाविशेषांक कई कारणों से चर्चित रहा। पहला कारण तो इसका पृथुल आकार था जो एक मुटल्ले अंक में अँट नहीं रहा था जिसकी वजह से इसे दो अंकों में विभाजित किया गया। दूसरी वजह थी इसमें छपी कहानियाँ। यों इसके प्रधान सम्पादक विभूति नारायण राय थे लेकिन उन्होंने महाविशेषांक का सम्पादन रवीन्द्र कालिया को सौंप दिया था। इसके चलते कई रचनाकार बने तो कई बिगड़े। कुछ ख़ुश हुए तो कुछ रूठे। वर्तमान साहित्य के महाविशेषांक के लोकार्पण की भी अजब दास्तान हुई। दोस्तों ने सम्पादकों को उकसाया कि इतने विशाल विशेषांक का लोकार्पण विधिवत् होना चाहिए। रवि लोकार्पण के प्रचलित स्वरूप से भड़कते थे। इस आयोजन के लिए विभूति जी ने एक मित्र का घर चुना। अजय कुमार भी भारतीय पुलिस सेवा में अधिकारी थे। उन दिनों उनकी पत्नी, बच्चों सहित अपने मैके गई हुई थीं। सूरज डूबने पर अजय कुमार के घर की छत पर ये कुछ मित्र इकट्ठे हुए—मार्कण्डेय जी, भैरव प्रसाद गुप्त, नीलकान्त, विद्याधर शुक्ल, अमरकान्त जी, दूधनाथ सिंह, सतीश जमाली व सत्य प्रकाश। विभूति नारायण राय और रवीन्द्र कालिया को तो होना ही था वहाँ।

तय हुआ कि एक रचनाकार अपने सिर पर महाविशेषांक के दोनों खंड रख कर बीच की मेज़ पर बैठ जाए और बाक़ी लेखक मित्र गोल घेरे में घूम कर प्रदक्षिणा करें। दूधनाथ ने विशेषांक को सिर पर धारण किया। उन्हें शंकर का अवतार मान कर सबने अपने-अपने गिलास से व्हिस्की की बूँदें छिड़क कर उनका अभिषेक किया। उसके बाद जम कर गप्पें चलीं, जाम टकराए गए और देर रात बुलन्द इरादों के साथ सबने अपने घरों की राह ली। मैं इस आयोजन में शरीक नहीं हुई क्योंकि मैं सम्पादक से नाराज़ थी। इसी विशेषांक में उपेन्द्रनाथ अश्क जी ने स्त्री-लेखकों पर एक लम्बा लेख लिखा था जिसे पढ़ कर सभी लेखिकाएँ उनसे नाराज़ हो गईं। कृष्णा सोबती के अलावा, इस विशेषांक ने सभी स्त्री रचनाकारों के प्रति अन्याय किया।

शैलेश मटियानी अपनी पत्रिका 'विकल्प' इलाहाबाद से निकालते। भरी दोपहरी, वे प्रकट होते, भारी-भरकम देह, ऊँचा डीलडौल, गोरा रंग और चेहरे पर मुस्कान। अक्सर उनके साथ कहानीकार अमर गोस्वामी होते। मटियानी जी के हाथ में पुरानी चाल का कपड़े का झोला होता जिसमें उनकी पत्रिका की ताज़ा सामग्री होती। वे पिछले दिन के छपे हुए फर्मे देखते। अमर अगले प्रूफ़ पढ़ने में लग जाते। मटियानी जी जीवन के बेढब तजुर्बों से लबरेज़ रहते। हम सुन कर हैरान होते, इतने विकट हालात में वे बड़े से परिवार की गाड़ी चला रहे हैं। चाय के बाद मटियानी जी कहते, "चलूँ ज़रा एक चक्कर ज़ीरो रोड का लगा आऊँ।"

चौक की तरह ज़ीरो रोड भी शहर का हृदय स्थल था। यहाँ कपड़े, किताबों के थोक व्यापारियों की दुकानें थीं, पाठ्यपुस्तकों के अमीर प्रकाशक थे, दवाइयों, मिठाइयों के प्रतिष्ठान थे। चौड़ी, लम्बी सड़क से अन्दर पतली गलियाँ फूटतीं—चाहचन्द, पानदरीबा, त्रिपोलिया, खोया मंडी। हर जिंस का थोक व्यापारी यहाँ होता। बहुत से किफ़ायती होटल भी ज़ीरो रोड पर

पनप गए थे। मटियानी जी का उसूल था वे बिना विज्ञापन लिए किसी भी दुकान से न उतरते। वे प्रतिष्ठान में पहुँच कर गल्ले के सामने बैठे बुज़ुर्ग को 'विकल्प' के पिछले अंक की प्रति दिखाते। पीछे छपे हुए विज्ञापन पृष्ठ दिखाते और घोषित करते, "इस बार आपके विज्ञापन के बिना अंक नहीं निकलेगा यह मेरा वादा है।"

मटियानी जी विज्ञापन को बिज्ञापन बोलते और 'विकल्प' को 'बिकल्प'। इस उच्चारण से वे व्यापारी वर्ग के मन में अपनी जगह बना लेते। हर दुकान से उन्हें बीस-पच्चीस या कभी-कभी पचास रुपए का विज्ञापन मिल जाता। दो-एक कंजूस व्यापारी पाँच रुपए का नोट देकर हाथ जोड़ देते। मटियानी जी उनके नाम की भी एक बारीक पट्टी 'विकल्प' में ज़रूर छाप लेते। कई बार रचनाओं से ज़्यादा विज्ञापन हो जाते। मटियानी जी दफ़्तरी के पास बैठकर दो तरह से अपनी पत्रिका की ज़िल्द बँधवाते। एक सेट 'विकल्प' की विशुद्ध साहित्यिक रचनाओं का होता। दूसरा रचनाओं सहित विज्ञापनों का होता। अंक तैयार हो जाने पर मटियानी जी स्वयं, सबके यहाँ अंक पहुँचाने जाते। साहित्यिक पत्रकारिता का यह एकपात्री अभियान था। 'विकल्प' में यादगार रचनाएँ छपीं जिनकी धमक आज भी सुनाई पड़ जाती है। विकल्प में गिरिराज किशोर की कहानी 'विकल्प', विनोद कुमार शुक्ल की 'झुंड' और रवीन्द्र कालिया की कहानी 'काला रजिस्टर' और 'चाल' यादों में है। विकल्प में ही राजकमल चौधरी के निधन पर उन पर दूधनाथ सिंह का संस्मरण प्रकाशित हुआ था जिस पर व्यापक क्षोभ प्रकट किया गया। प्रथम पुरुष में लिखे इस संस्मरण का आरम्भिक हिस्सा कुछ यों था "तुम मुझे किस तरह अपमानित करते रहे जबकि तुम इतने सभ्य दीखते हो।" मेरा ख़याल है यह दूधनाथ जी के किसी पत्र का अंश रहा होगा। संत्रास और मोहभंग की यह स्थिति दूधनाथ सिंह की कहानियों की भी प्रमुख थीम रही

है। बेरोज़गारी के दिनों में झेले गए अपमानबोध से दूधनाथ सिंह ताज़िन्दगी उबर नहीं पाए। उनके लेखन में प्रगतिशीलता और प्रतिक्रियावाद पहलू बदल-बदल कर आते रहे।

इलाहाबाद ने अपने समय की बहुत सी प्रतिभाओं को पस्त और अस्त होते हुए देखा है। ख़ुद मटियानी जी, अपने युवा पुत्र मनीष की अकाल मृत्यु से इस क़दर हिल गए कि मानसिक सन्तुलन खो बैठे। निजी त्रासदी का सामना करने के लिए लेखक के पास कवच-कुंडल नहीं होते। उसकी संवाद व सृजन की सम्पदाएँ ऐसे में लुट जाती हैं। काल के थपेड़े उसे कटखना बना डालते हैं। मटियानी जी घनघोर आर्थिक संघर्ष से इतना नहीं टूटे जितना अपने नौजवान बेटे मनीष की हत्या से। सन् 1992 का अप्रैल का महीना था। दिन भर पढ़ने के बाद मनीष शाम के समय यूनिवर्सिटी की सड़क किनारे चाय की गुमटी में बनी बेंच पर बैठा था। यकायक एक बम उसकी पीठ पर आकर लगा। वार इतना ज़बरदस्त था कि मनीष की जान चली गई। जाते-जाते दोस्तों से उसके आख़िरी शब्द थे, "मेरे घर पर बता देना, पापा फिकर करते होंगे।"

विडम्बना यह थी कि बम मारने वाला किसी और शिकार की टोह में निकला था। वह अपना लक्ष्य ठीक से पहचान नहीं पाया और मनीष मटियानी बेगुनाह मारा गया। प्रतिभाशाली बेटा था वह। सिविल सेवा की लिखित परीक्षा पास कर चुका था। इंटरव्यू की तैयारी में लगा हुआ था। मटियानी परिवार के अच्छे दिनों की उम्मीद उसी पर टिकी हुई थी। यह दुर्घटना परिवार के ऊपर भूकम्प की तरह आई।

जब हम मटियानी जी के घर संवेदना प्रकट करने गए, उनकी आँखों से अविरल अश्रु बह रहे थे। वे आँखें बन्द कर बार-बार कह रहे थे, "मनु बेटे मुझे माफ़ करना, मैं अभी भी जीवित हूँ।" कर्नलगंज वाले इसी घर में न

जाने कितनी बार देखा था, मटियानी जी को बच्चों के साथ कैरम खेलते, बच्चों को तबला बज़ाना सिखाते। नीला भाभी अन्दर के कमरे में अचेत पड़ी थीं।

इसी बिन्दु से मटियानी जी का मानसिक विचलन आरम्भ हुआ जो धीरे-धीरे घनघोर नकारात्मकता में बदल गया। विवादप्रियता बढ़ती गई, अड़ियलपन उत्पात मचाने लगा, तर्क की जगह तुनकमिज़ाजी ने ले ली। उनकी विचारधारा कभी क्रान्तिकारी तो कभी प्रतिगामी होती गई। पहाड़ की कठोरता से घबरा कर वे मैदान में आए थे, लेकिन समतल राहें उन्हें नहीं मिलीं। पहाड़, जीवन भर उन पर टूटता ही रहा। 'इब्बू मलंग', 'गोपुली गफूरन', 'चिट्ठी रसैन' और 'अर्द्धांगिनी' जैसी बेजोड़ कहानियों का सिरजनहार इसी इलाहाबाद में धीरे-धीरे पस्त हुआ और वापस हल्द्वानी कूच कर गया। 'विकल्प' जो उनका संकल्प था, कल्प बन कर ही रह गया।

एक शहर का ताना-बाना जब लेखकों और बुद्धिजीवियों से ही बना हो तब किसी एक का भी जाना वहाँ दुखती जगह छोड़ जाता है, मुँह में टूटे दाँत की तरह। डॉ. सत्यप्रकाश का अकाल प्रस्थान इसी तरह था। कहाँ तो वे देश भर के उत्तर, दक्षिण, पूरब, पश्चिम में साहित्य-सम्मेलनों का संयोजन-आयोजन करवाते घूमते थे, कहाँ यकायक दिवंगत हो गए। उनके गले में तकलीफ़ होनी शुरू हुई। ऐसा लगा गले की खराश है, गरम चाय पीने से ठीक हो जाएगी। रवि उन्हें होमियोपैथी दवा बता रहे थे। सत्यप्रकाश जी का मर्ज़ कहीं ज़्यादा गम्भीर निकला। तभी तो जहाँ वे माइक के बग़ैर ही बुलन्द आवाज़ में व्याख्यान देते थे, वहाँ उनकी आवाज़ ही अवरुद्ध हो गई। ऐसा लगा जैसे शेर से उसकी दहाड़ छीन ली गई हो।

बीमारी से ज़रा पहले वे दक्षिण भारत के दौरे से लौटे थे। प्रत्येक संस्था में उनकी पहुँच और पूछ थी। इतना सर्वमान्य व्यक्तित्व विरल विभूतियों का होता है। उन्होंने इलाहाबाद की निष्प्राण पड़ी संस्थाओं को जीवनदान दिया।

उन्हें न परिमल से परहेज़ था न प्रगतिशील लेखक संघ से। उनका संवाद जलेस से भी था और जसम से भी। किसी भी विचारधारा का विद्वान उनके कार्यक्रम में आमंत्रित हो सकता था। हर आयोजन को वे इतनी ऊर्जा प्रदान करते कि अतिथि और श्रोता, सब सन्तुष्ट लौटते। सत्यप्रकाश पैदा तो हुए सुल्तानपुर में, लेकिन पढ़ाई के सिलसिले में सन् 1961 में इलाहाबाद आए और यहीं के होकर रह गए। वे दोस्ती निभाना जानते थे, गुरुजनों का आदर करते और विद्यार्थियों का मार्गदर्शन। कुछ कम नाम पत्रिकाओं में लिखते भी थे जैसे सतीश जमाली की पत्रिका 'नई कहानी' और विद्याधर शुक्ल की 'लेखन'। उनका चर्चित लेख 'महाबली का पतन', 'नई कहानी' के दूसरे अंक में छपा था। लेकिन लेखन से ज़्यादा उनकी रुचि आयोजन, संयोजन, संचालन और संवाद में थी। कुछ ऐसी ज़िन्दादिल मौजूदगी कवि कैलाश गौतम की भी थी। नागार्जुन की परम्परा में वे सही अर्थों में जनकवि थे। कभी अवधी तो कभी हिन्दी में लिखे उनके गीत ऐसे थे कि सुगमता से लोगों की जुबान पर चढ़ जाते और पढ़ने वालों को उनके सामाजिक सरोकारों का सघन स्पंदन मिलता। 'अमौसा का मेला', 'कचहरी न जाना', 'तीन चौथाई आन्हर' उनकी कालजयी रचनाएँ हैं। आकाशवाणी इलाहाबाद के गोबरधन भैया के किरदार में उन्होंने ख़ूब नाम कमाया। वे मस्ती में जीते, जम कर ठहाके लगाते और बड़ी सहजता से अपनी लम्बी कविताएँ भी फर्राटे से सुनाते। वे माघ मेले और कुम्भ पर एक उपन्यास लिख रहे थे 'तम्बुओं का नगर' जो उनके चटपट दिवंगत हो जाने से अधबीच छूट गया। उनके कवि-पुत्र श्लेष गौतम बता सकते हैं, उसका क्या हुआ।

हमारे शहर के बुद्धिजीवियों में लिखने का सुख हमेशा छपने की उत्तेजना से बढ़कर रहा। कुछ ऐसे भी कवि रहे जो लिख कर अपनी रचना दोस्तों में बाँट देते, जिसकी मर्ज़ी अपने नाम से छपवा ले। नखास कोने के

नैयर आकिल ऐसी ही प्रतिभा थे। वे गुज़र-बसर के लिए दवाएँ बेचते लेकिन शायरी कभी नहीं बेची। वे अपनी ग़ज़लें किसी भी क़द्रदां को पकड़ा देते। शहर की सांस्कृतिक चेतना और गंगा-यमुनी तहजीब बनाने में इलाहाबाद के आम आदमी से लेकर ख़ास आदमी तक का योगदान रहा है। साथ ही कलाकार, लेखक, शिक्षक और शिक्षार्थियों ने मिल कर यह वातावरण निर्मित किया है। इसी कारण यहाँ इतना विशाल कुम्भ मेला निर्विघ्न सम्पन्न हो पाता है। वहाँ न कभी लाठी चार्ज होता है न भीड़-हिंसा। पुलिस और सुरक्षाबल केवल हाथ जोड़कर, माता जी, बहन जी उद्गारों के साथ समस्त भीड़ पर काबू पाते हैं। मैंने दो-तीन कुम्भ तो स्वयं, कुछ समय रहकर देखे हैं। इलाहाबाद के निवासियों के लिए यह पर्व आस्था के साथ प्रतिष्ठा का भी विषय है। छोटे-छोटे दुकानदारों के लिए यह कमाई का सुनहरा मौक़ा होता है। चौक का हरिप्रसाद वहाँ तुलसी कंठी और गंगाजल बेचता है तो नदीम अहमद लाई-चना और मक्की के फूले। सुबह सब गंगा में डुबकी लगाकर दुकान खोलते हैं। बाहर से आए कपटी साधुओं के बारे में चरित्र प्रमाण-पत्र देना ज़रा मुश्किल है। इलाहाबाद का लोकल बाशिन्दा मेले में पुण्य कमाने या पण्य बेचने के इरादे से जाता है। कुछ लोग मेला घूमने, भीड़ देखने और धूप सेंकने भी चले जाते हैं।

पंजाब से हर कुम्भ में कुछ ऐसे स्नानार्थी ज़रूर आ जाते जो हमारे रिश्तेदार होते। दो-चार दिन हमारे घर रुक कर वे किसी-न-किसी संत के शिविर में प्रस्थान कर जाते। कनखल के महामंडलेश्वर निरंजनानन्द के शिविर में समस्त सुविधाएँ और सुरक्षा मिलतीं। इसी तरह पूर्णानन्द जी का शिविर था। सत्या मासी और प्रसन्नी मासी के साथ मैंने भी शिविर में कुछ दिन रह कर देखा। सभी प्रौढ़ और वृद्ध महिलाएँ स्वामी जी को भगवान का दर्जा देतीं। मुझे ये सभी संत आध्यात्मिक से ज़्यादा अहंकारी नज़र आते। समस्त

भक्तिनें रोज़ सुबह स्वामी जी को रुपए चढ़ाकर 'मत्था टेकना' करतीं और उनके प्रवचन के दौरान हाथ जोड़े बैठी रहतीं। तब मुझे लगा कि यह कुम्भ मेला इन सबके लिए तनाव दूर करने का ज़रिया है। पति और बाल-बच्चों की चिन्ता से दूर ये भक्तिनें यहाँ के स्वामी जी के भंडारे पर भर-भर धन लुटातीं, कतार में बैठे भिक्षुओं को दान देतीं और थोड़ी-बहुत विचलित तभी होतीं जब इनसे कोई ठगी करके चम्पत हो जाता। मौनी अमावस्या के स्नान के दिन प्रसन्नी मासी का, चार तोले का सोने का कंगन किसी ने अचक से उनके हाथ से उतार लिया और उनको ख़बर तक न लगी। एक अन्य मासी ने अपनी सलवार के नेफे में नोट छुपाकर रखे हुए थे। स्नान करके घाट पर आईं तो देखा, सलवार का नेफा ख़ाली पड़ा था। ठग उनके नोटों के साथ नाड़ा भी निकाल कर ले भागा। वह मासी छाती पीट कर रोईं 'चंगी आई मैं मेले में। खसमखाणा मेरे नोट भी लै गया ते नाड़ा भी लै गया।'

अक्सर मौनी अमावस्या के स्नान के बाद मेला छँट जाता। आस-पास के गाँवों के भक्त अमौसा स्नान के बाद लौट जाते। कल्पवासी फिर भी टिके रहते। कई बार ठंड में बारिश शुरू हो जाती। सूरज के दर्शन दुर्लभ हो जाते। कड़कड़ाती ठंड और जर्जर गीले तम्बुओं में कल्पवासियों के शौर्य और धैर्य की कड़ी परीक्षा हो जाती। बसन्त पंचमी पर मेला मद्धिम पड़ जाता और शिवरात्रि के स्नान के साथ सभी तम्बू उखड़ जाते, शिविरों के कलात्मक पंडाल ट्रकों में लदे नज़र आते। पूरे मेला क्षेत्र में ऐसी वीरानगी छा जाती जैसे अब यह कभी नहीं बसेगा।

एक बार फिर प्रयागवासी अपनी दैनिकता में दत्तचित्त हो जाते। प्रबल मनोबल वाले अगले कुम्भ की प्रतीक्षा में अपनी जीवनी शक्ति सँजोते। हर कुम्भ उनके लिए मृत संजीवनी सुरा की भूमिका अदा करता। सन् 2001 का महाकुम्भ 'हाइटेक इवेंट' (event) था क्योंकि इस मेले में होने वाली

गतिविधियों का आँखों देखा हाल इंटरनेट पर उपलब्ध कराया गया। भूले-भटकों की तलाश का काम भी कम्प्यूटर के सुपुर्द किया गया। इलाहाबाद के लिए यह चमत्कार से कम नहीं था जहाँ यह माना जाता था कि कुम्भ में खोया बालक या बूढ़ा, अगले कुम्भ में ही बरामद हो सकता है। सभी बड़े साहित्यकारों ने समय-समय पर कुम्भ पर लिखा। अज्ञेय जी, अश्क जी, नरेश मेहता और निर्मल वर्मा के संस्मरण याद आ रहे हैं। हिन्दी में महिला कहानी-लेखन की शुरुआत भी कुम्भ मेले से मानी जाए तो ग़लत न होगा। राजेन्द्र बाला घोष उर्फ़ 'बंग महिला' ने अपनी पहली या दूसरी कहानी 'कुम्भ में छोटी बहू' इसी अनुभव पर लिखी थी।

यानी कमाल है। एक तरफ़ कुम्भ नगरी दूसरी तरफ़ कला-नगरी। प्रगतिशील लेखन का गढ़। क्रान्तिकारी परिवर्तनों का परिसर। इसीलिए यहाँ सूटबूट पहन कर, माथे पर छाप तिलक लगाए यूनिवर्सिटी के प्रोफ़ेसर मिल जाएँगे तो चप्पल चटकाते, गमछाधारी फ्रीलांसर; अकड़ू रिक्शेवाले, अक्खड़ सवारियाँ, बातूनी वृद्धाएँ और ठग्गू पंडे। छोटा होते हुए भी इस शहर का फलक बहुत विशाल है। अगले कुम्भ की तैयारी में भले ही यहाँ लाखों पेड़, प्रशासन ने कटवा दिए हैं, यहाँ के गोशे-गोशे से चम्पा, चमेली और गुलाबों की सुगंध आती रहेगी।

4

हम लेखक भी बिसाती की तरह अपनी बिसात बिछाते हैं। चमकीली चीज़ें सबसे ऊपर सजा कर, मद्धम चीज़ें नीचे की क़तार में खिसका देते हैं।

कहाँ तो मैं सोच रही थी कि लिखूँ अपने शहर इलाहाबाद के उन तेजस्वी सितारों के बारे में जिनसे यह शहर रौशन है। इनके बारे में हम कह सकते हैं कि इनसे हमारी आन, बान और शान है। इनके बल पर इलाहाबाद शतक बनाता रहेगा, जितने क्रिकेट के मैदान में, उनसे ज़्यादा ज़िन्दगी के मैदान में। मेरा इशारा ओ.पी. मालवीय, शम्सुर्रहमान फ़ारूक़ी, ज़िया उल हक़ और अकील रिज़वी साहब की ओर रहा। ये साहेबान 80 की उम्र पार करके भी अभी सचेत हैं। शरीर कुछ कमज़ोर हो चला है लेकिन दिमाग़ दुरुस्त है। उम्मीद बँधती है कि ये उम्र को पटकनी दे कर शतक पूरा करेंगे।

लिखने के दौरान यह कंकड़ आन गिरा। हमारे ओ.पी. सर एक रात चल बसे। नहीं, कोई लाचार अन्त नहीं हुआ। सन् 1984 में इलाहाबाद विश्वविद्यालय से सेवानिवृत्त हुए पर एक दिन भी ठाली नहीं बैठे। अंग्रेज़ी साहित्य की अनेक उच्च स्तरीय पुस्तकें लिखीं। अंग्रेज़ी साहित्य के साथ

हिन्दी साहित्य की अद्यतन जानकारी से भरपूर रहते। अपने अन्तिम दिनों में मृणाल पांडेय की पुस्तक 'सहेला रे' पढ़ रहे थे। उनका कलाकार पौत्र उत्कर्ष यह पुस्तक ख़रीद कर लाया तो बोले, "पहले मैं पढ़ूँगा, तू बाद में पढ़ लेना।" न जाने कितने छात्रों को अपने घर में रखकर पढ़ाया, लिखाया और खिलाया। उनके पढ़ाए हुए छात्र आई.ए.एस., पी.सी.एस., आई.पी. एस. प्रतियोगी परीक्षाओं में उत्तीर्ण होते गए। विभूति नारायण राय, शीस ख़ान, के.पी. सिंह जैसी प्रतिभाएँ उनके निर्देशन में सफल हुईं। उनकी किताबें, 'आधुनिक हिन्दी निबन्ध' और Comprehensive General English प्रतियोगी छात्रों में बहुत लोकप्रिय थीं।

एक वक़्त उन्हें शास्त्रीय और उपशास्त्रीय संगीत से ख़ूब लगाव हो गया। उन्होंने रामपुर घराने के उस्ताद दिलशाद हुसैन ख़ान साहब से तालीम हासिल की। उन्होंने निराला, फ़िराक़, फ़ैज़ और ग़ालिब के कलाम ख़ूब तबीयत से गाए।

ओ.पी. सर के अन्दर जाति, धर्म, वर्ग की कोई दीवार नहीं थी। अपना लम्बा-चौड़ा कुनबा था। घर के बच्चों को तो योग्य बनाया ही, उन्होंने ज्ञान बाँटने में कभी कोताही नहीं की। मज़े की बात यह कि उनकी पत्नी घोर कर्मकांडी और सनातनी महिला थीं। मालवीय जी घनघोर नास्तिक। लेकिन उनमें कोई संघर्ष नहीं था। प्रेमी युगल थे वे। ओ.पी. सर कल्याणी देवी में रहते थे। वहाँ पहुँचने के लिए चौक, कोतवाली और अतरसुइया का ट्रैफ़िक जाम झेलना पड़ता पर क्या मजाल उनके घर पर कभी विद्यार्थियों का जमघट कम हो जाए।

ओ.पी. सर को पेड़ लगाने और बाग़बानी का शौक़ भी था। उन्होंने देखा दरियाबाद का क़ब्रिस्तान बड़ा निचाट पड़ा है। बस मन में ठान लिया इस क़ब्रिस्तान को गुलिस्ताँ बनाना है। रोज़ अपने विद्यार्थियों की टीम लेकर

वहाँ जाते और दस-बीस पौधे लगा कर आ जाते। पौधे फल-फूल कर पेड़ बन गए। क़ब्रिस्तान की निस्तब्धता में थोड़ा जीवन प्रवेश कर गया। यहाँ तक कि लोगों ने दरियाबाद के क़ब्रिस्तान को गुलिस्तान कहना शुरू कर दिया। ओ.पी. मालवीय जी को कोई गुमान नहीं। उनको, लोगों ने नया नाम दे दिया 'पेड़ वाले मालवीय जी।'

ओ.पी. सर ने जीवन भर शहर को दिया ही दिया, निर्विकार भाव से।

इसी तरह ज़िया उल हक़ साहब प्रगतिशील लेखक संघ के अध्यक्ष की हैसियत से सब बुद्धिजीवियों को एकजुट रखने की कोशिश में ताउम्र लगे रहे। उनकी मीटिंगों में हॉल खचाखच भरा रहता था। मीटिंग की सूचना देने वे स्वयं चले आते। डॉ. सैयद अक़ील रिज़वी इलाहाबाद विश्वविद्यालय में उर्दू विभाग की रीढ़ रहे हैं। अभी उस दिन उन्हें फोम की रजाई में लिपटे बैठ कर चाय की चुस्कियाँ लेते देखा तो अपनी भी उम्र पीछे चली गई जब पूरे जोश-ओ-खरोश से वे युवा उर्दू लेखकों को प्रोत्साहन दिया करते थे। उन्होंने अपने अकादमिक जीवन को तरक़्क़ीपसन्द अदब और अदीबों से रौशन रखा। युवाओं के लेखन पर उनका नज़रिया हमेशा तरक़्क़ीपसन्द रहा।

अपने शम्सुर्रहमान फ़ारूक़ी जी की जीवन-शैली का भी ठाठ-बाट निराला है। सरकारी नौकरी में से अपनी सृजनशीलता साफ़ बचाकर महफ़ूज़ चले आए। रचना और आलोचना दोनों मैदानों में बाज़ी उनके हाथ रही। उनकी अपनी जीनियस तो थी ही जिसे शहर ने वह सुकून दिया कि वे कविता, उपन्यास और आलोचना में सर्वोच्च मुकाम हासिल कर सके। ग़ज़ल के इतिहास और विकास पर उन्होंने मौलिक विश्लेषण प्रस्तुत किया। जिस ज़िन्दादिली से वे क्लासिक और जदीदी अदब का नज़रिया समझाते हैं, सुनकर लगता है उन्हें प्रोफ़ेसर होना चाहिए था।

हैरत होती है कि उनके अन्दर कवि, अफ़साना-निगार, आलोचक और काव्य-सिद्धान्तकार साथ-साथ बैठे हुए हैं। जीने का अन्दाज़ एकदम निराला। हेस्टिंग्ज़ रोड पर हरे-भरे लॉन में वे आरामकुर्सी पर बैठते हैं। दोनों पालतू कुत्ते दौड़कर उनके दाएँ-बाएँ उछल-कूद मचाना शुरू करते हैं। मेहमानों से मुख़ातिब होने के पहले फ़ारूक़ी साहब अपने पहरेदारों को वापस अन्दर जाने का इशारा करते हैं। जमीला आपा की भतीजी हिफ्ज़ा ने मेहमाननवाज़ी का ज़िम्मा सँभाल रखा है। वह बावर्चीख़ाने से लगातार नाश्ता भिजवाती रहती है, मेवे, मिठाई, कटलेट और दार्जिलिंग की दिलकश चाय। क्रॉकरी की नफ़ासत के क्या कहने, फ़ारूक़ी साहब की लाइब्रेरी नायाब है। बहुत बड़े हॉल की एक लम्बी दीवार में करीने से क़तार में लगीं किताबें ही किताबें, लगभग हर भाषा की इंगलिश, उर्दू, हिन्दी के अलावा फारसी, अरबी और फ्रेंच की। उनकी बातें सुनकर दिमाग़ के रौशनदान खुल जाते हैं। जश्न-ए-रेख़्ता में फ़ारूक़ी साहब की तक़रीरें बहुत पसन्द की गई हैं।

यह जो कुछ लिखा जा रहा है, इलाहाबाद की याद में घटित हो रहा है। इसमें क्रमबद्धता न ढूँढ़ें। यह अपना मन है कभी चौक में रानी मंडी, अतरसुइया, कल्याणी देवी की सैर कर आता है, कभी रिक्शे में बैठ निरंजन टॉकीज़ के पुल के पार सिविल लाइंज़ की रौनक देख आता है। देखते-देखते शहर का नाम बदल गया। सरकारी रिपोर्टों में 18 अक्टूबर, 2018 को इस शहर का नाम प्रयागराज कर दिया गया। शाब्दिक स्तर पर प्रयागराज शब्द से कोई कष्ट नहीं है। प्रयाग नाम बड़े-बूढ़ों के मुँह पर युगों-युगों से चढ़ा हुआ है। लोग अपने ठिकाने से नहाने के लिए प्रयागराज आते हैं इलाहाबाद नहीं। शास्त्रों में भी उल्लेख मिलता है कि तपस्या एवं मोक्ष के लिए गंगातट पर ही जाना श्रेयस्कर है। प्रयाग का अर्थ है बड़ा यज्ञ। प्र = बहुत विशाल

याग = यज्ञ। ऐसी भूमि जहाँ बहुत से यज्ञ हो चुके हैं, प्रयाग हुई। यह भी माना जाता है कि अकबर ने इलाहाबाद का नाम अलाहाबाद कर दिया। सन् 1583 में अकबर ने एक बड़ा शहर स्थापित किया और इसे अल्लाह की जगह माना। आजकल सभी पुरानी चीज़ों को मुगलों के नाम जड़ कर उखाड़ा जा रहा है। कहा तो यहाँ तक जा रहा है कि अकबर के दीन-ए-इलाही मज़हब के नाम पर इसे अलाहाबाद कहा गया। सन् 1911 के गजट में इसका नाम इलाहाबाद दिया गया है। इलाहाबाद न केवल नदियों का संगम था वरन् यह अन्य राज्यों तक पहुँचने का भी हृदय स्थल था। इसलिए अंग्रेज़ों ने यहाँ हाई कोर्ट, पब्लिक सर्विस कमीशन जैसे ज़रूरी दफ़्तर बनाए। दिलचस्प यह भी है कि जिन मोहल्लों के नाम नहीं बदले गए, यह माना जा रहा है, वे अकबर काल से पूर्व ही मौजूद थे—अतरसुइया, भारद्वाज आश्रम, झूँसी और कौशाम्बी।

किसी नगर के इतिहास से छेड़छाड़ करना, मिथक और मिथ्योक्तियों का पिटारा खोलना भी होता है। कवि और इलाहाबादी विद्वान बोधिसत्व ने इस विषय पर लिखा है कि "संसार में बेटी के नाम पर बसा लगभग अकेला नगर है इलावास। जिसका नाम अकबर ने कम, अकबर के आधुनिक साथियों ने पूरा बदल दिया। इलावास नाम इलाहाबाद नगर के लिए प्रयाग से प्राचीन है! इलाहाबाद अंचल में यह भी मान्यता है कि पुरुरवा ऐल यानी इलापुत्र ने माँ के नाम पर बसाया। अन्तिम रूप से बेटी या माँ के नाम पर आबाद हुआ नगर है इलाहाबाद। रामायण के अनुसार प्रयाग केवल वन था जहाँ इक्के-दुक्के मुनि रहते थे। आबाद बस्ती इलावास थी।"

जिस प्रकार बूढ़-पुरनिया के मन-मानस में प्रयाग नाम बसा हुआ है वैसे ही हम और हमारे बाद आई नव पीढ़ियों के मानस में इलाहाबाद नाम बसा रहेगा।

याद आ रही है बिजूका डॉट कॉम पर पढ़ी, संदीप तिवारी की कविता—

जो इलाहाबाद छोड़ कर गया है
वह प्रयागराज नहीं लौटेगा।
लौटेगा तो इलाहाबाद लौटेगा।
प्रयागराज एक ट्रेन का नाम था।
अब प्रयागराज एक जंक्शन का नाम हो जाएगा।
अब टिकट पर नहीं लिखा मिलेगा इलाहाबाद।
अब इलाहाबाद में उतनी महक भी नहीं बची रहेगी।
प्लेटफॉर्म पर गड़े पीले बोर्ड
जिनको देखने भर से आ जाती थी जान में जान
उन पर लिखा एक प्यारा शब्द
अब मिटा दिया जाएगा।
कहीं पर कुछ भी लिख दिया जाए
कुछ भी तोड़-फोड़ दिया जाए
पर दुखी मत होना।
सुबह जब ट्रेन पहुँचेगी इलाहाबाद जंक्शन
बगल बैठा मुसाफ़िर उठाएगा
और बढ़ जाएगा इतना कहते हुए
'जग जा भाई, आ गया इलाहाबाद'

ताज्जुब कि कवियों ने शहर के नए नामकरण पर इतनी जल्द, इतनी भावभीनी प्रतिक्रिया जतलाई, गद्य-लेखक ठस्स के ठस्स बैठे रह गए। क्या उनके प्रतिरोध के मुँह में दही जम गया अथवा उनकी संवेदना को लकवा मार गया। होते आज फ़िराक़ तो कहते, 'यह क्या बदतमीज़ी है, शहर के

नाम क़मीज़ों की तरह नहीं बदले जाते।' बेधड़क बोलने वालों से ही शहर का कलेजा नापा जाता है।

वापस लौटें कुम्भ पर। कुम्भ के बग़ैर प्रयाग क्या? इस बार का कुम्भ तो सबसे विलक्षण था। एक तो अर्द्धकुम्भ को पूर्ण कुम्भ बनाया गया। फिर उसे राष्ट्रीय के साथ अन्तरराष्ट्रीय बनाया गया। 15 जनवरी से 4 मार्च तक शहर का रंग भगवा हो गया। सड़कें चौड़ी हुईं, पटरियाँ सँकरी हुईं, मेला क्षेत्र में 40,000 एल.ई.डी. बल्ब लगाए गए। शहर की पुरानी बस्तियाँ रौशनी से मरहूम रहीं। हाईकोर्ट से लगा कर 1325 मीटर लम्बा उड़नपुल बना, रामबाग़ पर पैदलपार पुल खड़ा हुआ। कुम्भ तो प्रति छह वर्ष और बारह वर्ष में आता ही है, प्रायः शान्तिपूर्वक सम्पन्न हो जाता है। मोक्ष की खोज में निकला तीर्थयात्री हंगामा खड़ा नहीं करता। जैसी भी व्यवस्था हो उसी में सुख-सन्तोष ढूँढ़ लेता है।

लेकिन इस बार तो पचास दिन के मेले के लिए 366 योजनाएँ घोषित हो गईं। रातों में हैलोजन लाइट लगा कर काम पूरे किए गए। नए घाट निर्मित किए गए। और तो और सवा लाख शौचालय बना डाले।

विकास को और क्या चाहिए! शहर सुन्दर लगे, स्वच्छ हो, शान्त हो। विदेशी अतिथि आएँ तो घबराकर भागें नहीं। तभी तो सत्तर देशों के राजदूत यहाँ पधारे। अनगिनत पर्यटक। शहर की अर्थव्यवस्था को सहारा मिला। वे मिठाई वाले जो लोकनाथ की गलियों में मक्खी मारा करते थे, अब मेला क्षेत्र में चकाचक कमाई करने लगे। कंठी, माला, इलायचीदाना बेचने वाले भी ख़ुशहाल हुए। धवल दुग्ध में मक्षिकापात हो ही जाता है। समूचे शहर से सारे सफ़ाईकर्मी मेला क्षेत्र की साफ़-सफ़ाई के लिए बुला लिये गए थे। वे अपना काम चाबुकदस्ती से कर रहे थे। उनके मेहनताने के भुगतान में देर क्या अबेर कर दी मेला अधिकारियों ने। उन्होंने अरदास

की, अर्जी लगाई "हुज़ूर, जो मेहनताना तय हुआ वह दिया जाए।" किसी के कान पर जूँ नहीं रेंगी।

लेनिन ने ग़लत नहीं लिखा अगर कहा कि मज़दूर का पैसा उसको पसीना सूखने से पहले मिल जाना चाहिए। कई कर्मियों का तो पूरा कुनबा सफ़ाई के काम में यहाँ मेला क्षेत्र में लगा था। बिना कमाई वे क्या खाएँ। उनमें नाराज़ी फैलने लगी। ख़ाली जेब काम का दबाव झेलना आसान नहीं होता। सफ़ाई कर्मचारी संगठन ने हस्तक्षेप किया। उनकी बात पर ध्यान नहीं दिया गया। सफ़ाई कर्मियों पर काम का दबाव देख कर लग रहा था कि यह स्वच्छता का वैश्विक मेला है, धर्म, संस्कृति अध्यात्म का नहीं। तभी तो इसके स्वच्छता-पक्ष का वैश्विक प्रचार किया गया। गाँवों से आए मेला भक्तों को मेला क्षेत्र में अव्वल तो घुसने नहीं दिया गया, अगर वे किसी तरह घुस गए तो उन्हें ठंड में मीलों पैदल चलाया गया। यह आम श्रद्धालु की जगह वी.आई.पी. श्रद्धालुओं का पिकनिक-स्थल बन गया। इसका नतीजा यह हुआ कि संगम अति महत्त्वपूर्ण अतिथियों के लिए निर्मल, नीरव और निजी छोड़ दिया गया और झूँसी के स्नानार्थियों को झूँसी और फाफामऊ वालों को वहीं, अरैल-निवासियों को अरैल घाट तक सीमित कर दिया। हर स्नान पर्व पर यातायात के नियमों का भय फैला कर स्थानीय स्नानार्थियों को तंग किया जाता रहा। इसका परिणाम उन कलाकारों को भुगतना पड़ा जो दूर-दूर से, देश के हर कोने से, सरकार के आमंत्रण पर अपनी कला की प्रस्तुति के लिए पहुँचे थे। उन्हें दर्शकों का टोटा रहा। लगभग ख़ाली पंडाल में समूह नृत्य होते देख फ़िल्म 'शराबी' का वह दृश्य याद आता रहा जहाँ जया प्रदा, जब स्टेज पर नृत्य करने आती है, तो पूरा हॉल ख़ाली होता है, सिर्फ़ एक दर्शक विकी उर्फ़ अमिताभ बच्चन बैठा मिलता है।

नाटकीयता यहीं ख़त्म नहीं हुई। आगे की दास्तान सुनिए। पूरे शहर में कला-छात्रों से दीवारों पर चित्र बनवाए गए। नगर अभिराम लगने लगा। रोशनी की झिलमिल में छात्रों का कला कौशल जगमगाया। लेकिन उनका पारिश्रमिक इल्लै। बेचारे अपने घर और हॉस्टल से कितनी बार, मेला अधिकारी के चरण चूमने दौड़े। पारिश्रमिक की बात पर ही तो भड़क कर युवा कवि अंशु मालवीय मुसीबत में पड़ गए। सफ़ाई कर्मियों में भुखमरी की नौबत आई देखकर जवान ख़ून खौल गया। जब एक तम्बू परिसर से वे इस ज़्यादती के ख़िलाफ़ जनगीत सुना रहे थे, ख़ुफ़िया विभाग के लोगों ने सादे कपड़ों में आकर उन्हें धर दबोचा। सब कुछ इतना झपाटे से किया गया कि वहाँ मौजूद लोगों को भी कुछ देर बाद ही समझ आया कि जो इनोवा गाड़ी में अंशु मालवीय को बैठाया गया वह उनका प्रतिबन्धीकरण था। ठीक उसी वक़्त हमारे मुखिया संसद में एक कविता की पंक्तियाँ उद्धृत कर रहे थे। कविता का सदुपयोग और दुरुपयोग एक ही दिन हमने देख लिया। उससे पूर्व एक दिन मुखिया ने सफ़ाई कर्मियों के पैर गंगाजल से पखारे थे। सर्वत्र प्रेस में इस कृत्य की भूरि-भूरि सराहना हुई थी।

अंशु मालवीय के घर-परिवार से जब लोगों ने सम्पर्क किया, वहाँ किसी को नहीं पता था कि कवि कहाँ है, उसकी ख़ैरियत क्या है। वह तो भला हो नए मीडिया का। फेसबुक और वॉट्सएप के ज़रिए पूरे मुल्क को घटना की जानकारी मिल गई। उधर सफ़ाई कर्मियों ने पूर्ण हड़ताल पर जाने की धमकी दे डाली। मजबूरन प्रशासन को दो-तीन घंटों में ही कवि अंशु को छोड़ने पर बाध्य होना पड़ा।

मैं हैरानी में थी कि गंगा, यमुना, सरस्वती के मलिन जल को विदेशी-स्नान के लिए निर्मल कैसे दिखाया गया होगा। पता चला कि कुम्भ के समय ऊपर के स्रोतों का पानी भारी मात्रा में गंगा की ओर मोड़ा गया। 'ज्वार

गया, जलयान गए' की तर्ज़ पर अब गंगा-यमुना वापस अनमनी, उदास और मटमैली हैं। लोगों ने फिर से वहाँ सूखे फूल, कूड़ा-काग़ज़, अगरबत्ती, प्लास्टिक डालना शुरू कर दिया। इन्टरनेट पर एक चित्र में दिखाया गया है कि गंगा के कीच में सूअर सपरिवार लोट रहे हैं। कवि यश मालवीय के नवगीत की पंक्तियाँ हैं—

कुम्भ भर के लिए गंगा इंतज़ामी थी
अब कहाँ से लहर ढूँढ़ें
रेत के उठते बवंडर में।
नाव उलटी, पाल उलटे
पूजनों के थाल उलटे
बोट क्लब पर वोट माँगें,
घंटियाँ घड़ियाल उलटे।

सन् 1992 से हम रानी मंडी छोड़ कर रसूलाबाद वाले अपने घर में आ गए। यह मकान सन् 1978 में किस्तों पर ख़रीदा। यह ख़ाली पड़ा था। हमें ज़िन्दगी की आपाधापी ने इतनी मोहलत ही न दी कि हम नए घर में रह सकें।

मेहदौरी कॉलोनी का मकान बड़ा व दुमंज़िला था। उसमें नीचे सामने की तरफ़ लॉन और बगल में बड़ी सी गैरेज थी। पिछवाड़े का आँगन पूरा कच्चा था। लाख पैर बचा कर सीमेंट की पट्टी पर चलो, बाहर की धूल-मिट्टी घर के अन्दर आ जाती। शकीला सारा घर सुबह साफ़ करती, शाम तक फिर गन्दा लगने लगता। चाईजी ने कहा, "इन्दर आगे-पीछे की ज़मीन पक्की करा दे।"

अभी गंगा-यमुना अख़बार शुरू नहीं हुआ था।

रवि ने काम लगवा दिया।

हम हमेशा बने-बनाए मकानों में रहते रहे। पता नहीं था कि अगवाड़ा और पीठ पीछे का आँगन बनवाने में कितनी मेहनत लगती है।

राज मिस्त्री दुबला नाटा अधेड़ आदमी था लेकिन उसके कारीगर कुशल और फुर्तीले थे।

मैं सीमेंट-बालू से बचती हुई कॉलेज चली जाती। रवि और चाईजी मूढ़े डाल कर बाहर बैठ जाते और मिस्त्री से बातें करते रहते।

राज मिस्त्री से दोस्ताना हो गया। वह अपने दुख-सुख सुनाता। रवि ने कहा, "भाई जी तुसी बेड़ा पक्का करा रहे हो, हरयाली देखन कित्थे जाओगे।"

"हाँ पुत्त ये तो सोचा ही नहीं।"

मिस्त्री ने सुझाया कि आगे और पीछे दीवार से सटी डेढ़ फुट चौड़ी पट्टी कच्ची रखी जाए। पीछे ज़्यादा ज़मीन थी। वहाँ बीच-बीच में गोल गड्ढे छोड़ दिए पेड़ लगाने के लिए। पहले से लगे हुए शरीफे, जामुन, शहतूत और अमरूद के पेड़ों को सुरक्षित रखा गया। पंजाब से सत्या मासी गलगल का पौधा लाई थीं, एक थाले में उसे रोप दिया। दूसरे ही साल उसमें शानदार बड़े-बड़े गलगल लगे जिनका हमने अचार बनाया।

आगे का आँगन सफ़ेद सीमेंट से पेंट होकर इतना साफ़, चमकदार लग रहा था कि एक चाँदनी रात में पड़ोस की बिल्ली उसे दूध समझ कर चाट गई। सुबह उसकी जीभ के निशान देखते ही मिस्त्री समझ गया। उसने उस जगह फिर सफ़ेद सीमेंट लगाई। ऊपर टैरेस पर बहुत सारे गमले थे जो बच्चों की गेंदबाज़ी के शिकार होते रहे। अन्नू और उसके साथी घर के सामने की सड़क पर भी क्रिकेट खेलते तो न जाने कैसे गेंद ऊपर टैरेस पर आकर गमलों को ही लगती। पूरा गमला नहीं टूटता। एक किनारा या आधा हिस्सा टूट जाता। यही ग़नीमत थी कि उस कॉलोनी में गमले बेचने वाले आते रहते।

नीचे खिड़कियों के सामने वाली कच्ची जगह पर रवि ने बेगमबेलिया की एक पौध नर्सरी से लाकर लगाई थी। उसमें सफ़ेद बेगमबेलिया लगे। रवि ने उसी जगह सटा कर बेगमबेलिया के और पौधे लगाए। पीले, गुलाबी, बैगनी और सफ़ेद बेगमबेलिया का घना, विशाल झुरमुट तैयार हो गया। कई वर्षों में वह इतना फैल और चढ़ गया कि हमारी टैरेस तक जा पहुँचा।

उधर पिछवाड़े लगा सागौन का पेड़ भी कॉलोनी का सबसे ऊँचा, लम्बा प्राणी था।

घर में बाग़बानी, जिसको सत्यानन्द निरुपम गमलबानी कहते हैं, बड़ा सस्ता, सुन्दर और सुकोमल सा शौक़ है। हफ़्ते में एक दिन माली आता। वह खाद, गुड़ाई और नई पौध वगैरह का काम कर देता। ग़ुसलख़ाने से पाइप लगा कर बाहर लाना असुविधा पैदा करता। हमने बाहर एक नल लगवा लिया।

बेगमबेलिया में सवेरे से चिड़ियों का आना-जाना शुरू हो जाता। कई चिड़ियों ने उसमें घोंसला बना लिया। सुबह उनके छोटे-छोटे बच्चे भी चोंच खोले दिख जाते। एक कत्थई रंग की चिड़िया आती। उसके सिर पर मुकुट जैसा होता। कुछ एकदम काले रंग की नन्ही चिड़ियाँ आतीं। मैं उनको कलमुनिया बुलाती।

पिछवाड़े अमरूद के पेड़ पर अमरूद पक गए, इसका पता हमें तोते देते। वे पेड़ से चख-चख कर अमरूद नीचे फेंकते। सुबह पीछे का आँगन अधखाए फलों से बिछा रहता। जामुन के पेड़ पर चींटे पिलचे रहते। वहीं कपड़े सुखाने की रस्सी बँधी हुई थी। चींटे कपड़ों में चिपक जाते। तंग आकर जामुन का पेड़ कटवाना पड़ा।

सागौन का पेड़ हमारे घर का वैभव था। हर आगंतुक को उसके दर्शन करवाए जाते। लेखक भी एक से एक उर्वर दिमाग़ के होते हैं। कोई

कहता, "कालिया इस पेड़ की सेवा करो तो यह तुम्हें तीन-चार लाख रुपए दे जाएगा।"

सागौन अठारह फीट की ऊँचाई ले चुका था। उसकी भारी टहनियाँ नीचे तक झुकी रहतीं। पड़ोसी घर से अक्सर शिकायत आती, "आपके पेड़ की छाया की वजह से हमारी मूली-बैंगन बढ़त नहीं लेतीं।" पेड़ को छँटवाने का ख़याल भी हमारे लिए दुखदायी था।

एक बार जबलपुर से ज्ञानरंजन आए। उन्हें पेड़-पौधों से बहुत लगाव है। उन्होंने हमारा सागौन देखते ही बता दिया कि इसमें चींटियाँ लग चुकी हैं। उन्होंने पेड़ का काफ़ी हिस्सा खुरचा, उसकी छाल के नीचे चींटियाँ रेंग रही थीं। हम समझे नहीं वह दीमक थी जो धीरे-धीरे पूरे पेड़ में लग गई।

हम तो सन् 2003 में कलकत्ता और उसके बाद दिल्ली चले आए। दीमक ने घर में अड्डा बना लिया। वह पहले सागौन को खोखला कर गई, बाद में किताबों की आलमारियों में ऐसी लगी कि हमारा दुर्लभ पुस्तक संग्रह समूचा चाट कर लुगदी बना गई। दीमक कैंसर की तरह फैलती है, यह हमें बहुत बाद में पता चला। हम दिल्ली से दो-तीन दिन के लिए इलाहाबाद आते। अक्सर किसी कार्यक्रम के कारण मिलने-जुलने में झट से छुट्टी ख़त्म हो जाती। मन्नू और लाडो बार-बार कहते, "पापा पेड़ कटवा दीजिए, उससे सारे घर में अँधेरा है और कीड़े झड़ते हैं। दोस्तों ने बताया हरा पेड़ कटवाने से पहले वन-विभाग की स्वीकृति लेनी होती है। कहाँ लिखें, किसको लिखें कुछ स्पष्ट नहीं हुआ। बड़े दिनों बाद पता चला कि वन-सुरक्षा कार्यालय में अर्जी डाल कर पेड़ काटा जाएगा। किसी दोस्त ने ही आरम्भिक दौड़-भाग की और पेड़ का एक ग्राहक भी पकड़ लाया। उसी रात हमारी दिल्ली की वापसी थी।

पेड़ का ग्राहक बड़ी सी ट्रक और कर्मचारियों सहित आया। पहले ऊपर का हिस्सा काटा गया, फिर बीच का। हम दोनों को यह दृश्य तकलीफ़ दे रहा था। मन्नू को लग रहा था, बला टल रही है। जब अन्तिम हिस्सा कटने की बारी आई तो पेड़वाला बिदक गया। वह विशाल हिस्सा बीच में खोखला था। तने के आसपास की लकड़ी साफ़ स्वस्थ थी लेकिन बीचोबीच पोला हो चुका था।

पेड़वाले ग्राहक ने कहा, "यह पेड़ मेरे किसी काम का नहीं है। मैं वापस जा रहा हूँ।"

हम परेशान। पूरा घर पेड़ के दो कटे हुए तने और वज़नी शाखाओं से एकदम जंगल में तब्दील हो गया था। मन्नू की बेटी आद्या मुश्किल से दो बरस की थी। उसे कोई संक्रमण न लग जाए इसकी मुख्य चिन्ता थी।

यश मालवीय और रवि ने काफ़ी समझा-बुझा कर पेड़वाले को मनाया कि वह पेड़ यहाँ से ले जाए। जो भी रुपए उसने दिए वे मन्नू को दे दिए गए कि घर का 'पैस्ट कंट्रोल' करवाए। उसी दौरान पता चला कि नीचे के कमरों में क़तार से लगी हमारी समस्त किताबें दीमक ने चाट लीं। उनमें दुर्लभ ग्रन्थ और प्रख्यात विद्वानों की भेंट दी हुई पुस्तकें थीं। यहाँ तक कि पापा का पुस्तक भंडार भी मेरे ही पास था। धीरेन्द्र अस्थाना की कहानी याद आने लगी। 'पिता' में पिता कहता है, "एक तरफ़ से मैं भर रहा हूँ दूसरी तरफ़ से ख़ाली हो रहा हूँ।"

पता नहीं लोग तीन-चार घर बनवाकर कैसे सँभाल लेते हैं। हम तो दोनों मिलकर एक घर की भी रक्षा नहीं कर पाए। दिल्ली में लाजपत नगर में हमारे पास इतना छोटा मकान था कि उसमें किताबों के लिए जगह ही नहीं थी। आज तक हमें मेहदौरी घर की आलमारियों में लगी किताबों

की क़तारें याद आती हैं। इसे काल न्याय कहें या काल अन्याय। अन्य पेड़-पौधे भी बहुत सताए गए। आगे को लगा बेगमबेलिया बच्चों ने कटवा दिया कि इसकी वजह से अँधेरा रहता है। फाटक के थड़े पर साइकस का बहुत बड़ा और भारी काँटेदार पादप था। रवि उसे घर का चौकीदार कहते, "इसके रहते चोर अन्दर आने का जोखिम उठाएगा ही नहीं। उसके हाथ-पैर छिल जाएँगे।" उसका गमला भी वज्र सीमेंट का था। घर के दरवाज़े के बाहर एक घड़ी टँगी रहती थी। अन्दर उसके लिए माकूल दीवार नहीं दिखी। उसकी सहूलियत भी थी। घर से निकलते और लौटते वक़्त घड़ी नसीहत देती।

एक सुबह हम जागे तो हमारा साइकस का वज्र-गमला और दीवारघड़ी, दोनों नदारद। दोनों की ख़ाली जगह ध्वस्त उजाड़, अपनी शून्यता का हाहाकार कर रही थीं। हम बड़े चकराए। कॉलोनी में बाक़ायदा पहरेदार भी था जो रात में कई बार डंडा पटक कर आवाज़ लगाता, "जागते रहो।" हमें भी आदत हो गई थी कि इलाहाबाद की समस्त समस्याएँ अधबीच में मन्नू के ज़िम्मे डालकर सीधे दिल्ली कूच कर जाएँ। तब वहाँ ज़्यादा बसावट नहीं थी। सड़क थी, पर टूटी पथरीली। बाज़ार था, रौनक़ नहीं थी। इंजीनियरिंग कॉलेज था पर विकास नहीं था। आवागमन के साधन के नाम पर लम्बे ऑटो चलते जिन्हें गणेश कहते और जिनके बाहरी ढाँचे पर लोहे के कुंडे लटके रहते। उनमें दूधवाले अपने भारी डोल बाँध कर आसपास के गाँवों में जाते। गंगा के ऊपर सौ साल पुराना जर्जर पुल था जो रेलगाड़ी गुज़रने के बाद दुष्यन्त कुमार की ग़ज़ल सा थरथराता रहता—

तू किसी रेल सी गुज़रती है
मैं किसी पुल सा थरथराता हूँ।

लेकिन डाक पते से महसूस होता हम अंग्रेज़ों की बसाई हुई बस्ती में रहते हैं। पते में हम लोग लिखते कैवेलरी लाइन्स, इलाहाबाद। आज़ादी से पहले और बाद में भी यहाँ मिलिटरी की छावनी रही। पुलिस लाइन पार करते ही हमको लम्बी, पक्की, सीधी सड़कें मिलतीं जो मिलिटरी का प्रतिरक्षित क्षेत्र कहलातीं। इस इलाक़े की सड़कों पर बिजली नहीं लगाई जाती थी। अगर आपके वाहन की बत्ती ख़राब हो जाए तो भगवान भरोसे ही घर पहुँच सकते थे। चौक इलाक़े की गहमागहमी के बाद रसूलाबाद हमें साक्षात् निर्वासन, निष्कासन दिखाई देता। रसूलाबाद घाट पर श्मशान था और गंगा यहाँ कुछ खिन्नमना सी बहती। पहले जब मकान कम बने थे हमारी टैरेस से गंगा दिख जाती। ताज्जुब यह कि दूर जाकर गंगा स्वच्छ, निर्मल और सतेज नज़र आती।

हमारे घर के बाएँ हाथ की सड़क सीधे रसूलाबाद घाट ले जाती। अक्सर वहाँ से शव-वाहन गुज़रते। जीप की छत पर बँधी अर्थी और अन्दर बैठे चार-छह घरवाले। एक बार मैंने एक आदमी को रिक्शे में अर्थी ले जाते देखा। वह बिलकुल अकेला था, अर्थी से बचा कर अपने पैर लटकाए हुए था और उदास, निस्संग भाव से केला खा रहा था। मुझे लगा ज़रूर कोई अजनबी होगा। अस्पताल में इसका मरीज़ मर गया और यह उसका अन्तिम संस्कार करने यहाँ घाट पर आया है। कहाँ से जुटाएगा बन्धु-बान्धव। ऐसे न जाने कितने विदारक दृश्य दिख जाते। इलाहाबाद विकास प्राधिकरण को चुनकर यही जगह मिली थी हमारी कॉलोनी बसाने को—मेहदौरी कॉलोनी। पहले तो मेहदौरी का कोई अर्थ ही समझ नहीं आया। किसी ने बताया मेहदौरी वहाँ के एक गाँव का नाम था। श्मशान की वजह से यहाँ के वातावरण में एक अवसाद व्याप्त रहता है। इलाहाबाद में रहने वाले एक कवि जयकृष्ण तुषार ने इसीलिए लिखा है—

हर लहर पर मोक्ष लिखता है रसूलाबाद
मौन से बस मौन का होता यहाँ संवाद।
सभी मौसम बाँटते
हर दिन यहाँ अवसाद

रसूलाबाद के तट पर साहित्यकार संसद का भवन और परिसर है। सन् 1942 में यह बड़े ज़ोर-शोर से स्थापित हुआ था। इसके पहले अध्यक्ष मैथिलीशरण गुप्त थे। महादेवी वर्मा, निराला जी, माखनलाल चतुर्वेदी और हजारीप्रसाद द्विवेदी इसकी गतिविधियों में सक्रिय रहे। किन्तु बाद में पुलिस के एक कर्मचारी कल्पेश जी ने इसे विवादों का अड्डा बना दिया। भवन के बरामदों में उसने अवैध रूप से किरायेदार बसा दिए। इसे ख़ाली करवाने में लम्बी क़ानूनी लड़ाई चली। मुक़दमा हारने के बाद भी करुणेश के गुर्गे इस भवन और परिसर पर इतनी निगाह रखते हैं कि सुबह की सैर में भी आप इसकी बेंच पर टिक नहीं सकते। उसी वक़्त कोई पूछताछ के लिए आ जाता है। संस्थापकों के जाने पर संस्थाओं की क्या गति होती है, साहित्यकार संसद इसका सजीव उदाहरण है। महादेवी जी और निराला जी का नाम भी इसे स्वरूप नहीं दे पाया। साहित्य, संस्कृति और कला की गुंजाइश इसी तरह शहर से कम होती चली जाती है। सिविल लाइन्स में बैंक ऑफ बड़ौदा शाखा के पास एक प्लॉट ख़ाली पड़ा हुआ है। कभी यहाँ अवैध सामान बेचने वाले आ बैठते हैं, कभी यहाँ कचौड़ी बिकने लगती है। एक दिन पता चला कि यह जगह थियेटर स्थापित करने के लिए आरक्षित की गई लेकिन किसी ने यहाँ बड़ा सभागार बनवाने की कोशिश नहीं की। जाने कितने प्रशासनिक अधिकारी आए और गए।

प्रशासन शब्द से एक और याद की कॉलबैल दब गई। 'राग दरबारी' और 'मकान' जैसे चर्चित उपन्यासों के विख्यात रचनाकार, हमारे प्रिय अग्रज

मित्र श्रीलाल शुक्ल कुछ बरस इलाहाबाद में मुख्य प्रशासनिक अधिकारी नियुक्त रहे। शायद 1977 से 1980 के बीच की बात होगी। इस पद से जुड़ी ज़िम्मेदारियाँ श्रीलाल जी को उबाऊ लगतीं। वे किसी तरह छह बजने का इन्तज़ार करते। शासकीय परिसर में ही उनका घर था। कई बार वे हम दोनों को अपने यहाँ बुला लेते। रवि के साथ उनकी बैठकी जमती। श्रीलाल जी अपनी बैठी-बैठी, भावप्रवण आवाज़ में कहते, "सुबह-सवेरे उठकर मुझे शहर का नाली-दर्शन करने जाना पड़ता है। सारा साहित्य उखड़ जाता है।" कभी किसी यूनियन के कर्मचारी उनके बँगले के बाहर शामियाना तान सभा करते तो कभी धरना-प्रदर्शन चलता। हम उनकी बातों पर, मौलिकता पर निहाल रहते। उनकी संगीत ज्ञाता पत्नी गिरिजा जी बार-बार उन्हें वक़्त का ध्यान दिलातीं और समझातीं कि वे खाना खा लें। श्रीलाल जी एक तरन्नुम में जीते। बोलते तो लगता अगली किताब का कोई अध्याय लिखा जा रहा है। एक बार 'सारिका' से मेरे पास सम्पादक नन्दन जी का फोन आया कि फ़ौरन श्रीलाल जी का साक्षात्कार लेकर भेजो।

मैंने सोचा वे तो अक्सर मिलते हैं। उनसे बातचीत करनी कौन सी मुश्किल होगी।

फोन करके मैं एक दिन उनके घर पहुँची। श्रीलाल जी अच्छे मूड में थे।

मैंने जो भी सवाल पूछे उन्होंने बड़े आदर्श उत्तर दिए। मैं हैरान। यह 'राग दरबारी' वाले लेखक की भाषा शैली नहीं थी।

मैंने पूछा, "लिखते समय क्या आपको किसी चीज़ की तलब होती है?"

"बिलकुल नहीं। मेरी ज़ुबान पर अगर एक कतरा भी शराब हो तो मैं लिख क्या सोच भी नहीं पाता।" इसी तरह के कुछ और पारम्परिक उत्तर उन्होंने दिए।

मैं चकराती हुई, उस चौपट इन्टरव्यू के काग़ज़ लेकर घर पहुँची।

रवि ने पूछा, "कैसी रही बातचीत?" मैंने बता दिया।

रवि बोले, "तुम फेल हो गईं। श्रीलाल जी तुमसे खुले ही नहीं।" रवि ने हेमिंग्वे की पुस्तक 'ए मूवेबिल फीस्ट' निकालकर मुझे पढ़ने को दी जिसमें स्कॉट फिट्जजेरल्ड अर्नेस्ट हेमिंग्वे का इन्टरव्यू लेने, कैफ़े में पहुँचता है और उसके सवालों से उखड़ कर हर बार हेमिंग्वे नाराज़ हो जाते हैं। एक दिन तो दोनों के बीच मारपीट की नौबत आ जाती है।

"एक बड़े लेखक से बातचीत करना खेल नहीं होता," रवीन्द्र कालिया ने नसीहत दी।

उधर नन्दन जी फोन किये जा रहे थे। इन्टरव्यू का क्या हुआ। जल्दी फैक्स करो।"

अगले दिन शायद इतवार था। शाम को श्रीलाल जी का फोन आया, "हलो, ममता कल का इन्टरव्यू फाड़ कर फेंक दो। आज आओ।"

मैं फिर उनके घर गई।

उन्होंने छूटते ही कहा, "कल के मैं सारे जवाब वापस लेता हूँ। दरअसल बातचीत का यह निहायत वाहियात तरीक़ा है।"

"इसमें क्या ख़राबी है?"

"अगर मैं तुम्हें सामने बैठा कर पूछूँ तुमने कौन सी तारीख़ को, कितने बजे, कौन सी जगह रवीन्द्र कालिया से प्रेम किया था तो तुम्हारा क्या जवाब होगा?"

मैंने कठिन होते हुए कहा, "श्रीलाल जी आपको मेरा नहीं, मुझे आपका इंटरव्यू लेना है।"

श्रीलाल जी ने खिन्न होकर कहा, "तुम मुझे उसी गली में खड़ा कर रही हो जहाँ मामूली प्रसाद वर्मा और तरक्कीराम अपना ढोल बजाते हैं—मैं यह हूँ मैं वह हूँ।"

गिरिजा जी चाय की ट्रे के साथ ख़ुद चली आईं। श्रीलाल जी चाय पीकर थोड़ा स्वस्थ हुए।

मैंने फ्रंटियर मेल की तरह जल्दी-जल्दी सवाल पूछे और जैसे-तैसे इन्टरव्यू पूरा किया। तीन साल बाद श्रीलाल जी की नियुक्ति वापस लखनऊ सचिवालय में हो गई।

एक दिलचस्प दोस्त के जाने की ख़बर से दिल उदास हुआ। उनके सामान का ट्रक रवाना हो गया। हाथ के चन्द नग उनके और परिवार के साथ कार में जाने वाले थे। हम मिलने गए। श्रीलाल जी सुस्त बैठे थे। हमें देखकर कुछ खिले। रवि से बोले, "आज तुम्हारे साथ एक गुडबाई गल्प (gulp) लेना चाहता हूँ। ज़रा उस बैग में देखना।"

रवि ने कहा, "श्रीलाल जी आपको सफ़र करना है और यह कोई वक़्त भी नहीं है।"

श्रीलाल जी भावुक हो रहे थे। उन्होंने कहा, "कालिया मुझे लगता है इलाहाबाद से मैं विफल होकर जा रहा हूँ।"

आए दिन कर्मचारियों के धरना प्रदर्शन से श्रीलाल जी मन-ही-मन आहत थे। यह पहचान कर रवि ने एक बार फिर उनकी टोकरी में हाथ डाला। वहाँ कपड़ों की परतों में कई बोतलें रखी हुई थीं। दूसरे हैंडबैगों का भी यही हाल था। उनका पूरा बार उनके साथ सफ़र करने वाला था।

रवि ने उन्हें ख़ुश करने की कोशिश की, "श्रीलाल जी, विफल नहीं यह तो हर झोले में सफल जा रहे हैं आप।" लखनऊ उतना दूर नहीं था जितने गमगीन श्रीलाल जी थे। हमें भी लग रहा था कि किसी भी दिन गंगा गोमती एक्सप्रेस पकड़ कर लखनऊ चले जाएँगे लेकिन यह तो वक़्त ने बताया कि ऐसा करने की फ़ुर्सत दोनों तरफ़ दुश्वार थी। कई बार दूरदर्शन या आकाशवाणी के न्योते पर हम लखनऊ गए। वहाँ कार्यक्रम रेकॉर्ड करवाने

में ही इतनी देर हो गई कि हम लोग मिल न पाए। एक दिन श्रीलाल जी का पोस्टकार्ड मिला।

प्रिय कालिया,

तुम लखनऊ आते हो, नहीं मिलते।
मैं भी इलाहाबाद आता हूँ, नहीं मिलता।
नुकसान तो हर हाल मेरा ही होता है।
किसी दिन लखनऊ आओ तो मिलो।

सस्नेह
श्रीलाल शुक्ल

ऐसी रसिक दोस्तियाँ अब कहाँ नसीब होती हैं। इलाहाबाद में अपने वरिष्ठ रचनाकार मित्रों से हमने बहुत सीखा।

रवि अमरकान्त जी को अपना गुरु मानते थे। 1980 के दिनों में जब वे 'ख़ुदा सही सलामत है' लिख रहे थे, अमरकान्त जी के साथ उनकी लगातार बातचीत होती। जब रवि उपन्यास पूरा करने जा रहे थे अमरकान्त जी ने एक दिन पूछा, "कालिया जी आपने इतने पन्ने लिख दिए। एक वाक्य में अगर पूछूँ तो बताइए आप क्या कहना चाह रहे हैं।"

रवि चकित, स्तम्भित।

500 पन्नों के उपन्यास को एक वाक्य में कैसे समेटें।

अमरकान्त जी ने कहा, "हर लेखक को अपनी रचना एक वाक्य में समेटना आना चाहिए अन्यथा वह महज़ काग़ज़ काले कर रहा है।"

अमरकान्त जी ने पांडुलिपि पढ़ी और कहा, "ख़ुदा सही सलामत की थीम है 'न दैन्यं न पलायनम्' दूसरी समानांतर थीम है 'कौमी एकता'।"

बाद के उपन्यासों में भी रवि की केन्द्रीय थीम यही रही 'न दैन्यं न पलायनम्' जीवन भी इसी तर्ज़ पर जिया।

इसे हम इलाहाबाद का आधार स्वर भी मान सकते हैं। सामान्यता का स्वाभिमान, स्वाधीनता की पहचान और साहित्य का सम्मान। दिल्ली की तरह यहाँ कोई किसी का रास्ता नहीं काटता। अपना महल खड़ा करने को किसी की झोंपड़ी नहीं ढहाता। हमारे इलाहाबाद में अतिक्रमण की दुर्घटना कम-से-कम होती है। वक़्त की चोटों में इसका कुछ चमत्कार कम हुआ होगा फिर भी यह अभी ख़ुशगवार है। तभी तो तुषार कह उठते हैं।

'अदब के सिर पर मुकुट सा है इलाहाबाद।'

5

पिछले दिनों इलाहाबाद जाने का मौक़ा मिला। दिल्ली के लाख घेराव, फँसाव के बीच से रास्ता निकालकर मैं बरास्ते बैंगलोर, इलाहाबाद के बमरौली एयरपोर्ट पहुँच गई। पूर्व के वर्षों में बमरौली एयरपोर्ट में लम्बे-चौड़े मैदान और रेलिंग के सिवाय कुछ न होता था। हम लक्ष्मीधर मालवीय जी और उनके जापानी परिवार को जब विदा करने गए तो यह लगा ही नहीं कि यह एयरपोर्ट है। अब अन्दर से एयरपोर्ट की बनावट सँवार दी गई है किन्तु बाहर की अराजकता जैसी की तैसी। टैक्सीवालों के झुंड का यात्रियों के पीछे पंडों की तरह पड़ना, कड़ी धूप में बाहर मेज़बान का इन्तज़ार करना और वहाँ से शहर जाते हुए, चौरास्तों पर भारी, बेतरतीब भीड़ का सामना करना।

यानी कुछ नहीं बदला। न मौसम न मिज़ाज। न चेहरे न चौराहे। यह सिलबिल सिलसिला मन को तसल्ली दे रहा है, 'घबराओ मत। अपने शहर में हो।' कॉफ़ी हाउस के बाहर दास कॉफ़ी हाउस में अभी भी बेहतरीन कॉफ़ी मिलती है। उत्कर्ष मालवीय वहीं गाड़ी में ही मँगवा लेते हैं। आश्चर्य की तरह वहाँ गीतकार जयकृष्ण तुषार अचानक नमूदार होते हैं। इस परिसर

में एक नया साइनबोर्ड 'वाणी प्रकाशन' का लग गया है। दरबारी बिल्डिंग प्रकाशकों का अड्डा बनती जा रही है। राजकमल, लोकभारती यहाँ पहले से जमे हुए हैं। गाड़ियाँ मनमाने तरीक़े से पार्क की जाती हैं यहाँ। किसी को शिकायत नहीं।

विश्वविद्यालय के अतिथिगृह की इमारत, उसकी अवस्थिति और आकार-प्रकार जितना प्रभावशाली है, उतना उसका अन्तरंग नहीं। कमरों में गद्दे पड़े-पड़े जकड़ गए हैं, चाय के नाम पर मीठा गर्म पदार्थ है। कमरे में लगा टी.वी. स्विच ऑन करने पर सूचना मिलती है कि उसका शुल्क बकाया है, अभी जमा नहीं किया गया है। मच्छरों को ऑल आउट करने वाला यंत्र है पर उसका तरल समाप्त है। दीवार पर रोशनी है किन्तु बेड लैम्प नदारद है।

कमरे से ज़्यादा आरामदेह वॉश रूम है। कमरे से ज़्यादा बड़ा, रौशन और दुरुस्त। गीज़र चल रहा है, फ्लश काम कर रहा है, नहाने की बाल्टी साफ़-सुथरी और मग नया है।

अगले दिन प्रोफ़ेसर ओमप्रकाश मालवीय की स्मृति में हम सब रवीन्द्रालय पहुँचते हैं। जगत तारन डिग्री कॉलेज ने अपने सभागार को यह नाम दिया है और रवि बाबू की अनेक छवियाँ द्वार से लेकर प्रांगण तक उकेरी गई हैं। यह एक तरह से कवीन्द्र रवीन्द्र के प्रति उस लगाव का भी प्रतीक है जो उन्होंने इलाहाबाद के लिए महसूस किया। इसी के अन्तर्गत उन्होंने अपनी पुस्तकों के प्रकाशन अधिकार बाबू चिन्तामणि घोष के इंडियन प्रेस को सौंप दिए थे। उस ज़माने में इंडियन प्रेस ने, कवि को 25 प्रतिशत रॉयल्टी देना कुबूल किया था। यह अपने आप में एक कीर्तिमान था। बाबू चिन्तामणि घोष ने बड़े खुले दिल से इन पुस्तकों का स्वत्वाधिकार शान्तिनिकेतन को तब सौंप दिया जब वहाँ छापेखाने की उचित व्यवस्था हो गई।

भारतीय साहित्य और साहित्यकारों का इतिहास इलाहाबाद की हर गली और सड़क में समाया हुआ है।

ओ.पी. मालवीय स्मृति व्याख्यान माला का विषय है 'वर्तमान परिप्रेक्ष्य में इलाहाबाद की सांझी संस्कृति एवं साहित्यिक वैभव।' मालवीय जी सरीखे धर्मनिरपेक्ष, उदारमना, सुलझे हुए मनीषी के प्रति नगरवासियों का प्रेम है जो बड़ा सा रवीन्द्रालय लगभग पूरा भरा हुआ है। श्री शम्सुर्रहमान फ़ारूक़ी इस गोष्ठी की सदारत कर रहे हैं। मालवीय जी के विद्यार्थी विभूति नारायण राय प्रमुख वक्ताओं में हैं। यह अलग से कहने की ज़रूरत नहीं कि तरक़्क़ीपसन्द श्रोताओं का अच्छा जमावड़ा है।

मुझे कुछ दिन पहले पढ़ा प्रो. मोहम्मद अक़ील रिज़वी का लेख याद आ रहा है जिसमें उन्होंने कहा था कि हिन्दुस्तान की 'तकसीम के वक़्त सन् 1947 में इलाहाबाद में कोई फ़साद नहीं हुआ हालाँकि लाहौर और पेशावर या लायलपुर के शरणार्थी जब इलाहाबाद आए तो उन्होंने यहाँ भी दिल्ली, भरतपुर और कपूरथला जैसी फ़सादी फ़ज़ा पेश करने की कोशिश की। मगर 1947 में इलाहाबाद में कोई झगड़ा या कोई उथल-पुथल उस तरह की नहीं हो पाई। मार्च, 1948 तक इलाहाबाद का माहौल बिलकुल नॉर्मल हो गया।'

शायद इसीलिए इलाहाबाद, अदीबों का, शायरों का, कलाकारों का पसन्दीदा शहर रहा है। बड़े से बड़े शायर यहाँ के मुशायरों में शौक़ से आए हैं। शहर ने उन्हें सिर आँखों पर बैठाया है। सन् 1973 या 74 में छिऊँकी में इफको की तरफ़ से एक बड़ा कवि सम्मेलन और मुशायरा हुआ था जिसमें जनाब क़ैफ़ी आज़मी, फ़िराक़ साहब, निदा फ़ाज़ली, वसीम बरेलवी और दीगर शायरों ने शिरकत की। खुले आसमान के नीचे सैकड़ों लोगों ने शायरी और कविता का आनन्द लिया। अगले रोज़ क़ैफ़ी साहब को वापस जाना

था। रवि और मैं उन्हें एक बार और देखने, मिलने के चाव में भागमभाग स्टेशन पहुँचे। और भी कई लोग उन्हें छोड़ने आए हुए थे। क़ैफ़ी साहब पहले दर्जे के डब्बे के दरवाज़े पर खड़े हुए थे। नीचे उतरने में उन्हें पाँवों की कुछ तकलीफ़ मालूम दे रही थी। रवि और मैं उनके डब्बे में चढ़ गए। उनके साथ एक ख़ूबसूरत महिला भी थीं जो शौकत नहीं थीं। मैंने क़ैफ़ी साहब से कहा, "क़ैफ़ी साहब एक शेर ख़ास हमारे लिए कहिए न।" क़ैफ़ी आज़मी ने मेरी तरफ़ देखकर कहा, "काग़ज़-क़लम दीजिए।"

मैं अवाक्। पर्स में क़लम तो थी, काग़ज़ नदारद। रवि के हाथ में प्लेटफॉर्म के टिकट थे। रवि से उन्होंने प्लेटफॉर्म का टिकट लेकर निहायत सधे हुए हरूफ़ों में शेर लिख दिया। उर्दू में लिखा था।

रवि ने पढ़ा,

घास पे गुमसुम बैठा है क़ैफ़ी
याद किसी की आई हुई है।

मैंने रवि से छीन कर टिकट अपने क़ब्ज़े में किया। क़ैफ़ी साहब का शुक्रिया अदा किया और उन्हें गुडबाय कहकर नीचे उतर आए।

बाद के दिनों में प्लेटफॉर्म का वह टिकट न जाने कितने दोस्तों के हाथ घूमा और लौटा। सब आँख फाड़कर देखते, 'ख़ुद क़ैफ़ी साहब ने लिख कर दिया है शेर।'

वक़्त के झंझा-झकोरों में पता नहीं वह प्लेटफॉर्म टिकट कब खो गया। बाद के बरसों में जब-जब क़ैफ़ी आज़मी दिखे मुझे यह शेर याद आता रहा। क़ैफ़ी आज़मी के उलझे-उलझे बाल, सिगरेट पीने से जामुनी पड़े होंठों में अजब काशिश थी। इसी तरह सन् 1981 में फ़ैज़ अहमद 'फ़ैज़' इलाहाबाद आए थे। तब इलाहाबाद यूनिवर्सिटी में एक बड़ा जलसा हुआ था जिसमें

एक मंच पर फ़ैज़, फ़िराक़, पंत, महादेवी वर्मा, अश्क, मुहम्मद हसन, सबने शिरकत की। इसी सभा में शुभा मुद्गल ने फ़ैज़ साहब की नज़्म गाई थी 'चले भी आओ कि गुलशन का कारोबार चले।' तब कुलपति डॉ. यू. एन. सिंह की वजह से यूनिवर्सिटी का माहौल बड़ा जीवंत था। वे ख़ुद साहित्यकार नहीं थे लेकिन साहित्यकारों और बुद्धिजीवियों की क़द्र करते थे। उनके बौद्धिक सलाहकार थे देवी प्रसाद त्रिपाठी जिन्होंने जवाहरलाल नेहरू विश्वविद्यालय में पढ़-लिख कर इलाहाबाद यूनिवर्सिटी का राजनीति विज्ञान विभाग, बतौर लेक्चरर सँभाला था। वे मूलतः सुलतानपुर के थे किन्तु उन्होंने इलाहाबाद के अकादमिक और बौद्धिक वर्ग में अपनी प्रतिभा से काफ़ी खलबली मचाई। राजनीति से उनका घना सम्बन्ध रहा, वे कभी एक जगह एकाग्र नहीं हो पाए। वे एक साथ कई मोर्चों पर आवाजाही करते रहते। हाँ, छात्रों के बीच उनका सबसे उज्ज्वल रूप रहता। उनके व्याख्यानों में विचार-शक्ति व वाक्-शक्ति का विलक्षण संयोजन था। वे किसी भी विषय पर धाराप्रवाह बोल सकते थे, अपनी यादों से हमें विचलित कर सकते थे, घंटों लोकगीत सुनाकर रससिक्त कर सकते थे। आप किसी का नाम लीजिए, वे हर एक को जानते थे। वे अपनी पूरी सामाजिकता के साथ इलाहाबाद आकर बसे थे। हमारे घर और मित्र-मंडली से वे मोती-धागे की तरह जुड़े हुए थे।

एक बार भीष्म साहनी का पत्र आया कि उन्हें एक बैठक की अध्यक्षता करने इलाहाबाद आना है और हम उनके लिए किसी अच्छे मध्यम स्तर के होटल का इन्तज़ाम कर दें। रवि ने कहा, "ममता, भीष्म जी और उनकी पत्नी शीला जी को अपने घर ही ठहराएँगे, तुम दोनों कमरों में चादर वगैरह बदल कर ज़रा साफ़-सुथरा कर दो।" शीला साहनी कुछ नफ़ासत पसन्द और नाज़ुक मिज़ाज थीं। रिक्शे में स्टेशन से घर आते हुए उनकी नज़र गली की खुली नालियों और बहते नलों पर पड़ी तो बेचैन हो गईं।

मैंने उनका स्वागत किया। नए कमरे में उनका सामान रखवाया और ग्रीन लेबिल चाय पेश की।

चाय और सिगरेट के कश से उनका मूड कुछ सुधरा। साहनी दम्पती की एक अदा मेरे दिल में घर कर गई। पति-पत्नी दोनों एक ही सिगरेट से कश लेते थे। अपने बीच एश ट्रे रख कर बारी-बारी से राख झाड़ते। शीला जी और भीष्म जी दोनों में सौन्दर्य और सुरुचि थी। बूटे से क़द के पति-पत्नी गुड्डे-गुड़िया का जोड़ा लगते।

हमारे घर की बेढब रचना देखकर शीला जी ने एक बार फिर कहा, "कालिया, हम शाम तक चले जाएँगे, तुम कोई होटल ठीक कर दो।" रवि ने कुछ नहीं किया। अपनी सारी शक्ति उनके आतिथ्य में लगा दी। घर के दही-पराँठों के अलावा उन्हें लोकनाथ के खाँटी स्वाद चखाए गए।

शाम को कई दोस्तों को ख़बर कर दी। सब भीष्म जी से मिलने आ गए। भीष्म जी सरलमना थे। सबसे प्रेम से मिले। डीपीटी (देवी प्रसाद त्रिपाठी) के आने पर, तीसरे पेग के बाद लोकगीतों का सिलसिला शुरू हो गया। डीपीटी ने माचिस की डिबिया को उँगलियों के बीच फँसाकर बेहद मार्मिक अवधी गीत सुनाए जिनमें बिदेसिया जैसी विरह-वेदना बसी हुई थीं। 'पालम से उड़ि गए बालम', 'बेटी रहऊँ कुआँर' जैसे लोकगीतों ने सबकी आँखें नम कर दीं। भीष्म जी और शीला जी ने पंजाबी लोकगीत सुनाए। भीष्म जी ने अन्त में पत्नी की तरफ़ निसार नज़रों से देखते हुए एक पंजाबी गाना सुनाया—

नाले गोरी ते नाले लड़ाकी,
दोए गल्लां बिल्लो दियां।

(गोरी भी है और लड़ती भी है, दोनों बातें बिल्ली जैसी हैं।)

हमने वह शाम टेप रेकॉर्डर पर टेप की थी। पता नहीं टेप कहाँ चला गया। जब मिला तो एकदम खुली, उलझी हालत में।

तीसरे दिन चलते वक़्त भीष्म जी ने बड़े स्नेह से कहा, "कालिया, कभी दिल्ली आओ तो घर ज़रूर आना। हमें तुम्हारे यहाँ बहुत अच्छा लगा।"

शीला जी ने कहा, "ध्यान रखना शनिवार, इतवार के सिवा बाक़ी दिन हमारे यहाँ ताला ही लटकता मिलेगा। फोन करके आना।"

शीला जी शायद रूसी दूतावास में काम करती थीं। भीष्म जी अवकाश प्राप्त कर चुके थे किन्तु लिखने के लिए साहित्य अकादमी के अध्ययन-कक्ष का इस्तेमाल किया करते।

हमने तभी तय कर लिया भीष्म जी से कहीं भी मिल लेंगे, उनके घर पर नहीं मिलेंगे। हम पक्के इलाहाबादी हो चुके थे जो फोन करके कहीं जाने से बिदकते थे। अपने शहर का यही मिज़ाज था। तकल्लुफ़ न करता था न बरदाश्त करता। फ़क़ीरी के ठाठ थे यहाँ पर। इसीलिए इलाहाबादी इनसान जितना अच्छा मेज़बान होता है उतना मेहमान नहीं। उससे किसी समयसारिणी के पालन की उम्मीद न रखिए। अपनी शानदार फ़ाक़ामस्ती में वह कभी नीरज की अगवानी करे तो कभी नामवर सिंह की, समझौते किसी के साथ न करता। नीरज कई बार कवि सम्मेलनों में शिरकत करने आते और शहर को ख़बर भी न लगती, वे अपनी दोस्त शशि शर्मा के घर दाल-रोटी का भोजन कर चुपके से वापस अलीगढ़ चले जाते।

नामवर जी का आना उजागर रहता। प्राय: उन्हें गोष्ठियों की अध्यक्षता के लिए, एकल व्याख्यान के लिए या यूनिवर्सिटी की अकादमिक बैठक के लिए आना होता। सुबह प्रयागराज एक्सप्रेस से उन्हें उतारने के लिए आयोजकों और प्रशंसकों की छोटी-सी भीड़ प्लेटफॉर्म नम्बर एक पर जमा होती। नामवर जी सबसे प्रेमपूर्वक मिलते और लम्बे डग भरते, बाहर की

तरफ़ चल देते। ठहरने के मामले में वे ज़रा भी नखरीले नहीं थे। ज़्यादातर विश्वविद्यालय के अतिथि-गृह में रुकना पसन्द करते। वे पूरे दिन प्राध्यापकों से, विद्यार्थियों से घिरे रहते लेकिन शाम हमारे घर पर बिताना पसन्द करते। रवि के साथ उनका स्नेह दिल्ली के मॉडल टाउन के दिनों से पनप गया था जो कभी धूमिल नहीं पड़ा। जब-जब जीवन में रवि के पाँव उखड़े, नामवर जी ने उनकी भरपूर चिन्ता की। जब 'धर्मयुग' की नौकरी छोड़ रवि बेरोज़गार हुए, सबसे पहला पत्र नामवर जी का आया—प्रिय कालिया—सुना है तुम धर्मयुग से अलग हो गए हो। अच्छा किया। तुम घुटन में काम नहीं कर सकते।

सवाल यह है कि कुछ तो करना है। फ़िलहाल समस्या उतनी नहीं है क्योंकि ममता काम कर रही है। न हो तो दिल्ली चले आओ।

कभी अपने को निरुपाय मत समझना।

तुम्हारा
नामवर

कालान्तर में लोग नामवर जी की अवसरवादिता की, राजनीति की बहुत चर्चा करते पाए गए लेकिन उनकी मेधा और प्रतिभा का इलाहाबाद भी कायल था। प्राय: वे सभा के अध्यक्ष होते। वे बड़े ध्यान से समस्त व्याख्यान सुनते। जो भी नोट्स लेते होंगे, दिमाग़ के अन्दर लेते। उन्हें कभी किसी आयोजन में हमने निष्प्रभ या निंदासा नहीं पाया। अन्त में अध्यक्षीय भाषण देने वे उठते। उनकी आँखों में चमक और मुँह में पान होता। वे विषय का एक नया खुलासा पेश करते। उनके ऊपर तंज़ कसने वालों की कमी नहीं थी। वे सबके जवाब में अपने दो प्रिय शेर ज़रूर सुना देते—

मेरी हिम्मत देखिए, मेरी हिमाक़त देखिए
जो सुलझ जाती है गुत्थी, फिर से उलझाता हूँ मैं।

दूसरा शेर था—

ख़ताओं पे ख़ताएँ हो रही थीं नावक अफगन से
इधर तीरों से बनता जा रहा था आशियाँ अपना

अन्तिम वक्ता होने का अचूक लाभ लेना नामवर जी बख़ूबी जानते थे। वे समस्त दावों का विखंडन करते हुए एक नई स्थापना प्रस्तुत कर देते। वे विरोधियों को ज़रा-सा भी मौक़ा दिए बग़ैर, अपने मुँह में पान की नई गिलौरी रख लेते। मंच पर जो युवा लोग आकर अपनी असहमति जताना चाहते, नामवर जी उनसे बहस में न पड़ते। वे मुँह ऊँचा कर पान की ज़ुबान में बोलते और आयोजकों के व्यूह में बाहर चल देते। गोष्ठी जम जाती मगर विरोधी असन्तुष्ट रह जाते। किन्तु अगले आयोजन में फिर नामवर जी को आमंत्रित किया जाता क्योंकि स्वनिर्मित स्थापनाओं में अकाट्य तार्किकता डालना उन्हीं की वाग्मिता से सम्भव था।

इलाहाबाद में सिर्फ़ एक बार हिन्दुस्तानी अकादमी की गोष्ठी में अध्यक्षीय वक्तव्य के बीच अन्तिम पंक्ति में बैठे कवि नीलाभ ने नामवर जी को खड़े होकर चुनौती दी थी, "आप बताइए क्या आपने निर्मल वर्मा के बाद की कहानियाँ पढ़ी हैं, क्या आपने धूमिल के बाद हिन्दी कविता पढ़ी है?"

सवाल हिम्मत और हिमाक़त भरा था। नीलाभ का दबंग पहलवानी अन्दाज़ दो-दो हाथ करने का था। नामवर जी ने बिना विचलित हुए कहा, "तुम युवा पीढ़ी ही तो हमारे आँख और कान हो। मुझे सूची बना कर देता। पता चले कि तुम क्या पढ़ते हो।" संयोजक डॉ. सत्यप्रकाश और अन्य पदाधिकारियों ने नीलाभ के पास जाकर उसे शान्त किया और अकादमी के दफ़्तर की तरफ़ रवाना किया कि वह वास्तव में अपने पढ़े-लिखे की सूची तैयार करे।

ऐसे ही प्रवासों में एक शाम नामवर जी और काशीनाथ जी इकट्ठे हमारे घर आए। सर्दी का मौसम था। शाम से गलन बढ़ गई थी। हम दोनों भी नामवर जी, काशी जी के आने के चाव से भरे हुए थे। मैंने उनकी पसन्द का खाना बनवा रखा था।

उन दिनों रवि ने पंडित रामचन्द्र शुक्ल के निर्देश पर दारू पीने से तौबा कर रखी थी। बस्ती ज़िले के पंडित जी बहुत मेधावी ज्योतिषी थे और नेक इनसान थे। माता जी (रवि की) और मैं दोनों रवि की इस आदत से चिन्तित तो रहते ही थे। हम दोनों ने एक दिन पंडित जी को ऊपर बुला कर आग्रह किया कि वे रवि की लत छुड़वाने का उपाय करें। पंडित जी बोले, "कालिया जी की किसी अनुष्ठान में तो आस्था नहीं है कि मैं यज्ञ करके उनसे संकल्प करवा लूँ। समझा कर देखता हूँ।"

पंडित रामचन्द्र शुक्ल, उस ज़माने में बड़े रूपवान और तेजस्वी लगते थे। उनकी बड़ी, विस्फारित आँखों में सीधे देखने पर उनके तेज का सामना करना सरल नहीं था। उन्होंने रवि को बड़े धैर्य से समझाया। दो-तीन दिन की लम्बी बैठकों में रवि के अन्दर इच्छा-शक्ति पैदा हो गई और उन्होंने पंडित जी से कहा, "ठीक है, मैं आपकी बात मान कर देखता हूँ। अगर मुझे लगेगा कि यह संकल्प व्यर्थ है तो मैं पीना शुरू कर दूँगा।"

पंडित जी ने कहा, "निस्सन्देह किन्तु इतना स्मरण रहे कि संकल्प का कोई विकल्प नहीं होता।" रवि ने कहा, "ठीक है, सम्भव संकल्प लिया किन्तु असम्भव संकल्प का मैं निषेध करता हूँ।" इन्हीं सर्दियों की यह बात थी जब सिंह बन्धु हमारे ख़ास मेहमान बनकर पधारे।

काशी जी ने अपनी हथेलियाँ रगड़ते हुए कहा, "कालिया, कुछ इन्तज़ाम रखे हो कि नहीं।"

रवि ने केबिनेट से निकाल कर सील बन्द बॉटल सामने रखी और

मुझसे नमकीन और सलाद लाने को कहा। गिलास कमरे में ही रखे हुए थे। रवि ने दो गिलास उठाए और उनमें पेग बनाने लगे।

नामवर जी ने कहा, "कालिया, तुम नहीं साथ दोगे?" रवि ने कहा, "नामवर जी, आजकल मैंने छोड़ी हुई है, आप एक-दूसरे का साथ दीजिए।" नामवर जी उठकर खड़े हो गए, "नहीं कालिया, यह नहीं हो सकता। तुम साथ नहीं दोगे तो हम अभी वापस चले जाएँगे।" मैं तब तक कमरे में आ चुकी थी। रवि ने आजिज़ी से कहा, "नामवर जी ममता आपका साथ दे देगी, मुझे आज माफ़ कीजिए।" नामवर जी, नाराज़ हो गए। उन्होंने कहा, "काशी उठो यहाँ नहीं बैठेंगे अब।"

रवि ने मजबूरी से मेरी तरफ़ देखा। मेरे से कुछ कहते नहीं बन रहा था।

"लाओ, मेरा गिलास भी ला दो।" उन्होंने मुझसे कहा और हथियार डाल दिए।

रवि ने कहा, "एक गुरु ने कहा, शराब छोड़ दो। दूसरा गुरु कह रहा है, पियो। मैं कथागुरु का कहना मानूँगा।"

नामवर जी ने समस्त वृत्तान्त सुना और कहा, "तुम पियो लेकिन घातक प्रणाली से मत पियो।" वाकई नामवर जी स्वयं इतने अनुशासित थे कि कभी दो से तीसरा पेग उन्होंने नहीं लिया। कई बार तो बस एक पेग ही लेते। कभी उन्हें बहकते नहीं देखा।

रवि तो वापस मस्त कलंदर बन गया।

इलाहाबाद बुद्धिजीवियों का शहर है। यहाँ उनका मन लगाने को बतकही, बैठक, पुस्तकें और गोष्ठियाँ हैं। इन चारों नियामतों का खुलकर स्वागत किया जाता है। हर एक जगह गोष्ठी नहीं जमती लेकिन कुछ स्थल हैं जहाँ बात-बात में बहस छिड़ जाती और विचारोत्तेजक शाम में बदल जाती। यूनिवर्सिटी

के छात्र अगर लल्ला चुंगी पर वाद-विवाद में रमते तो कटरा निवासी युवा, लक्ष्मी टॉकीज़ की मैगज़ीन की दुकान पर। पुराने लेखक कॉफ़ी हाउस का हॉल घेर कर बैठते और उभरते छात्र लेखक, हमारे घर पर। ऐसा इसलिए होता क्योंकि सबका ताल्लुक लिखने-पढ़ने से था; सबको खुली छूट थी सहमत, असहमत होने की। उस दौर में कितने ही ऐसे छात्र-मित्र थे जो बाद में लेखन की दुनिया में पूरे दमखम के साथ उभरे। अखिलेश ने बी.ए. में पढ़ने वाले दिनों में ही अपने पाठ्यक्रम से इतर, बहुत-सा प्रासंगिक साहित्य पढ़ रखा था। मनोज पांडेय इलाहाबाद के नज़दीक के गाँव सिसवां से आए थे, एम.ए. करने। कृष्णमोहन शोध छात्र थे। हमारे घर के पास रहते थे। उनकी शोधपरक प्रवृत्ति उन लेखों में भी झलकती जो वे प्राय: लिखते और शाम को सुनाया करते। थोड़े गम्भीर, थोड़े तुनकमिज़ाज कृष्णमोहन अपनी उम्र से कहीं ज़्यादा परिपक्व थे। इनके विपरीत मृत्युंजय शायद तब एम.ए. में थे, और वे हम सब के बीच एक शरारती बालक के समान थे। अब वे गुरुगम्भीर हो गए हैं। ये सब विचार की नई तरंगों से भरे हुए दिल-दिमाग़ थे और इनके साथ मिल बैठना हमें स्फूर्त कर जाता।

बैठकी का दूसरा अड्डा मार्कण्डेय जी का मिन्टो रोड वाला घर था। बाद में वे एकांकी कुंज, राजापुर में चले गए थे। अड्डे का भी उनके साथ तबादला हो गया।

इलाहाबाद के न होकर भी लम्बे समय तक इलाहाबाद के मिट्टी-पानी से जुड़े हमीं नहीं और भी लेखक रहे हैं। अज्ञेय जी, नेमि जी और भारती जी का उल्लेख पहले आ चुका है। सन् 1947 से 1954 तक नेमिचन्द्र जैन लगातार इलाहाबाद रहे। वहाँ उन्होंने पुस्तकों की एक दुकान भी बड़े करीने से खोली 'आधुनिक पुस्तक भंडार'। नेमि जी का मन व्यापार में लगने के लिए नहीं बना था। लिहाज़ा 'आधुनिक पुस्तक भंडार' पर दोस्तों और

साथी-कवियों का अड्डा लगने लगा। आख़िरकार शत-प्रतिशत घाटा झेलने के बाद उन्होंने अपना पुस्तक भंडार औने-पौने दामों में बेचकर मुक्ति पाई।

जब हम इलाहाबाद पहुँचे, बहुत सी विभूतियाँ इतिहास बन चुकी थीं। उनकी ख्याति शहर की शोभा में शामिल थी। उनकी दुरवस्था भी रह-रह कर सामने आती थी। महाप्राण निराला की प्रखरता और प्रतिभा के आख्यान शहर के पास थे किन्तु उनके विचलन के विवरण भी कम न थे। कवि नागार्जुन ने इसीलिए गहरा कटाक्ष किया था, निराला के अवसान पर—

बाल झबरे, दृष्टि पैनी, फटी लुंगी, नग्न तन
किन्तु अन्तर्दीप्त था आकाश सा उन्मुक्त मन।
उसे मरने दिया हमने रह गया घुटकर पवन,
अब भले ही याद में करते रहें सौ-सौ हवन।

मैंने निराला की न केवल प्रमुख कविताएँ पढ़ रखी थीं, उनके लिखे कुछ अनुवाद और एक उपन्यास 'बिल्लेसुर बकरिहा' पढ़ रखा था। एक बात जो मुझे उलझन में डालती थी वह यह कि अपनी रचनाओं में निराला स्वाभिमानी, सुदृढ़ और सुसंगत दिखाई देते थे किन्तु शहर में उनके विक्षेप और व्यथा के क़िस्से सुनाई देते। निराला का चित्र देखकर मुझे दिनकर जी की एक कविता याद आती जो निराला जी पर सटीक बैठती थी 'मेरे नगपति, मेरे विशाल।' बाद के वर्षों में अज्ञेय जी का एक संस्मरण पढ़ा। शायद उसका शीर्षक ही 'वसन्त का अग्रदूत' था। सब जानते हैं कि निराला का जन्मदिवस वसंत पंचमी का था। अज्ञेय जी ने उनकी अभ्यर्थना में लेख का यह शीर्षक रखा। इसमें सविस्तार उन दोनों की भेंट का वर्णन था। मैं जब भी दारागंज जाती तो नागबासुकी गली की शुरुआत में एक मकान दाहिनी पट्टी पर बना हुआ देख कर सोचा करती कि निराला जैसे महाकाय कवि इन सँकरी

सीढ़ियों से कैसे ऊपर जाते होंगे। गंगा किनारे की गली में सभी मकानों की रचना एक जैसी थी। पटिया पर पैर रख कर प्रवेश, अन्दर बड़ा सा दालान। एक या दो कोठरी। एक तरफ़ सँकरा सा, ऊँची पटियों का ज़ीना। अज्ञेय जी ने विस्तार से अपनी मुलाक़ात का जो वर्णन किया वह इतना जीवन्त था कि मुझे दिखाई देने लगता अज्ञेय जी और शिवमंगल सिंह सुमन सीढ़ियाँ चढ़ कर ऊपर जा रहे हैं। निराला जी चौके में कौपीन पहने खाना बनाने में मगन हैं। इन्हें देखकर वे थोड़े असमंजस में पड़ते हैं। फिर अन्दर जाकर तहमद लगाकर आते हैं। अपने विशाल कन्धों पर अँगोछा डाल लेते हैं। अज्ञेय जी की बगल जाकर खड़े होते हैं और सन्तुष्ट हो कर कहते हैं, "हूँ, डील तो रामविलास जैसा है।" निराला जी के स्वभाव में देना ही देना था। इन दोनों लेखक बन्धुओं को वे ख़ाली हाथ वापस नहीं भेजते। अपने काव्य संग्रह 'अर्चना' की दो प्रतियाँ लाकर दोनों को देते हैं। सुमन जी ललक कर कहते हैं, "आप इस पर कुछ लिख दें।" निराला उखड़ जाते हैं, "नहीं, मैं नहीं लिखूँगा। वह निराला तो मर गया। Nirala is dead."

निराला फिर अन्दर जाते हैं। एक बाटी में दो जगह कटहल की भुजिया लाकर पेश करते हैं। यह उनका आतिथ्य है कि घर आए को भूखा नहीं भेजना है, भले ख़ुद उस दिन बिना सब्ज़ी के भोजन ग्रहण किया हो।

बहुत वर्षों बाद दारागंज के चौराहे पर निराला जी की प्रतिमा स्थापित हुई। गली का नाम निराला जी की स्मृति में निराला मार्ग रखने का काम अभी अधूरा पड़ा है। दारागंज इतना जाने का हमारा एक पुख़्ता कारण था। दारागंज के मन्दिर में एक संन्यासी रहते थे जिनकी उम्र उस वक़्त 100 साल थी। शरीर और दिमाग़ से सक्रिय, सचेत। चाईजी की उनमें अपार श्रद्धा थी। मेरे कॉलेज से लौटते ही वे बतातीं, "आज स्वामी जी के लिए कपड़े के जूते और दुशाला ले जाना है। ठंड आ गई है। देना तो हुआ न।" मैं जल्दी से

खाना गटक कर रिक्शा बुलाती और सास-बहू की जोड़ी निकल पड़ती उसी जी.टी. रोड पर जहाँ से मैं कुछ ही मिनट पहले आई थी। वही मेरे कॉलेज का रास्ता था। कॉलेज से दो-तीन मील आगे दारागंज आता। नागवासुकी गली के अन्तिम छोर पर मन्दिर तो था ही, दो और बहुत दिलचस्प चीज़ें थीं। एक तो वहाँ विशालकाय, लम्बायमान लेटी हुई भीष्म पितामह की मूर्ति थी जिसके नीचे कीलों की शरशय्या भी निर्मित थी। चारों ओर जँगला बना हुआ था। जितनी बार उसे देखती, उससे जुड़ी कथा जानने की जिज्ञासा होती। दूसरे याद आता कि इलाहाबाद एकमात्र नगर है जहाँ हनुमान जी की मूर्ति भी विश्राम मुद्रा में लम्बायमान है। उनका नाम ही लेटे हनुमान जी पड़ गया है अथवा बड़े हनुमान जी। सुनने में आता कि संजीवनी बूटी ले जाते हुए रास्ते में इसी स्थल पर हनुमान जी ने निमिष भर विश्राम किया था।

ख़ैर हमारा शहर ऐसी अप्रामाणिक, अवैज्ञानिक और अपुष्ट कहानियों का अनोखा आगार था। इसी नागवासुकी गली के अन्तिम छोर पर नई कविता के कवि जगदीश गुप्त का मकान था। हिन्दी पढ़ाने के अलावा उन्हें पुरातत्त्व के अवशेष संग्रह करने का शौक़ था। मकान में उन्होंने एक तलघर बनाया था जहाँ उनके दुर्लभ पुरा-अवशेषों का संग्रहालय था। यहीं बैठ कर वे शोध कार्य में रत छात्र-छात्राओं का मार्गदर्शन भी करते थे।

इलाहाबाद में बहुत सी गलियाँ किसी-न-किसी मशहूर हस्ती के नाम से जानी गई हैं। जैसे अतरसुइया गोपीकृष्ण गोपेश गीतकार के कारण प्रसिद्ध रही तो धर्मवीर भारती के नाम से भी। ये दोनों ही रचनाकार कालान्तर में गली वाले मकान छोड़ गए पर इस पहचान ने उन्हें नहीं छोड़ा। वहीं के निकटवर्ती मुहल्ले में अजित पुष्कल नाटककार रहते थे जिनके घर पर नागार्जुन को ठहरना बहुत पसन्द था। नागार्जुन जी को हम सब बाबा कह कर पुकारते। उन्होंने कभी इसका बुरा भी न माना। एक समय वे अश्क जी के यहाँ भी

ख़ूब रहे लेकिन कुछ महीनों बाद वहाँ से मोहभंग की स्थिति में कूच कर गए।

अश्क जी के बड़े बँगले की बजाय वे अजित पुष्कल के छोटे से घर में मगन रहते। उन्हें इलाहाबाद में रह कर लिखना पसन्द था। वे पुष्कल जी के यहाँ से हमारे यहाँ चले आते, कभी चार आम तो कभी दो खरबूजे लेकर। कहते, "बच्चों को खिलाओ।" एक बार अजित पुष्कल और बाबा दोनों शाम के वक़्त हमारे यहाँ आ रहे थे। बाबा ने देखा गली में गरम समोसे छन रहे हैं।

"ठहरो, बच्चों के लिए समोसे ले चलें।" बाबा ने कहा। समोसे ख़रीद लिए गए।

बाबा जीभ के रसिया थे। समोसे की सुगंध से उनसे रहा न गया। उन्होंने कहा, "चलो अपना हिस्सा खाते चलें।"

दोनों समोसे खाने लगे। बाबा ने अगले समोसे पर भी हाथ आज़माया।

नुक्कड़ तक आते-आते सारे समोसे उदरस्थ हो चुके थे।

बाबा बोले, "बिलकुल घीसू मधुआ वाला बोध हो रहा है।"

अजित पुष्कल बोले, "फिर से ख़रीदें बाबा?"

"रहने दो," बाबा ने कहा, "बता देंगे उन्हें कि हम लाए थे। चाय तो ममता माई पिला ही देगी।"

बाबा सच्चे अर्थों में घुमन्तू थे। जहाँ कुछ दिन रम गए, कुछ लिख लिया कि चल दिए। किसी स्कूल में पहुँच गए, वहाँ इतने जोश से अपनी छोटी कविताओं का पाठ किया कि बच्चे आवाज़ लगाने लगे "वंस मोर।" बिना झिझक बाबा ने प्रिंसिपल से डेढ़ सौ रुपए वसूल किए और चल दिए दिल्ली या पटना।

बाबा को आस्वाद लेना आता था, शब्दों का, समय का, संकट का और भोजन का। प्रसन्न भाव से खाने बैठते। छूटते ही कहते, "इस साल अचार नहीं डाला क्या?"

मैं कहती, "बाबा आपको खाँसी हो रही है, अचार से बढ़ जाएगी।"

"कुछ नहीं होगा, तुम अचार लाओ।" बाबा कहते। एक नवोदित लेखक ने बाबा को अपनी पुस्तक भेंट की। आठ-दस दिन बाद वह बाबा के पास आया। प्रणाम करके पूछ बैठा, "बाबा आपने मेरा उपन्यास पढ़ा?"

बाबा ने चकराई नज़र से उसकी तरफ़ देखा। फिर हँस कर बोले, "ओह तुम्हारा उपन्यास। भई पच्चीस पन्ने तक उसने खींचा, पच्चीस पन्ने तक हमने खींचा उसके बाद बस रस्सा टूट गया।" नवोदित लेखक अपना सा मुँह लिए चला गया। इलाहाबाद में यह रवैया अक्सर देखने में आता कि स्थापित लेखक नवोदित लेखकों को बढ़ावा देने की बजाय धक्का देना सही समझते। सन् 1971 में जब मेरा पहला उपन्यास 'बेघर' छपा मैंने बड़े चाव से उसकी प्रति उपेन्द्रनाथ अश्क जी को दी। अगले ही दिन वे बैंगलोर जाने वाले थे जहाँ वे राज्यपाल धर्मवीर जी के राजकीय अतिथि थे।

अश्क जी ने सफ़र में पूरा उपन्यास पढ़ा। राजभवन में आसन जमा लेने के बाद उन्होंने तुरन्त मुझे लम्बा-सा खत लिखा। फुलस्केप माप के छह पन्ने, बारीक अक्षरों में हस्तलिखित। हाशिए में टिप्पणी अलग। उन्होंने वरिष्ठ लेखक की तरह मुझे समझाया कि छपने से पहले इसे मैं उन्हें दिखा लेती तो वे त्रुटियाँ न होतीं जो इसमें हुई हैं। साथ ही उन्होंने कहा कि मेरे अन्दर उन जैसा या दूधनाथ सिंह जैसा धैर्य नहीं है जो इसके सारे दोष दूर करता। काफ़ी उपदेश, निर्देश देने के साथ अश्क जी ने यह भी लिखा, 'तुमने केकी और रमा के चरित्र-चित्रण में अद्भुत कौशल का परिचय दिया है। इनके लिए तुम्हें जितनी भी दाद दी जाए कम है। ये पात्र मन में कहीं गहरे जाकर अंकित हो जाते हैं। लेकिन जैसे उपन्यास तुमने ख़त्म किया है, इसका नाम बेघर नहीं, ...या चुगद ही बेहतर हो सकता है। ऐसे गलत ग्रंथि के मूर्ख पात्र परमजीत के लिए यही नाम उपयुक्त होता।'

यहाँ अश्क जी ने 'च' अक्षर से एक अपशब्द लिखा था जिसे लिखते मेरी क़लम अटकती है लेकिन वह इलाहाबाद में आमतौर पर बोला जाने वाला अपशब्द है।

मैं नवोदित उपन्यासकार थी। दिग्गज अश्क जी का पत्र पढ़कर सन्न बैठी रह गई। रवि ने भी पढ़ा। उन्होंने कहा, "तुम फ़िक्र मत करो। अश्क जी ने यह चिट्ठी चिढ़ और चाव के मिले-जुले भाव से लिखी है।" जब रवि का कहानी संग्रह 'लोकभारती प्रकाशन' से आया था तब विजयदेव नारायण साही ने भी ऐसा ही सलूक किया था। उन्होंने दिनेश जी की मेज़ से रवि की किताब उठा कर दूसरी मेज़ पर पटक दी और कहा, "दिनेश तुम भी क्या-क्या छापने लगे हो आजकल।"

दिनेश जी को अपने नए लेखक का बचाव करना चाहिए था पर वे रवि की तरफ़ देख कर ठठा कर हँसने लगे और सेवक को आवाज़ लगाई, "भई साही जी के लिए कॉफ़ी मँगाओ।"

ऐसी सितमज़रीफ़ी लेखकों के पेरिस इलाहाबाद में ही मुमकिन थी।

प्रतिक्रिया और प्रतिकार में नए लेखक भी कभी-कभी हिसाब चुकता कर देते। जिन दिनों अश्क जी के वृहद् उपन्यास 'गिरती दीवारें' का खंड 'एक नन्ही कन्दील' छपा था, ज्ञानरंजन इलाहाबाद में थे। उस दिन वे मुरारी की बजाय कॉफ़ी हाउस में बैठे हुए थे जब दूधनाथ सिंह ने उनसे पूछा, "अश्क जी का 'एक नन्हीं कन्दील' छप कर आ गया है। तुमने पढ़ा क्या?"

ज्ञान जी चुप रहे। पास ही मेज़ पर माचिस पड़ी हुई थी। ज्ञान जी ने चुपचाप माचिस उठाई, एक तीली निकाल कर जलाई और मुँह से फूँक मार कर बुझाई; फिर ऐश-ट्रे में डाल दी। इस पर दूधनाथ सिंह, कालिया, सत्यप्रकाश, जमाली वगैरह ने वह छतफाड़ ठहाका लगाया कि कॉफ़ी हाउस हिल गया। शाम तक घटना अश्क जी तक पहुँच गई। अश्क जी तिलमिला

गए। ज्ञान जी से वे थोड़ा सहमते थे इसलिए उन्होंने कहा, "मुझे पता है यह सब कालिया करवा रहा है।"

तो वरिष्ठ बरअक्स कनिष्ठ हिन्दी जगत का अहम मुद्दा रहा है जिसका क्रन्दन आज भी सुनाई दे जाता है।

इन सब वाकयात और हालात पर, शाम के समय, तसल्ली से बैठ कर, हमारे घर में तबसिरा होता, जाम टकराए जाते और आगे की युद्ध-योजना तैयार होती कि वरिष्ठों को पटकनी कैसे लगाई जाए। इन मशालों से अलग शहर में एक कलावादी, कलाप्रेमी कोमल तबका था जो गीतों और नृत्य-नाटिकाओं की भंगिमाओं में रसलीन रहता। वे मानो किसी और कालखंड में जीते। उनके अगुआ, धर्मवीर भारती कामयाबीपूर्वक 'धर्मयुग' के सम्पादक होकर बम्बई कूच कर चुके थे। वे यदा-कदा 'धर्मयुग' में गीत छाप देते। उसी के सुरूर में सभी कलावादी साँस लेते। हालाँकि परिमलवाद अपने अवसान पर था, ये सब कलाप्रेमी विगत की व्यथा में आहें भरते, घायल पंछी की तरह जीते जाते।

लोग हमें बताते, आपके घर से थोड़ी दूर अतरसुइया में धर्मवीर भारती जी का बन्द गली का आख़िरी मकान है और वहीं गोपीकृष्ण गोपेश का घर। ये सब किराये के घर थे जैसे हमारा। इनके मकान मालिकों को इल्म भी नहीं था कि हिन्दी के कितने चर्चित और चमकीले नाम उनके घरों में रहते हैं। अपने मकान का बदहाल हम थोड़ा-सा जानते हैं। 370, रानी मंडी बाईस साल तक हमारा पता रहा। सन् 1993 से 1999 तक 'गंगा-यमुना' साप्ताहिक अख़बार भी यहीं से निकला। इस हिसाब से हम 28 साल इसमें थे। लेकिन उसके बाद हमारे मकानमालिक के दत्तक पुत्र ने उस मकान को किसी कबाड़ी के हाथ बेच दिया। हमें भी मय मकान बिके हुए माना गया।

ख़ैर कबाड़ी दानिशमंद था। उसने कहा, "मैं आपको छह महीने का

वक़्त देता हूँ। किराया भी नहीं लूँगा। आप यह जगह ख़ाली कर दीजिए। यहाँ मुझे मार्केट खोलना है। मेरे सात बेटे हैं। सात दुकानें तो उन्हीं की हो जाएँगी।" हमारी गृहस्थी का सामान धीरे-धीरे मेहदौरी वाले घर में पहुँच ही चुका था। प्रेस की मशीनें प्रेतों की तरह अपनी जगह पर खड़ी थीं।

रवि ने उसी कबाड़ी से कहा, "मशीनें ख़रीदनी हैं तो बताओ।" कबाड़ी मकानमालिक ने कहा, "कालिया साहब मैं गरम कपड़ों का कबाड़ी हूँ। बिजलीघर पर मेरी सात गुमटियाँ लगती हैं। लोहे का मैं क्या करूँगा?" रवि ने बात समझी। लोहे के कबाड़ी को बुला कर मशीनें औने-पौने दामों में दे दीं। उस दिन घर आकर दिन में बड़ी देर तक सोये। 'गंगा-यमुना' आख़िरी साँसें ले रहा था, छापेखाने से आख़िरी रिश्ता भी टूट गया था और जीवन का सफ़र अभी आधा बाक़ी था।

ख़ैर कबाड़ी ने 370, रानी मंडी का महज़ मकान ख़रीदा और मार्केट में तबदील कर दिया। उसका गौरवशाली इतिहास तो अमिट रहेगा क्योंकि इस पते पर सिर्फ़ हम और हमारा प्रेस ही नहीं, हमसे पहले हिन्दी पत्रकारिता का प्रमुख पत्र 'अभ्युदय' भी निकलता रहा जिसकी देखभाल महामना मदनमोहन मालवीय के बड़े भाई की सन्तानें, कृष्णकान्त मालवीय और पद्मकान्त मालवीय करते रहे। यहीं हमारे प्रेस में हिन्दी साहित्य की एक से एक मकबूल हस्ती इकट्ठी हो कर विचार-विमर्श करती रहीं। जो यहाँ एक बार आया, उसके मन में हमारा पता आलपिन से अटक गया। जाने कितने बेठिकाने दोस्तों ने हमारे पते पर अपनी चिट्ठियाँ मँगवाईं, जाने कितनी महत्त्वपूर्ण पुस्तकें हमारे छापेख़ाने में छपीं और हिन्दी जगत की निधि बन गईं। उन वर्षों में जब-जब अशोक वाजपेयी इलाहाबाद आए, वे कहते, "यहाँ मेरा स्थायी पता 370, रानी मंडी है।" चलिए मकान ही ज़मींदोज़ हुआ न। वे स्मृतियाँ तो बची रहीं जो यहाँ के जगर-मगर जीवन ने जीं। इस पते पर

अश्क जी की अदावतें, नरेश मेहता की नफ़ासतें, अमरकान्त के गुरुगम्भीर उद्गार, मार्कण्डेय की चुहलबाज़ियाँ, श्रीलाल शुक्ल जी का वाक्-वैदग्ध्य, ज्ञानरंजन, दूधनाथ सिंह, काशीनाथ के कहकहे, नीलाभ की तुनकमिज़ाजियाँ, लक्ष्मीधर मालवीय का दुचित्तापन, नरेश सक्सेना की बाँसुरी, विजय नरेश का ग़ज़ल गान, दीपक शर्मा की हँसी, प्रवीण शर्मा की दोस्ती, हमारे बेटों, अन्नू, मन्नू की शरारतें सब तो सुनाई दे रही हैं, खरे सिक्कों की खनखन जैसी।

याद आते हैं सन् 1980 के वे दिन जब जापान के ओसाका विश्वविद्यालय में अतिथि प्रोफ़ेसर बन कर गए डॉ. लक्ष्मीधर मालवीय हमसे मिलने रानी मंडी के पते पर पहुँचे। कला-प्रेमी होने पर भी हमारी गली के यथार्थवाद से उन्हें कोई धक्का नहीं लगा। वे ख़ुद एक गली के बाशिन्दे थे—भारती भवन के पास 'महामना जी की गली'। यही उसका नाम था। एक मोड़ वाली, बेहद सँकरी, पतली गली जिसमें रिक्शा भी मुश्किल से घुस पाता। महामना जी के इस जापान-निवासी पौत्र की अन्य विशेषताओं में सबसे बड़ी विशेषता यह थी कि वह अपने पितामह का कोई उल्लेख किए बग़ैर सीधे अपने मंतव्य पर आ गया। मालवीय जी की आवाज़ थोड़ी पतली, संवेदनशील मगर सधी हुई थी। बोलने का ढंग बेहद आकर्षक। उनकी बातों में अचानक कोई खाँटी इलाहाबादी शब्द आ जाता जो श्रोता को एकदम सगा बना देता। जितनी बार वे मुँह खोलते, यही लगता, वे अपना कोई राज़ बताने जा रहे हैं। मालवीय जी के चेहरे के नक्श तीखे और ख़ूबसूरत थे। उनका मझोला कद, सुतवाँ बदन, गोरा रंग और हल्का सा झुक कर बात करने का अन्दाज़ आकर्षक था।

इलाहाबाद में मालवीय परिवार बहुतायत में मिलेंगे। चौक में एक पूरा मुहल्ला ही है मालवीय नगर। चौक से आगे, कल्याणी देवी, ख़ुशहाल परबत, गली महाबीरन, ये सब मालवीय बहुल इलाके हैं। मध्य प्रदेश के मालवा से आए मालवीय, रूप और गुण दोनों में अग्रणी रहे। मदनमोहन

मालवीय कर्मठता और क्रान्तिकारी संकल्पबद्धता के कारण देश के सिरमौर रहे। महात्मा गांधी ने उन्हें महामना उपाधि से अलंकृत किया।

मालवीय परिवार में एक से एक विलक्षण विभूतियाँ रहीं। सबसे बड़ी विलक्षणता तो यह थी कि एक ने कभी दूसरे की ख्याति का आश्रय नहीं लिया। सबने जितना विकास किया, स्वतंत्र रूप से। लक्ष्मीधर मालवीय महामना जी का नाम कभी ज़ुबान पर नहीं लाते। एक बार मैंने बनारस विश्वविद्यालय के सन्दर्भ में मदनमोहन मालवीय का उल्लेख कर दिया तो लक्ष्मीधर मालवीय पिनक कर बोले, "ममता जी, कहीं आप इसलिए तो मुझसे नहीं बात करतीं कि मैं महामना जी का पोता हूँ?"

इन्हीं लक्ष्मीधर मालवीय के परिवार में संगीत की अद्‌भुत विरासत थी। उनकी पत्नी इन्दु व्यास एक संगीत मर्मज्ञ पिता महेशचन्द्र व्यास की संगीतज्ञ सन्तान थीं। महेशचन्द्र व्यास महामना जी के पास वाली गली 'लाल गली' में रहते थे। हमारे इलाहाबाद में गली शब्द का उच्चारण 'गल्ली' किया जाता है। इस बलाघात के बग़ैर बात जमती नहीं है। सो लाल गल्ली के व्यास जी इलाहाबाद विश्वविद्यालय के लाइब्रेरियन पद से अवकाश प्राप्त कर चुके थे और अब अपने संगीत के शौक़ के तहत हमारी गली रानी मंडी में नज़ीर मियाँ से मिलने आते रहते। नज़ीर अहमद हमारे पड़ोसी थे, बहुत बढ़िया सारंगी बजाते और आकाशवाणी में काम करते थे। रवि के उपन्यास 'ख़ुदा सही सलामत' में यह चरित्र आया है जिसकी ग़मज़दा सारंगी से विचलित हजरी कहती है, "सो जाओ। सारी दुनिया सो गई है। तुम्हारी सारंगी सुनकर न तो अब ज़रीना लौट सकती है, न नौकरी।" नज़ीर अहमद भी रिटायर हो चुके थे। नज़ीर मियाँ से मिलने के क्रम में महेशचन्द्र व्यास हमारे घर भी आ जाते। काफ़ी जर्जर हो चुके थे। छड़ी के सहारे चलते उनके कूल्हे की हड्डी टूटने के बाद ठीक से नहीं जुड़ी थी। आकर बैठते और संगीत की

बात शुरू करते। एक दिन रवि ने कहा, "व्यास जी, हमें कुछ सुनाइए।" व्यास जी ने चाय का गिलास परे सरकाया, चेहरा पहले नीचे कर ऊपर उठाया और सीधे नाभि प्रदेश से सुर निकाला—

कोयलिया मत कर पुकार
करेजवा लागे कटार

ओह लगा जैसे कमरे में बेगम अख़्तर ही गा रही हैं, वही तड़प, वही पुकार। मैं ऊपर से नीचे भागी आई और ठगी सी खड़ी रह गई। क्या अन्दाज़ था। क्या तैयारी थी इस गले की। व्यास जी ने अपनी ज़िन्दगी का एक क़िस्सा बयान किया। एक बार उन्होंने बेगम की उपस्थिति में उनका कलाम अपनी आवाज़ में पेश करने की हिकमत की। बेगम उनके गले की तैयारी से बड़ी ख़ुश हुईं। उन्होंने कहा, "तुम हमारे गंडा बाँध शागिर्द बन जाओ। तुम्हें हुनरमन्द बनाएँगे।"

महेशचन्द्र व्यास उस समय तेईस साल के नौजवान थे। बेरोज़गार। उन्होंने जवाब दिया, "ज़र्रा-ज़र्रा शागिर्दी कबूल करता है बेगम साहिबा पर ख़ाकसार के पास गंडा बँधाई का ख़र्च उठाने के इमकानात नहीं हैं।"

बाद में महेशचन्द्र व्यास जानकीबाई इलाहाबादी छप्पनछुरी के शागिर्द बने। उनकी मौसिकी, मुसीबतों और मुश्किलों में ऐसे मुब्तिला हुए कि उनके आख़िरी वक़्त तक साथ रहे। यह महेशचन्द्र व्यास की ही हिम्मत थी कि उन्हें कालाडाँडा क़ब्रिस्तान में उन्होंने सुपुर्द-ए-ख़ाक किया। जानकीबाई की पैदाइश हिन्दू थी पर उन्होंने काफ़ी पहले इस्लाम धर्म कुबूल कर लिया था। व्यास जी को सारा क़िस्सा पता था कैसे और किन हालात में जानकीबाई का नाम छप्पनछुरी पड़ा। जब जानकी बाई छोटी सी सुन्दर बच्ची थीं। किसी सिरफिरे ने उनके चेहरे और जिस्म पर ताबड़तोड़ वार कर छप्पन से भी

ज़्यादा ज़ख़्म कर दिए। तलवार से किए गए इन ज़ख़्मों के निशान जानकीबाई के न जिस्म से मिटे न ज़ेहन से।

महेशचन्द्र व्यास कई अर्थों में दुखी इनसान थे। लक्ष्मीधर मालवीय जी का उनकी पुत्री इन्दु को, दो बेटियों सहित त्यागना और जापान में घर बसाना वे कभी स्वीकार नहीं कर पाए। वे रोज़ इन्दु के पास जाया करते, पता करने कि उसे किसी चीज़ की ज़रूरत तो नहीं। मालवीय जी का समूचा ख़ानदान इस सम्बन्ध विच्छेद से हिल गया। इस परिवार को देखकर सिद्ध होता था कि तलाक से सम्बन्ध तंतु नहीं टूटते। इन्दु जीवन भर मालवीय जी को हुड़कती रहीं। दोनों बेटियाँ किशोरी थीं, गौरा और मधु; वे पापा, पापा बोले बिना एक भी वाक्य पूरा नहीं कर पाती थीं। हमारे घर इन तीनों का आना-जाना था। बेटियों की शिक्षा तथा विवाह की ज़िम्मेदारी मालवीय जी ने बख़ूबी उठाई किन्तु समस्त ज़िम्मेदारियाँ आर्थिक नहीं होतीं। वे दो पाटों के बीच फँसे हुए इनसान थे।

मालवीय जी की जापानी पत्नी अकिको में दूसरी स्त्री या 'खल' वाला कोई तत्त्व नहीं था। वह इतनी कोमल और कमनीय थी, इतनी संवेदनशील कि लगता वह भी भारतीय स्त्री ही है। मालवीय जी से कई बरस छोटी अकिको मधु से ज़रा ही बड़ी दिखती।

इलाहाबाद में मालवीय जी सन् 1981 में अपने जापानी परिवार के साथ आए और हमारे घर रहे। 370, रानी मंडी में। वहाँ उन्होंने हम सबके बहुत चित्र उतारे। मालवीय जी बहुत अच्छे छायाकार थे। उनके पास भारतीय रचनाकारों, कलाकारों के पोर्ट्रेट चित्रों का अच्छा संग्रह था।

अकिको से उनकी दोस्ती भी फ़ोटोग्राफ़ी के चलते हुई थी। अकिको समुद्र में लहरों से खेल रही थी जब उसने मालवीय जी को कैमरे में आँख लगाए, किनारे पर खड़ा देखा। उसने उमंग से कहा, "हे, प्लीज़ टेक माय

पिक्चर!" मालवीय जी ने उसकी तस्वीर सिर्फ़ कैमरे नहीं, दिल के लेन्स पर उतार ली। उन्होंने उसे फ़ोटो खींचना सिखाने की कोशिश की। अकिको ने उन्हें तैरना सिखाने की कोशिश की। न अकिको फ़ोटोग्राफ़ी सीखी न मालवीय जी तैरना। हाँ, एक-दूसरे में डूबना दोनों को आ गया।

यह एक इलाहाबादी का बेचैन मन था जो सिर्फ़ वक़्तकटी के लिए सम्बन्ध नहीं बनाना जानता। उसे हर जगह एक छप्पर और छाँह चाहिए थी। जापानी लोग बहुत चुप्पे और सहनशील होते हैं। महात्मा बुद्ध वाली धीरोदात्त भंगिमा सबमें होती है। अकिको ने मालवीय जी की ज़िद्दी आदतों, सनकों और इच्छाओं के साथ जीवन बिता दिया। मालवीय जी के अन्दर एक लपट सी जगी रहती। यह लपट वे इलाहाबाद से ही लेकर गए थे। इस खाँटी, खालिस, खुरदुरी आग की लपट के चलते उनका ठंडे रिश्तों में कोई विश्वास नहीं था। वे और इन्दु जी कैसेट के ज़रिए पत्र-व्यवहार करते। सुदूर जापान में बैठे-बैठे मालवीय जी समस्त दिशा-निर्देश देते, इन्दु को कितने बजे स्कूल से घर लौटना है, बेटियों को यूनिवर्सिटी से कब आना है। आपस में यह परिवार अवधी में ही बात करता। उनके घर में मधु और मालवीय जी का अवधी उच्चारण इतना मोहक था कि उनकी कटु बातें भी हमें मधुर सुनाई देतीं। निजी जीवन के इतने संघातों के बीच मालवीय जी लिखते रहे निरन्तर, कहानी, उपन्यास, संस्मरण। देव पर किया उनका अध्ययन व शोध अपने आप में कीर्तिमान है। देव शब्दकोश पर वे अन्त समय तक काम करते रहे।

इलाहाबाद दुखान्त प्रेम कहानियों का प्रिय स्थल रहा है। धर्मवीर भारती-कान्ता भारती, दूधनाथ सिंह-निर्मला ठाकुर, लक्ष्मीधर मालवीय-इन्दु, ये सब उच्च शिक्षित दम्पती थे जो प्रेम का निर्वाह नहीं कर पाए। दो परिवारों में बँटे हुए मालवीय जी की प्रेम कहानी किसी यश चोपड़ा के लिए हिट सिनेमा

का इन्तज़ार करती दम तोड़ गई। मालवीय जी का जीवन एक चलती-फिरती दुखान्त कहानी था। मालवीय जी के पास एक तरफ़ खाँटी इलाहाबादी तेवर की रचनाएँ हैं तो दूसरी तरफ़ प्रवासी दुचित्तेपन की। उनकी यह त्रासदी हमने बार-बार देखी कि जब वे इलाहाबाद में होते, उन्हें जापान का जीवन और परिवार याद आता। जब जापान में होते तो उन्हें अपना देश, ख़ासकर अपना शहर इलाहाबाद, उसका भी चौक, लोकनाथ, भारती-भवन यादों में चिलकता। उन्हें दोस्तों की फ़िक्र सताने लगती—ज्ञानरंजन, रवीन्द्र कालिया, दूधनाथ सिंह, नरेश सक्सेना। फ़िक्र उन्हें मेरी भी बहुत रहती। घर में रह कर वे मेरी विकट दिनचर्या देख चुके थे। वे मेरा भटका हुआ ध्यान वापस किताबों और लेखन की ओर ले जाते। उन्होंने मेरे दोनों उपन्यास, 'बेघर' और 'नरक दर नरक' ओसाका विश्वविद्यालय में छात्रों को पढ़ाए। छात्रों की प्रतिक्रिया एक पत्रिका में छपवा कर मुझे भेजी भी।

देखिए छोटे शहरों के प्रेम इसी तरह के होते हैं, विलम्बित लय में। न शहर की रफ़्तार में द्रुत लगता है न इश्क की। कई बार ऐसा भी हुआ कि जिससे परिचय भी नहीं हुआ, उसके प्यार में हम मुब्तिला रहे। अपने शहर में हमने 'इश्क़' को इबादत का दर्जा दिया। जहाँ ज़रा सा प्यार मिला उसी में रम गए। हम तो बम्बई-दिल्ली का पानी पी चुके थे, फिर भी हमने यह किया कि प्रेम या इश्क शब्द को बहुत विशाल परिसर दे दिया। जैसे सड़कों का चौड़ीकरण, सुन्दरीकरण होता है, वैसा हमने प्रेम बना दिया। किसी की गायिकी पर मुग्ध हुए तो उसी के हो गए। किसी फ़िल्म का दृश्य दिल में बस गया, हमें मुहब्बत हो गई। और तो और हमें खाने के किसी ठिकाने से प्रेम हो जाता।

इलाहाबाद के सिविल लाइन्स में एक रेस्तराँ हुआ करता था नानकिंग। किसी कश्मीरी का था। वे बिलकुल पारम्परिक ढंग से वहाँ खाना तैयार करवाते।

बनाने वाला मुख्य रसोइया भी कश्मीरी था। वहाँ के पके हुए रोग़नजोश और मेथी गोली का स्वाद अद्‌भुत होता। दही, खड़े मसाले, सौंफ और देसी घी के सम्मिश्रण से ख़ुशबूदार ज़ायक़ा पैदा होता। वहाँ व्यंजन बहुत महँगे थे। हम कभी-कभार ही वहाँ जा पाते। लेकिन उस भोजन से रोम-रोम रससिक्त हो जाता। रवि देर तक सिगरेट भी न पीते कि रोग़नजोश का स्वाद मुँह से चला जाएगा। हम सब नानकिंग की मुहब्बत में गिरफ़्तार थे।

एक दिन अचानक पता चला कि नानकिंग रेस्तराँ बन्द हो रहा है। उसके कश्मीरी मालिक को व्यवसाय में घाटा हो गया और वह अपना रेस्तराँ बेच कर चला गया।

हम धक् से रह गए। शाम को सिविल लाइन्स जाकर देखा। उसके अगल-बगल सब दुकानें बदस्तूर खुली थीं। नानकिंग बन्द पड़ा था। कारवाँ गुज़र गया, गुबार देखते रहे।

इसी तरह लकी स्वीट हाउस के सामने सड़क किनारे एक पानवाले की गुमटी थी। रवि उससे सिगरेट ख़रीदते थे और हम दोनों कभी-कभी वहाँ पान भी खाते। एक दिन रवि ने कहा, "इस आदमी का चेहरा साधु मेहर जैसा है।"

उन दिनों 'अंकुर' फ़िल्म की धूम मची हुई थी जिसमें शबाना आज़मी और साधु मेहर ने पति-पत्नी की भूमिका निभाई थी।

मैंने ध्यान से देखा। उसके चेहरे पर हल्की काली दाढ़ी थी और शरीर रचना ऐन मैन साधु मेहर जैसी।

एक दिन हमने उससे पूछ ही डाला, "तुमने अंकुर फ़िल्म देखी है?" वह अनबूझ सा हमें देखने लगा। उसके बाद उसने अपना सिर बाएँ से दाएँ हिलाया।

पूछ कर हम शर्मिंदा ही हुए। वह बड़े निरपेक्ष भाव से पान लगाता रहा। एक-एक पत्ते को वह कपड़े से पोंछता। फिर उस पर तबीयत से चूना-कत्था

लगाता, दो टुकड़े सिंकी हुई सुपाड़ी के रखता और बीड़ा बना कर एक लौंग खोंसता। कलाकार वह भी था। वह अपनी कलाकृति की भाँति ही पान पेश करता। इसी तरह एक मित्र रचनाकार थे प्रसून जी। वे कई गुणों की खान थे। हमसे काफ़ी बड़े। हम फ़ाक़ामस्त, वे सरकारी नौकरी में ऊँचे पद पर। हमारे बच्चे अभी आठ और तीन साल के। उनके बच्चे यूनिवर्सिटी में पढ़ते हुए। कई बार वे हमारे घर आते, कभी सिर्फ़ पति-पत्नी तो कभी सपरिवार। हम भी उनके घर जाते रहते।

रवि की उनसे गहरी छनने लगी। दोनों, जाम टकराने लगे। हर तरह की बात कर लेते। शराब की ख़ासियत यह है कि वह तकल्लुफ़ बरदाश्त नहीं करती। न जाने कितने पर्दे हैं जो औचक हटा दिए जाते हैं। रवि कभी मुझसे राज़ बाँटते, कभी अपने पेट में छुपा लेते।

एक दिन प्रसून जी ने सवेरे रवि को फोन करके कहा, "कालिया, रात मुझे एक बात पता चली।"

"क्या प्रसून जी?" रवि ने पूछा।

प्रसून जी बोले, "मेरी पत्नी निर्गंध है, उसमें से साबुन तक की गंध नहीं आती।"

"यह तो अच्छी बात है। कुछ लोग गंध से परेशान रहते हैं।"

"अगर आप मनुष्य हैं तो आपके अन्दर से कोई-न-कोई गंध आनी चाहिए। देखो, फूलों की गंध होती है तो पत्तियों की भी होती है। हवा भी निर्गंध नहीं होती। उसके झोंकों में जब जिसकी गंध आ जाए। हर पशु की अपनी गंध होती है। मैं बड़ा निराश हुआ कि मेरी पत्नी में कोई गंध ही नहीं है।"

फोन बन्द हो गया। रवि को विचारमग्न कर गया। दारूकालीन साँझ में रवि ने मुझे बात बताई इस हिदायत के साथ कि मैं उनकी पत्नी को इस बात की भनक न लगने दूँ।

मैंने कहा, "प्रसून जी को अगर गंध की इतनी ललक है तो मत्स्यगंधा से क्यों नहीं ब्याह कर लिया। ख़ूब गंधमादन मिलता।

"तुम बात का मर्म नहीं पकड़ना चाहतीं। निर्गंध से उनका तात्पर्य मायाजी के निरपेक्ष हो जाने से भी है। वे निष्काम हो गई हैं।"

"पुरुष क्या चाहता है स्त्री से कि वह जीवन भर बेडरूम में पड़ी रहे। हद होती है हर बात की।" बात प्रसून जी और मायाजी की हो रही थी लेकिन मेरी अपनी बौखलाहट भी जुबान पा रही थी। यह हम दोनों की ख़राब आदत थी कि हम जिसकी भी समस्या पर बोलने लगते, ख़ुद उसमें काफ़ी हद तक समा जाते। रवि प्रसून जी का पक्ष लेने लगे और मैं माया का।

दरअसल जब बच्चे बड़े होने लगते हैं, नए संकट और सरोकार सिर उठाते हैं। मायाजी का तीन-चौथाई ध्यान अपने बेटे पर था जो चौबीस की उम्र में भी बेरोज़गार था और बेटी पर जो एम.ए. का अन्तिम वर्ष पूरा करने जा रही थी। शादी को पच्चीस साल हो जाएँ तब स्त्री की तीन-चौथाई देह और दिमाग़ बच्चों के इर्द-गिर्द घूमता रहता है। वह अपने शयनकक्ष में एक-चौथाई देह-दिल के साथ पहुँचती है।

प्रसून जी तो अपने-आप को दो-तीन पेग के सहारे दहका लेते, माया क्या करे! कई बार वह पति को टोकती। उन पर कोई असर न होता।

एक अन्य दिन सबेरे उन्होंने रवि से फोन पर कहा, "कालिया, कई व्यक्ति एक प्यार में निःशेष हो जाते हैं, किसी में हमेशा अवशेष बचा रहता। मेरे अन्दर है। मैं अपनी पत्नी के लिए अतिरिक्त हूँ। तुम कह सकते हो, "I am surplus for my wife."

रवि पहले हँसे फिर गम्भीर होकर कहा, "आप अपनी ऊर्जा पढ़ने-लिखने में लगाइए। इसी में गति है प्रसून जी।"

रविवार की दोपहर प्रसून-परिवार को हमने भोजन पर बुलाया। निरामिष भोजन बनना था, मैंने बना लिया। चादरें बदल कर, खिलौने और अख़बार हटा कर एक तरफ़ रख दिए और प्रसून-परिवार का इन्तज़ार शुरू किया।

साढ़े बारह बजे वे लोग आए। प्रसून जी बियर की कई बोतलें साथ लाए थे। उनके ड्राइवर ने दो बोतल नए कमरे में रख, बाक़ी बोतलें ऊपर फ्रिज में रख दीं।

छुट्टी का दिन था। सब हल्के मूड में थे। उनके बच्चे हमारे बच्चों को बहलाने की ख़ातिर कैरम खेलने लगे। अमन और गीतिका की कोशिश रहती कि अन्नू-मन्नू जीत जाएँ। कुछ देर हम सब साथ बैठे जगजीत सिंह को सुनते रहे। जब दो बज गए मैंने कहा, "मैं ऊपर खाना लगा रही हूँ, आप जल्दी से ऊपर आइए।" बैठक से रसोई बहुत दूर थी। खाना गरम करके ट्रे में रखकर लाना पड़ता था।

मैंने कहा, "मायाजी आप सबको लेकर आइए।" मैंने ऊपर आकर दाल को तड़का लगाया। रवि को दाल की शाही सूरत पसन्द थी। मैं अदरक, प्याज़, लहसुन, हींग, जीरे और कश्मीरी मिर्च का तड़का लगाती तो उसकी सुगंध दूर तक जाती। मैं डाइनिंग टेबिल पर दाल-सब्ज़ियाँ और सलाद लगा रही थी कि प्रसून जी ऊपर आए। उन्होंने मेज़ के पास आकर कहा, "अहा भोजन की भीनी सुगंध नीचे तक आ रही है।"

"बैठिए," मैंने कहा, "बाक़ी लोग कहाँ हैं।"

प्रसून जी मेरी तरफ़ बढ़े और यकायक मुझे बाँहों में घेरने के लिए उद्यत हुए, "Just one kiss and nothing else." (सिर्फ़ एक चुम्बन और कुछ नहीं।) उन्होंने मद भरी आँखों से मुझे देखा।

मैं एकदम पीछे हटी, कुर्सी से टकराई और कमरे के दूसरे कोने पर चली गई।

प्रसून जी मेरे प्रिय रचनाकार थे लेकिन उनकी यह प्रियता रचनाओं तक महदूद थी। हम सबने इकट्ठे बैठकर शामें बिताई थीं। कभी एकल या निजी सम्बन्ध की कल्पना भी नहीं की थी। नीचे के कमरे में रवि और मायाजी जगजीत सिंह सुन रहे थे। हमारे बच्चे कैरम खेल रहे थे।

यह विश्वासघात का नहीं, विश्वास का समय था। मेरे दूर छिटक जाने से प्रसून जी का गोरा चेहरा लाल हो गया। उन्होंने कहा, "लेकिन क्यों?"

मैंने कहा, "I am not interested" (मेरी इसमें दिलचस्पी नहीं है।)"

क्षणांश में प्रसून जी सँभल गए, "If you are not interested, then it is alright." (अगर तुम्हारी दिलचस्पी नहीं है तो कोई बात नहीं।)

प्रसून जी वॉशरूम में चले गए। तभी धम्-धम् करते बच्चे और बाक़ी के लोग ऊपर आ गए।

प्रसून जी अपना चेहरा धो कर आए थे। वे खाना चुपचाप खाते रहे। रवि चहक रहे थे। रवि ने कहा, "प्रसून जी, अगले हफ़्ते किलाघाट चला जाए।" कई बार प्रसून जी की आवाज़ भर्रा जाती थी। उन्होंने भर्राए गले से कहा, "कालिया, मुझे किताब पूरी करनी है।"

वे सब खाने के बाद चले गए।

अन्दर से हिली हुई मैं भी थी पर मैंने सोचा रवि को बताना ठीक न होगा। देखा जाए तो घटित तो कुछ हुआ ही नहीं था। जो अघटित था, उसका बताना, बात का बतंगड़ बनाना था।

मैंने चुप लगाई।

खाने के बाद रवि अलसा गए। बियर की खुमारी में झपकी लग गई।

इस अघटना के बहुत दिन बाद, एक दिन कहीं रवि और प्रसून जी

की मुलाक़ात हुई। प्रसून जी सिगरेट नहीं पीते थे, उस दिन रवि से कहा, "लाओ, मैं भी कश लगाकर देखूँ।"

रवि ने एक बार मना किया।

वे नहीं माने। मेज़ पर पड़े सिगरेट पैकेट से एक सिगरेट निकाल ली।

दोनों का पहला पेग चल रहा था।

यकायक प्रसून जी ने कहा, "कालिया, तुम बड़े भाग्यशाली हो, हर लिहाज से।"

रवि ने कहा, "भाग्यशाली तो आप हैं प्रसून जी। इतनी बढ़िया नौकरी है, इतना नाम है। आपकी पुस्तकें धड़ाधड़ आ रही हैं और क्या चाहिए।"

प्रसून जी बोले, "मेरी उम्र तक तुम्हारे पास भी इतनी किताबें हो जाएँगी। ममता की किताबें जोड़ लो तो मुझसे दूनी हो जाएँगी।"

रवि हँस पड़े।

अब प्रसून जी ने उस इतवार का क़िस्सा सुनाना शुरू किया जब कोई घटना नहीं हुई थी लेकिन वह एक अजीब दोपहर थी। प्रसून जी ने एक शब्द भी अतिरिक्त नहीं बोला। लेकिन वे बोलते गए। दृश्य खींचने का कौशल उनमें था ही। गिलास ख़ाली हो गए थे। फिर भरे गए।

प्रसून जी ने कहा, "मैंने तुम्हें लकी इसलिए कहा कि ममता तुम्हारे प्रति ईमानदार है।"

रवि को ये बातें पसन्द नहीं आ रही थीं। वे सिगरेट के लम्बे गहरे कश लेने लगे।

एक औसत आदमी की तरह रवि ने प्रतिक्रिया में कहा, "क्या मैं उसके प्रति वफ़ादार नहीं हूँ।"

"बात तुम्हारी नहीं हो रही है। मैंने बहुत दुनिया देखी है। बात औरतों की हो रही है।"

प्रसून जी ने सविस्तार रवि को उस रविवार का वाकया सुना दिया। उनका चेहरा लाल हो उठा।

बड़ी देर दोनों में से कोई नहीं बोला। प्रसून जी ही बोले, "ममता इज़ ए वन मैन वुमन। शी इज़ ट्रू टु यू।" (Mamta is a one man woman. She is true to you.)

प्रसून जी ने कहा, "उस दिन उसने अपने आपको तो बचा लिया, मुझको भी बचा लिया।"

"क्या आपको यह सब मुझे बताना ज़रूरी था?"

"क्या ममता ने तुम्हें कुछ नहीं बताया उस दिन?" उन्होंने कहा।

रवि ने कहा, "इसे आत्मस्वीकृति के सिवा और क्या कह सकते हैं।" ड्रिंक ख़त्म किया और उठ खड़े हुए। यथार्थ एक बार स्थल पर घटित होता है तो हज़ार बार अन्त:स्थल पर। यथार्थ के आगे हम निष्कवच खड़े होते हैं, वह कहीं भी चोट कर सकता है। सबसे पहले मर्मस्थल पर।

कभी-कभी हम बातों को सुलझाने की कोशिश में और भी उलझा लेते हैं।

रवि अपने स्कूटर पर घर लौटे और नए कमरे में बन्द हो गए।

एक बार अन्नू को नीचे भेजा। उसने कहा, "पापा खाना खा लो।"

रवि ने कोई जवाब नहीं दिया।

देर होती देख मैं नीचे गई। रवि के आगे भरा गिलास रखा था। मैंने आज़िज़ी से कहा, "कब तुम ड्रिंक ख़त्म करोगे, कब खाना खाओगे, समझते नहीं हो।"

रवि ऐंठ कर बोले, "मैं तो मूर्ख हूँ। सारी समझ का ठेका तुमने ले रखा है।"

तेवर बिगड़े हुए थे। मुझे आशंका हुई।

"क्या बात है, तुम ग़ुस्से में हो क्या?"

रवि सीधे विषय पर आ गए, "तुमने मुझे क्यों नहीं बताया उस इतवार को क्या हुआ था?"

"किस दिन?" मैं याद करने लगी।

"बनो मत। प्रसून जी ऊपर गए, तुम्हारे पास आए और तुम सारी बात पी गईं। तुमने मुझे भनक भी नहीं लगने दी और इतनी बड़ी बात हो गई।"

मैं हक्की-बक्की रवि को देखती रही। सिगरेट का धुआँ कमरे में भरा हुआ था। व्हिस्की का गिलास अनपिया सामने पड़ा था और मेरा पिया मुझसे उस घटना का हिसाब माँग रहा था जो हुई ही नहीं।

"रवि उस दिन कोई वारदात हुई ही नहीं। मैं तुम्हें क्या बताती! मेरे मना करते ही वे सँभल गए। उन्होंने कोई इसरार नहीं किया।"

"उनकी कोशिश को तुम वारदात नहीं मानतीं, इतनी लिबरल तुम कब से हो गईं?"

"सच को सच की तरह देखना तुमसे ही सीखा है रवि।" मैंने कहा।

"ठीक है, अब से मैं भी तुम्हें अपने बारे में बातें तभी बताया करूँगा जब वारदात हो चुकेगी।"

रवि उस रात बिना खाए-पिए नए कमरे में ही सो गए।

मैं बच्चों के कमरे में आ गई। रात भर नींद नहीं आई। बार-बार मैं उस रविवार और आज की शाम को रिवाइंड करके देखती रही। मुझे अपनी ग़लती ढूँढ़े से नज़र नहीं आ रही थी। इस घर में बेशुमार दोस्तों का, सहेलियों का आना-जाना, रुकना-ठहरना हुआ था। कभी किसी को लेकर छोटी सी भी तकरार हमारी नहीं हुई थी। प्रसून जी को क्या पड़ी थी इस प्रसंग को उखाड़ने की। उससे भी ज़ालिम यह था कि रवि एक भी मिनट मेरे पक्ष में खड़े होकर नहीं सोच रहे थे। उन्हीं की बताई बातों को यथार्थ मान रहे

थे। उन्होंने कितना और क्या बताया यह जानने का कोई ज़रिया मेरे पास नहीं था। अब मुझे वह नगमा भी तीर की तरह चुभने लगा जो रवि रात को स्टीरियो पर बार-बार सुन रहे थे, 'वो जो हममें तुममें क़रार था। तुम्हें याद हो कि न याद हो।'

यह रवि की आदत थी। समस्या को विस्तार देने की। उनके मनोविज्ञान में हर बात धँस जाती। काँटे की तरह। हम कलाकारों का प्रेम भी अतिशय, युद्ध भी अतिशय। विश्वास भी अतिशय, अविश्वास भी अतिशय। हमें 97.4 डिग्री पर जीना नहीं आया। ग़ुस्सा मुझे आ रहा था कि जो अपराध किया नहीं उसकी सफ़ाई क्या दूँ और क्यों।

रात कठिन बीती। आँखें नींद से रीती।

सुबह अपनी चुनौतियाँ लिए खड़ी मिली।

बच्चों को तैयार कर स्कूल भेजा।

ख़ुद तैयार हुई।

मालती ने आकर चाय दी।

चाय पी ली।

मालती ने नाश्ता बनाया।

वह भी चुपचाप चबाया।

रवि अभी भी कमरे में सो रहे थे।

भारी मन कॉलेज चली गई।

वहाँ कौन कम कठिन काम थे। एक तरफ़ मैनेजमेंट का शिकंजा, दूसरी तरफ़ प्राध्यापकों का पंजा। किसी तरह काम वाला दिन तमाम हुआ।

घर को चली।

रिक्शे में, रास्ते भर लड़ाई का नक्शा बनाती रही। रवि यह कहेंगे तो मैं वह कहूँगी। वे ऐसे बोलेंगे तो मैं वैसे बोलूँगी।

घर पहुँची तो मालती ने मुनादी कर दी, "बाबूजी को आपैई खियाओ। जरको नईं खाये हैं। चा बनाई, ओहू नईं पिये।"

अब क्या हो गया। यह नई भूख हड़ताल। बच्चे स्कूल से लौटे।

उनके साथ थोड़ा जीवन लौटा। कॉपी-किताब, होमवर्क दौड़-भाग। रात के आठ बज गए।

रवि हाथ-मुँह धोकर, कपड़े बदल नए कमरे में गए। मदिरा और मेहदी हसन भी साथ ही दाख़िल हुए। गाजर और खीरे का सलाद काट कर मैं नए कमरे में रखने गई।

रवि ने सरक कर गद्दे पर मेरे लिए जगह बनाई। मैं वहाँ नहीं बैठी। सामने पड़ी गद्दी पर बैठी। रवि ने होंठों से सिगरेट हटा कर ऐश-ट्रे पर रखी और कहा, "ममता एक छोटा पेग तुम भी ले लो।"

"नहीं," मैंने कहा। मेरी आवाज़ में गद्य था।

रवि ने औंधे पड़े गिलास को सीधा किया। थोड़ी सी जिन डाली, पानी मिलाया और गिलास मुझे थमाकर कहा, "चियर्स।"

रवि को सहज देखना अच्छा लग रहा था। लेकिन मैं सहज नहीं थी।

मेरे मन में सवाल थे और शिकायत।

न जाने किस अन्तर प्रक्रिया से रवि इस समय नॉर्मल थे।

"मैं सारा दिन तुम्हारे बारे में सोचता रहा। मम, तुम्हारे ऊपर बड़ा लाड़ भी आया।"

मैंने छोटा सा सिप लिया।

"मुझे तुम पर नाज़ भी हुआ मम। ज़िन्दगी में तुम चाहे कितने काम एक साथ कर लो, प्रेम तुम एक बार में एक ही करती हो। है न!"

"क्या तुम एक बार में कई प्रेम करते हो?" मैंने पलट कर पूछा।

"नहीं, सवाल इसका नहीं है। मेरी-तुम्हारी तुलना नहीं कर रहा।"

"फिर क्या कर रहे हो?"

"अगर उनके मन में कोई मैल होता तो मुझे बताते ही क्यों। उनका यह कहना, 'ममता इज़ ट्रू' कितना मायने रखता था।"

"जब मैंने कहा, मैं सच बोल रही हूँ उसका कोई मायने नहीं था तुम्हारे लिए!" तैश में मैंने बड़ा सिप ले लिया।

"मायना था लेकिन मायना उतरने में भी वक़्त लगता है डार्लिंग।"

"गुस्सा उतरने में भी वक़्त लगता है रवि," मैंने कहा और एक साँस में गिलास खाली कर दिया।

6

जब हाड़कँपाऊ ठंड के दिनों में सन् 2020 का आग़ाज़ हुआ था, किसे ख़बर थी कि यह क्या ज़ुल्म करेगा। इक्कीसवीं सदी का दूसरा दशक लगा था, विश्व पुस्तक मेले की धूम थी, बाज़ारों में रौनक थी और मंदी के बावजूद लोग मगन रहने की कोशिश में थे। तभी 8 जनवरी को यूक्रेन में हवाई हादसा हो गया, 176 यात्रियों को आतंकी हमले का शिकार होना पड़ा। ख़राब ख़बरें यहीं से शुरू हो गईं। कोरोना महामारी की उड़ती-उड़ती ख़बरें आती रहीं, लेकिन हमने फरवरी तक इसे बेपर की अफ़वाह माना। जब चीन सहित अन्य देशों ने कोरोना वायरस को महामारी घोषित कर दिया हमारे कान खड़े हुए। जब तक हमने तालाबन्दी घोषित की, बीमारी शहर-शहर कहर बरपा कर चुकी थी। धड़ाधड़ काम के ठिकाने बन्द हुए, रोज़गार मन्द हुए, फ़ैक्टरियों पर ताले पड़े, रोज़ी-रोटी के लाले पड़े। कारीगरों का, मज़दूरों का अपने गाँव-घर की दिशा में पैदल चल देना, इस समय की सबसे बड़ी त्रासद महागाथा है। यह विस्थापन अभी भी जारी है। इलाहाबाद से दूर यह जो मैं नेशनल हाइवे 24 के मकान में नज़रबन्द बैठी हूँ, यहाँ से दिखती है वह अन्तहीन क़तार, हताश, निराश, बदहवास नागरिकों की जो गाँव से गठरी

में सपने बाँध कर लाए थे और शहर से, घाव समेटकर वापस जा रहे हैं। कोई इस तरह घर नहीं लौटना चाहता—पीड़ित और पराजित।

समय विकराल है, इसीलिए तो मुनादी हुई कि रमज़ान के आख़िरी जुम्मे की नमाज़ नहीं पढ़ी जाएगी मसजिदों में। जुम्मा चुपचाप बीत गया। आज ईद है मगर कैसी गुमसुम। घर में अपनी आवाज़ क्या अपनी चुप्पी भी सुनाई दे रही।

मन लपक कर चला जाता है इलाहाबाद की रानी मंडी में जहाँ बीसियों साल ईद की रौनकें देखीं और उनमें शामिल रहे। ईद के रोज़ फ़ज़र की नमाज़ अदा कर, लोग ताज़े, नए कपड़े पहन गली में इधर से उधर जाते दीखते। तपाक से गले मिलते, घर आने की दावत देते और ईद की तैयारी में बाज़ार के दस चक्कर लगाते। उस दिन स्कूल-कॉलेज की छुट्टी होती। हमारे बच्चे अन्नू, मन्नू भी सबेरे से नहा कर नए कपड़े पहन लेते और खिड़की से त्योहार की रौनक देखते रहते। 11 बजे तक दोस्तों, पड़ोसियों के यहाँ से ईद की सेवइयाँ आनी शुरू हो जातीं।

राशिद साहब, काज़मी साहब, आबदी साहब, अकीला आपा, फाखरी साहब, सिद्दीकी साहब सबके घर से ईद का न्योता आता। इन सबकी मुहब्बत ही थी कि ये सब पड़ोसी न सिर्फ़ घर पर बुलाते, हमारे घर भी सिन्नी (ट्रे) भर-भर कर पकवान भेजते। काज़मी साहब ख़ूब से शामी कबाब भेजते। बच्चे कबाब खाते और कहते जाते 'काज़मी साब' 'ज़ालिमी साहब।' कबाबों में मिर्च-मसाला तेज़ होता। एक बार तो उनका बेटा बड़ी सुन्दर प्लेट में कबाब लेकर आया। प्लेट के ऊपर एक और प्लेट ढकी हुई थी। वह ऊपर आया और प्लेट मुझे थमाकर इन्तज़ार करने लगा कि मैं कबाब निकाल कर प्लेटें उसे वापस दे दूँगी। मैं रसोई में कबाब रख कर आई। आँगन के नल से प्लेटें धो लीं। जब मैं प्लेटें इकबाल को पकड़ा रही थी मेरे हाथ से

अचानक एक प्लेट फिसली और गिर कर चूर-चूर हो गई।

"अरे!" जब तक मैंने कहा और नीचे देखा कि दूसरी प्लेट भी मेरे हाथ से छूट कर गिरी और टूट गई। मैं हक्की-बक्की दोनों टूटी प्लेटों को देखती रह गई।

इकबाल ने मुस्कुरा कर कहा, "कोई बात नहीं आंटी!" और ख़ाली हाथ वापस चला गया अर्थात् बिलकुल अनाकरली के हाथों दोनों कबूतर उड़ जाने वाला नज़ारा था।

एक और ईद की बात है। कुर्बानी का बहुत सा ताज़ा गोश्त घर में सौगात की तरह आया। बच्चों को मटन करी बहुत पसन्द थी। घर में बना लेते थे। पतीला भर कर मटन उस दिन आया।

तभी बिना किसी ख़त या ख़बर के जालंधर से रवि के माता-पिता आ पहुँचे।

चाईजी और पापाई पूरी तरह शाकाहारी प्राणी। उनके रहते घर में अंडा भी नहीं बनता।

मुझे सबसे पहले फ्रिज में रखे पतीले का ध्यान आया। अगर चाईजी ने किसी काम से फ्रिज खोल लिया तो मेरी शामत आ जाएगी।

मैं नीचे भागी गई। रवि को समस्या बताई। रवि ने सुझाया, "तुम भरा पतीला ऊपर की छत पर रख दो। बिल्ली और कौए मिल कर चट कर जाएँगे।

मैं भागमभाग ऊपर गई और पतीला, दुमंज़िली छत पर खुला छोड़ दिया। शाम तक पतीला एकदम ख़ाली हो गया।

एक बार ईद का त्योहार मंगलवार को पड़ा। सभी दोस्तों ने इसरार किया कि शाम को दावत में तशरीफ़ लाएँ। बच्चे दोपहर से ही उछल रहे थे। दिन भर जम कर किमामी सेंवई, बालाई सेंवई उड़ाई थी और शाम की दावत का बेताब इन्तज़ार। मेरी याददाश्त घर में जैसे घास चरने गई थी।

जब ज़ैदी साहब के घर हम सब सज-धज के पहुँचे और उनकी बेगम ने सलमे-सितारे के लाल गरारे-कमीज़ में सजे हुए हमारी अगवानी की, तब तक भी कुछ याद नहीं आया। दीवानख़ाने का कोना-कोना सुसज्जित था। ज़ैदी साहब पंडित नेहरू और इन्दिरा गांधी का कोई क़िस्सा छेड़ बैठे थे।

जल्द ही दस्तरख़्वान बिछा और व्यंजनों की नायाब ख़ुशबू माहौल पर तारी हो गई। बेगम ज़ैदी ने गिलावटी कबाब की प्लेट मेरी तरफ़ बढ़ा कर कहा, "बहन जी, ख़ास आपके लिए बनाए हैं। मैंने एक कबाब उसकी तरी समेत उठा कर अपनी प्लेट में रख लिया। बच्चे शीरमाल की शकल देखकर ख़ुश हो रहे थे। ज़ैदी साहब ने समझाया, "शीरमाल से पेट मत भरो, यह तो मैदा है। पाँच किसिम का गोश्त बना है, तगड़ा होना है तो वो खाओ।"

अचानक मेरे ज़ेहन में घंटी बजी "आज कौन वार है, मंगलवार। हे भगवान! यह कैसी इम्तहान की घड़ी आ गई।"

मैं सोम, मंगल का कोई व्रत-उपवास नहीं करती थी पर न जाने कब से एक रूढ़ि मन में बैठी हुई थी कि मंगलवार को मांसाहार नहीं करते।

मैंने धीरे से रवि से कहा, "मेरी प्लेट तुम ले लो। आज मंगल है।"

रवि ने तुरन्त अपना बयान दिया, "मंगल है तो क्या हुआ। जो इनसान बुधवार को खा लेता है उसे मंगल को खाने में क्या एतराज। खाओ, खाओ, कुछ नहीं होता।"

मैंने कहा, "मैं सेंवई खा लूँगी बस।"

ज़ैदी साहब बोले, "लीजिए भाभीजान आपके लिए बिलकिस सबेरे से बावर्चीख़ाने में लगी रहीं और आप दावत का मज़ा बिगाड़ रही हैं।"

रवि अपनी रौ में आ गए, "मैं तो कहता हूँ जो बुधवार को खा ले और मंगलवार को बचे, उसे तो ज़बरदस्ती खिलाना चाहिए। कितने ही ऐसे काम हैं जिनमें सोम, मंगल नहीं देखा जाता।" मैंने कबाब तो नहीं खाया लेकिन

उसी प्लेट में परोसी अन्य चीज़ें खा लीं। मन अन्दर-ही-अन्दर विचलित हुआ।

बहुत बाद में यह महसूस हुआ कि हम ख़ुद ही अपने जेलख़ाने निर्मित करते हैं और उनमें क़ैद रहना अपनी सहूलियत समझते हैं। इस मामले में रवि ने मुझसे पहले रूढ़ियाँ तोड़ीं। भालचन्द्र निमाड़े का उपन्यास 'हिन्दू' तो बहुत बाद में आया, रवि सन् 1970 से यह बात अक्सर कहा करते थे कि हिन्दू धर्म ने लोगों के अन्दर रूढ़ियों की रद्दी और कट्टरपन का कबाड़ इकट्ठा कर डाला है।

हमारे प्रिंटिंग प्रेस में काम करने वाले सभी कर्मचारी दलित या पिछड़ी जाति के थे। केवल चौकीदार बहादुर, नेपाली था और बीच में एक मशीनमैन आया था जिसे सब पंडित कहते। खाने के समय सभी कर्मचारी बरामदे में बैठ कर खाना खाते। प्रेस में लगे नल पर हाथ धो कर सब बीड़ी सुलगा लेते।

एक दिन पंडित मशीनमैन ने रवि से शिकायत की, "बाबूजी ये लोग हमसे छूत मानते हैं। हम पास जाकर बैठें तो ये सरक जाएँ। कब्भौ हमार दुख-तकलीफ़ पूछें तर्कं नईं।"

रवि ने सुना और कहा, "पंडित तुम्हारा नाम क्या है?"

"सिवलाल।" उसने बताया।

रवि ने कहा, "सबको बोलो तुम्हें शिवलाल बुलाएँ। पंडित नाम तुम्हें दूर फेंक रहा है। तुम भी उनका दुख-तकलीफ़ पूछा करो।" पंडित ने ऊपर-ऊपर से कोशिश की लेकिन बात बनी नहीं। आख़िरकार अपने निर्वासन से घबरा कर वह हमारे यहाँ से काम छोड़ कर लोकभारती प्रेस चला गया।

जातिगत, रूढ़िगत जकड़बन्दियाँ जीवन के सहज प्रवाह को कितना अवरुद्ध करती हैं यह प्रायः बहुत देर में पता चलता है। हमारी युवा दोस्त, पत्रकार मीनू दुबे ने जिन दिनों हमारे यहाँ आना शुरू किया, वह एम.ए. कर चुकी थी, डी.फ़िल्. में पंजीकरण न होने के कारण क्षुब्ध थी और 'मनोरमा'

नामक पत्रिका में पत्रकार थी। अच्छी गोल-मटोल, गदबदी सी मिलनसार लड़की थी जो थोड़ी-बहुत कविता भी लिख लेती थी। लेकिन हर इलाहाबादी की तरह उसके मन में अपनी ख़ूबियों को लेकर एक ख़ामख़याली भी थी। दो-एक अच्छे युवकों ने हमारे द्वारा उससे विवाह करने की इच्छा प्रकट की तो उसका जवाब हमें हैरान कर गया। उसने कहा, हम तो सरयूपारिन ब्राह्मण हैं, इससे नीचे कुल में तो शादी करने की मैं सोच भी नहीं सकती। फिर मेरा इतना नाम है, जब लोग मुझे मंच पर बैठाएँगे तो यह स्कूल टीचर तो आत्महत्या कर लेगा।" मैंने तब आज़िज़ आकर कहा था, "तुम कौन सी महादेवी वर्मा बन गई हो, अभी तो शुरुआत ही है।"

मीनू ने कहा, "शहर की दस कवयित्रियों में मेरा नाम सबसे ऊपर है। हर हफ़्ते मेरा नाम अख़बारों में छपता है।"

समय बीतता गया। इतना बीत गया कि पिछले दिनों उसकी त्रासद मृत्यु की ख़बर ने एक बार फिर मुझे उसके बारे में सोचने पर मजबूर कर दिया। हर दिल अज़ीज़ मीनू दुबे पत्रकारिता और साहित्य के बीच की कड़ी थी। मित्र प्रकाशन की पत्रिकाओं के धड़ाधड़ बन्द हो जाने से जो बहुत से लेखक और पत्रकार बेरोज़गार हुए थे, उनमें मीनू दुबे भी थी। माता-पिता की दुलारी थी, परिवार में उसका वर्चस्व था, इसलिए जीवनयापन जैसी समस्या तो उसके सामने नहीं थी किन्तु समस्त सवाल आर्थिक नहीं होते।

हमें पता ही नहीं चला कब मीनू दुबे ने हमें ममता जी और कालिया जी की जगह आंटी और अंकल बोलना शुरू कर दिया। घर की लड़की की तरह उसने अन्नू और मन्नू को राखी हर साल बाँधी और भइयादूज का टीका लगाया। बच्चे बेहद शरारती थे, जो कहो, उससे उलट करते। अन्नू-मन्नू सुबह ही तय कर लेते कि मीनू दीदी को छकाना है। वे कभी नीचे जाकर प्रेस की किसी कोठरी में छिप जाते, कभी ऊपर की छत पर चढ़ जाते। मीनू

राखी हाथ में लेकर उनके पीछे दौड़ लगाती, मिठाई का लालच दिखाती पर बच्चे तो तूफ़ान की तरह उड़ते। मीनू दोहरे बदन की गदबदी लड़की थी। दुमंज़िले की छत और प्रेस का एक चक्कर लगाकर हाँफ जाती।

मैं उसे समझाती, "समझ लो तुमने राखी बाँध दी। लो खीर खाओ।"

रवि बड़े चाव से उसे आशीर्वाद देते। जाते-जाते भी वह कहती जाती, "आंटी अन्नू-मन्नू को राखी ज़रूर बाँध दीजिएगा। मैं सारा चौक घूम कर ये राखियाँ लाई थी।"

ऐसा निश्छल मन और आत्मीय आचरण सब इलाहाबाद में मिला और वहीं छूट गया। कभी हमसे गलियाँ छूट गईं, कभी काल किसी को लूट ले गया। हाईकोर्ट के वरिष्ठ अधिवक्ता हमारे पारिवारिक मित्र उमेश नारायण शर्मा को कैंसर ने लील लिया, प्रकाशक मित्र सतीश चन्द्र अग्रवाल दिल के दौरे से चल बसे। वे बड़े हिम्मती, हौसले वाले व्यक्ति थे। हँसमुख चेहरा और वत्सल व्यवहार। वे पहले पाठ्यपुस्तकों के प्रकाशक थे। जब पाठ्यपुस्तकों का राष्ट्रीयकरण हो गया, उन्होंने साहित्यिक पुस्तकों के प्रकाशन पर ज़ोर देना शुरू किया। उन्हें रचनाकारों का उन्मुक्त सहयोग मिला। उन्होंने प्रतिष्ठित व लोकप्रिय पेपरबैक पुस्तकें महज़ पचास रुपए मूल्य रख कर छापीं और देखते-देखते छा गए। रवि से उनका बहुत पुराना याराना था। अब हम जबरन दिल्ली वाले बन गए लेकिन सतीश जी इलाहाबाद के ज़ीरो रोड, चाहचन्द से ही रिश्ता जोड़ते। वे घर आते। बड़े स्नेह और अधिकार से कहते, "ममता जी नई किताब लेने आया हूँ। अगले महीने छपने प्रेस में जाएगी। एक अपनी और एक रवि भाई की तैयार करके दीजिए। आज पाँच तारीख़ है। 20 तारीख़ तक पांडुलिपि मिल जानी चाहिए।" फिर वे चीनी रहित चाय पीते हुए धीरे से जेब में से निकाल कर एक चेक मुझे और एक रवि को पकड़ा देते। उनके साथ रॉयल्टी का हिसाब न कभी हमने किया, न

उन्होंने। हम कभी घाटे में नहीं रहे। वे बिना चेक दिए आज तक नहीं गए। जब इलाहाबाद में मीरा स्मृति सम्मान समारोह करते, हम दोनों को विशेष रूप से आमंत्रित करते। उनकी आवभगत में ऐसी अन्तरंगता होती कि हम ख़ुशी से लबालब भरे लौटते। रवि के चले जाने के बाद भी वे आते रहे और पुस्तकों का आग्रह बना रहा।

लेखक-प्रकाशक सम्बन्धों का इधर तेज़ी से विघटन हुआ है। अगर कोई इलाहाबाद में इन सम्बन्धों का अनुसन्धान करे तो कई दिलचस्प कहानियाँ हाथ आएँ।

शहर में फ्रीलांसरों की भरमार थी। न जाने कितने लेखक विभिन्न पत्रिकाओं, अख़बारों में कॉलम लिख कर अपनी आजीविका चलाते। कई लेखकों का किसी न किसी प्रकाशक से अनुबन्ध रहता कि वे जो लिखेंगे, इसी प्रकाशक को देंगे। प्रकाशक हर महीने एक तय रकम लेखक को देता रहेगा। नरेश मेहता को लोकभारती से एक हज़ार रुपए महीने मिलते थे। उस अग्रिम राशि से ज़्यादा दिन ख़र्च तो न चलता लेकिन श्री नरेश मेहता का स्वाभिमान सुरक्षित रहता। उनकी पत्नी किदवई कॉलेज में लेक्चरर थीं। उनके वेतन और अपने अग्रिम के साथ नरेश मेहता ख़ूब अकड़-धकड़ से रहते। घर से बाहर जब भी निकलते उनके बदन पर चमचमाता हुआ कुरता होता और सलीकेदार धोती जिसे वे बांग्ला नफ़ासत के साथ पहनते। सुन्दर और संवेदनशील चेहरा था। वे इतने ख़ुशक़िस्मत थे कि उन्हें अपनी प्रेमिकाओं का अनुराग तो मिला ही हुआ था, पत्नी भी बहुत स्नेही और सहिष्णु। जब मई-जून की दोपहरों में नरेश जी उपन्यास लिखते, अगर बिजली चली जाती, उनकी पत्नी महिमा जी उन्हें पंखा झलती रहतीं। साहित्य को समर्पित ऐसे रचनाकार अब कहाँ मिलते हैं। नरेश मेहता इन अर्थों में एक क़ामयाब लेखक थे कि वे न सिर्फ़ लिखना जानते थे, अपने लिखे हुए को सही जगह पहुँचाना

भी। विचारधारा की कट्टरता से परे, उनमें ऐसी वैष्णव स्वीकार्यता थी कि उन्हें पढ़ते हुए लगता जैसे शब्द अगरबत्ती हो गए हैं और उनमें से सुगंध आ रही है। समकालीनता के आग्रह और मोह से परे वे शाश्वत विषयों पर क़लम चलाते रहे। अपने प्रकाशकों के साथ उनके सम्बन्ध हमेशा अच्छे रहे। दूधनाथ सिंह उतने ख़ुशक़िस्मत नहीं थे। उनका जीवन-संघर्ष कठोर था। कमज़ोर काया, पत्नी निर्मल की अंशकालिक नौकरी और स्वयं की बेरोज़गारी। ऐसे लिक्खाड़ भी नहीं थे कि किलो के दाम तौल कर लेखन कर लें। लेखक-प्रकाशक सम्बन्धों में दूधनाथ सिंह का ग्राफ़ सबसे पेचीदा था। दूधनाथ कभी नीलाभ प्रकाशन में अश्क जी की किताबों के फ़्लैप मैटर लिखते, कभी लोकभारती प्रकाशन में प्रूफ़ पढ़ते। सभी उन्हें झिका कर पैसे देते। लेकिन हद दर्ज़ा तंगदस्ती में भी दूधनाथ ने अपने बच्चों को अच्छे विद्यालयों में पढ़ाया और बहुत वर्षों की फ्री-लांसिंग के बाद अन्ततः इलाहाबाद विश्वविद्यालय में प्राध्यापक पद प्राप्त किया।

देर से मिली सफलताओं ने दूधनाथ सिंह के अन्दर एक हिंस्र मगर चुप्पे प्रतिशोधी को जन्म दिया, अन्दर से खिन्नमना, खीझा हुआ, संतप्त व्यक्ति। दूसरों की सफलता के बरअक्स उसे अपनी निष्फलताएँ याद हो आतीं। धीरे-धीरे उसके लेखन में भी ये लक्षण दिखने लगे। उसकी कहानी 'नमो अन्धकारं!' 'रीछ' और संस्मरण 'लौट आ ओ धार' इसके सजीव उदाहरण हैं। विजय तेन्दुलकर की तरह अपने स्त्री-पात्रों की जमकर प्रताड़ना करने वाला, अपने वरिष्ठों का उपहास करने वाला और समकालीनों की निन्दा करने वाला, इलाहाबाद में दूधनाथ सिंह सम्भवतः सबसे अप्रसन्न नागरिक और रचनाकार था। विलक्षण प्रतिभा का धनी, वाक्पटु, क्षमतावान अध्येता तथा अध्यापक, दूधनाथ सिंह इतने विरोधाभासों से निर्मित हुआ था कि उसको परिभाषित करना असम्भव था। उसको अन्तिम बार मैंने सन्

2014 में इलाहाबाद में देखा था। उस वर्ष उत्तर प्रदेश हिन्दी संस्थान से मुझे राममनोहर लोहिया सम्मान घोषित हुआ था और दूधनाथ सिंह को भारत भारती। हम सबको सम्मान समारोह में लखनऊ जाना था।

दूधनाथ सिंह का फोन आया रवि के पास।

"यार कालिया, बड़े संकट में पड़ा हूँ। तुम्हें पता है अभी कुछ दिन पहले निर्मल का निधन हुआ है। मैं पुरस्कार लेने चला गया तो लोग कहेंगे इसकी पत्नी मर गई और यह मंच पर जाकर सम्मान ले रहा है।"

रवि सोच में पड़ गए। विचार कर रवि ने कहा, "दूधनाथ, देखो तुम्हारे पुरस्कार न लेने से निर्मल तो वापस आ नहीं जाएगी। मेरा ख़याल है तुमको जाना चाहिए।"

"ठीक है, तुम कह रहे हो तो चला चलता हूँ, वैसे मेरा मन उचाट है।"

तय हुआ कि हम तीनों सबेरे गंगा-गोमती एक्सप्रेस से चलेंगे।

गंगा-गोमती रेल इतनी सुबह यानी 6 बजे छूटती है कि हम तो बहुधा उसे पकड़ ही नहीं पाते। रात में इस दुश्चिन्ता में जगे रहते हैं कि सवेरे देर न हो जाए और अलस्सवेरे आँख कसकर लग जाती है।

इस बार सुबह पाँच बजे दूधनाथ अपनी कार में हमारे घर पहुँच गए।

"ममता जल्दी से एक कप चाय पिलाओ और तैयार हो जाओ," दूधनाथ सिंह ने कहा। हमारी सुस्ती हिरन हुई। दोस्त को देख, अस्वस्थ रवि भी स्वस्थ, स्फूर्त दिखने लगे। चाय बनी, सामान कार में रखा गया और हम स्टेशन के लिए चल दिए।

उन दिनों अखिलेश यादव मुख्यमंत्री थे लेकिन राज मुलायम सिंह यादव का चलता था। उन्होंने ही मंच पर समस्त सम्मान प्रदान किए। जिस समय दूधनाथ सिंह को भारत भारती दिया गया, मंच पर संयोग से कई सिंह मौजूद थे। मुलायम सिंह यादव ने, जिन्हें सब नेताजी कहते हैं, सबके हाथ पकड़

कर ऊँचे उठाए और एक तरह से सिंह एकता का जयघोष किया। दूधनाथ सिंह एकदम उत्फुल्ल चहक रहे थे। ऐसा लग रहा था उनका जन्म राजनीति के लिए ही हुआ है। समारोह के बाद भी वे अपना ध्यान मुलायम सिंह यादव पर फोकस किए रहे। बहरहाल ये शायद परिस्थितिगत प्रतिक्रियाएँ रही होंगी।

पारिवारिक परेशानियों और आर्थिक मजबूरियों ने दूधनाथ सिंह के अन्दर स्थायी असुरक्षा का भाव जमा दिया था। समय पर सफलता न मिलने का दबाव दारुण होता है इसीलिए यार-दोस्तों की महफ़िल में सारे हँसी-ठट्ठे के बीच दूधनाथ सिंह यकायक खीझे हुए, उखड़े हुए नज़र आते; वे अपने सिवाय अन्य किसी की मस्ती या कामयाबी बरदाश्त न कर पाते। उन्होंने अपनी अप्रतिम प्रतिभा इसी झुँझलाहट में दिग्भ्रमित हो जाने दी। दूधनाथ के लेखन पर कई रिसर्च हुए होंगे और विद्यार्थियों ने डी.फ़िल्. हासिल की होगी। लेकिन दूधनाथ स्वयं डॉक्टरेट के यांत्रिक अध्ययन से दूर रहे।

बात दूधनाथ की अन्तर्निहित झुँझलाहट की हो रही है। दूधनाथ ने सुमित्रानन्दन पंत पर संस्मरण लिखा 'लौट आ ओ धार'। छायावाद के जिस कोमलकान्त कवि को हम मात्र कविताओं के माध्यम से हल्का-हल्का जान पाए, उनके जीवन, व्यक्तित्व और विचार-जगत में जैसे उन्होंने एक खिड़की खोल दी। कितने ही ऐसे साहित्यकार रहे हैं जिन्हें हमने जब भी देखा मंचस्थ देखा। मंच से अलग उनका व्यक्तित्व हमारे सामने नहीं आया। पंत भी उन्हीं विभूतियों में थे। दूधनाथ सिंह ने उनका मानवीय रूप सामने रखा। वे तपेदिकग्रस्त दूधनाथ को देखने सरकारी सेनटोरियम में रसूलाबाद गए। दूधनाथ सिंह वक़्त-बेवक़्त उनके घर चले जाते। पंत जी की कोशिशों से निर्मला ठाकुर की आकाशवाणी में नियुक्ति हुई। दूधनाथ सिंह सुमित्रानन्दन पंत के बहाने आत्मीयता का एक वितान रचते हैं कि यकायक कोई पुरानी चिढ़, झल्लाहट उन पर हावी हो जाती है। वे पंत और ज्ञानरंजन की रचना-प्रक्रिया

की तुलना आरम्भ कर देते हैं। पुस्तक में पृष्ठ 124 से 138 तक दूधनाथ सिंह की झुँझलाहट चरम अभिव्यक्ति पाती है। उन्हें एक की स्वीकार्यता तो दूसरे की अनिवार्यता से एतराज है।

इलाहाबाद का चित्र और चरित्र न जाने कितने बुद्धिजीवियों, कलाकारों और विद्वानों से बुना गया है। कभी इलाहाबाद को कैनवस पर चित्रों में उतारा जाए तो कई किलोमीटर लम्बी कलाकृति बने। उसमें से क्या सुमित्रानन्दन पंत यां ज्ञानरंजन को हटाना मुमकिन है? चित्र में एक बदनुमा सूराख हो जाएगा।

दूधनाथ सिंह स्वयं ख़ूबसूरत थे लेकिन उन्हें पंत जी की ख़ूबसूरती से शिकायत है। दूधनाथ को प्यार करने वाले बहुत लोग थे लेकिन उन्हें इस बात पर एतराज है कि ज्ञान को इलाहाबाद में इतना प्यार क्यों मिला। इस खुन्नस को वे पंत जी के कवि-कर्म और ज्ञानरंजन की कहानियों तक खींच कर ले जाते हैं। दूधनाथ कहते हैं, "सुमित्रानन्दन पंत और ज्ञानरंजन की रचना-प्रक्रिया में अद्‌भुत समानताएँ हैं। दोनों में अन्तर्वस्तु एक चमकते हुए बिम्ब, एक सूक्ति-वाक्य, एक चमकदार, आप्त-वचन के रूप में शुरू में ही रख दी जाती है। यह जलता हुआ आप्त-वाक्य पूरी रचना का सारतत्त्व होता है। यह मूल कथ्य प्रारम्भ में ही एक घने केन्द्र में स्थित और जड़ होता है।" दूधनाथ सिंह यह विश्लेषण करते हुए भलीभाँति जान चुके हैं कि वे लेखक के रचना-प्रक्रिया के इलाक़े में दाख़िल हो रहे हैं लेकिन वे यहीं नहीं रुकते। पंत जी को थोड़ी गुंजाइश देते हुए वे ज्ञानरंजन की उन यादगार कहानियों की जड़ें खोदने लगते हैं जिन्हें पाठकों का छह दशकों का प्रेम मिल चुका है। दूधनाथ सिंह की इस गति पर दुख होता है। ऐसे वक़्तों में लगता है हम अपनी से पुरानी पीढ़ी के किसी शिकायती बूढ़े के पास बैठे हैं।

दूधनाथ भूल जाते हैं कि प्रतिभा की लड़ाई और कुरुक्षेत्र की लड़ाई में अन्तर होता है। रचनात्मक आकलन में मेधा की स्पर्धा और सृजन का

स्वाभिमान काम आता है। इस शहर ने साहित्य और साहित्यिक पत्रकारिता के क्षेत्र में अभूतपूर्व स्पर्धाएँ देखी हैं। इनके परिदृश्य टैस्ट मैच जैसे रहे हैं। भितरघात कभी प्रभावी न हो पाया। इलाहाबाद में साहित्यिक विवाद संवाद से निपटाए जाने की परम्परा रही है। परिमल और प्रलेस से बढ़ कर स्पर्धा कहाँ हुई होगी। फिर भी एक टीम दूसरी टीम की प्रतिभा और पराक्रम की सराहना ज़रूर करती।

इस कोरोना काल में जितना मैं अपना ध्यान काम पर फोकस करती हूँ उतना ही उसे फिसलने की वजहें मिल जाती हैं। एक अभिनेता मुझे पसन्द था, सुशान्त सिंह राजपूत। पी.के. में देखा था। अन्य फ़िल्मों में भी देखा होगा। टी.वी. पर ख़बर आ रही है उसने आत्महत्या कर ली। चार दिन पहले उसकी मैनेजर ने आत्महत्या की थी। ये कोरोना-मृत्यु नहीं हैं। एकबारगी स्मृति दौड़ गई। 1989 के इलाहाबाद में। रानी मंडी से कुछ ही दूर ख़ुशहाल पर्वत या गुजराती मुहल्ले में वह लड़का रहता था, पंकज बहादुर। नाटे क़द का गोरा गोलमटोल था। अन्नू के साथ I.S.C. यानी बारहवीं कक्षा में, सेंट जोजेफ़ कॉन्वेंट में पढ़ता था। कहीं और का था लेकिन इलाहाबाद में पढ़ने की ख़ातिर अपनी मौसी के यहाँ रहता था।

यकायक एक सुबह ख़बर आई पंकज बहादुर ने पंखे से लटक कर आत्महत्या कर ली। शहर, दोस्त और परिवार सकते में आ गए। किसी की समझ न आए कि 18 साल के लड़के के ऊपर ऐसा कौन सा दबाव पड़ा कि उसने जान दे दी। परिवार में रोना-पीटना और सन्नाटा सब घटित हुआ। मोहल्ले के लोग धीरे-धीरे अपने दैनिक क्रम में वापस लगे। दसवें रोज़ मौसी की लड़की पिंकी उसी कमरे में, उसी पंखे से झूलती नज़र आई। पिंकी सोलह साल की थी और सेंट मेरीज़ कॉन्वेंट में कक्षा दस की छात्रा थी। कहने वालों ने कहा, "पिंकी की मुट्ठी में से एक मुचड़ा हुआ काग़ज़

मिला जिस पर लिखा था, 'Wait, I am coming!' घर की घर में घटित यह ऐसी गुपचुप प्रेम कहानी थी जिसका यही त्रासद अन्त होना था। दस दिन में हुई ये दो मौतें शहर को हिला गईं।

जैसे सुख हमारे अन्दर हिलोर मारता है, एक सुख से दूसरा, फिर तीसरा सुख याद आता जाता है, वैसे ही दुख अन्दर की नसें दबाता है। एक दुख अनेक दुखों की स्मृतियाँ जाने कहाँ-कहाँ से खींच कर लाता है। सन् 1989 ने शहर में बहुत मौतें देखीं। वह 17 या 18 बरस की उमर जब लड़के ख़तरों से खेलना मज़ाक़ में लेते हैं। माता-पिता को बच्चों के मनोजगत की कोई जानकारी नहीं होतीं। वे अपने कामों में व्यस्त होते हैं, बच्चों के आकस्मिक फ़ैसलों का माँ-बाप को इल्म भी नहीं होता।

घटना सरस्वती घाट की थी। उस दिन भी गुरुवार था। दोपहर दो बजे का वक़्त। सेंट जोजेफ़ कॉन्वेन्ट में तभी छुट्टी की घंटी बजी। बारहवीं कक्षा की दमघोंटू पढ़ाई से बच्चे छूटे तो उन तीन दोस्तों को लगा अभी घर जाकर क्या करेंगे। यहाँ टीचरों का आतंक, घर में माँ-बाप का प्रवचन। उन्होंने इरादा किया, "चलो कुछ देर सरस्वती घाट पर चल कर बैठा जाए। सरस्वती घाट की ख़ूबसूरती केवल श्याम सलिल कालिन्दी में नहीं बल्कि उन नारंगी रंग की बेशुमार सीढ़ियों में है जो सीधे सड़क से उतर जमुना-जल को स्पर्श करती हैं। दाएँ-बाएँ पार्क और मेहराबें। यहाँ स्वच्छता का ध्यान रखा जाता है। पास ही ईविंग क्रिश्चियन कॉलेज है इसलिए विद्यार्थी यहाँ हरदम नज़र आते हैं कभी दोस्तों के साथ तो कभी किताबों के।

पानी देखते ही तीनों लड़कों के अन्दर डुबकी लगाने की ललक उठी। यूनिफॉर्म उतार कर बस्ते के ऊपर डाला, चश्मा आगे की जेब में और सिर्फ़ कच्छा पहने हुए नदी में सीढ़ियाँ उतर गए। राजीव मेहरोत्रा, प्रमोद पाठक और आशीष चटर्जी, इनमें दो बच्चे नगर के नामी डॉक्टरों के बेटे थे।

प्रमोद के पिता सम्भवतः ए.जी. ऑफ़िस में थे। सभी सेंट जोजेफ़ कॉन्वेंट में बारहवीं के छात्र थे। अगले ही हफ़्ते राजीव को मेडिकल साइंस की पढ़ाई करने यूरोप चला जाना था। उसका वहाँ नामांकन हो चुका था। ये सभी लड़के, खेलने, पढ़ने और स्कूल की गतिविधियों में तेज़ थे। जिस टीम में ये होते वह जीत जाती चाहे फुटबॉल हो या क्रिकेट। ये सब लड़के प्रथम श्रेणी पाने के प्रत्याशी थे।

दोपहर का अलस समय था। घाट पर उछीड़ थी। चार-छह मल्लाह, नंगे बदन बैठे हुए बतिया रहे थे।

इसी साल कुम्भ या महाकुम्भ, जो भी कह लें, की तैयारी में हर घाट पर पीपे का पुल बनवाया गया था। यह पीपे का पुल एक निराला इन्तज़ाम होता है जो केवल कुम्भ, अर्धकुम्भ और महाकुम्भ में देखने को मिलता है। नदी की धारा के आर-पार यात्रियों और गाड़ियों के आवागमन के लिए ये अस्थायी पुल, पर्व से पहले बनाए जाते हैं। बहुत विशाल नावों को उलटा कर अथवा भारी प्लास्टिक के पीपों को नदी की सतह पर स्थिर कर, उन पर कंकरीट, स्टील, बालू और लकड़ी के स्लीपरों की सहायता से यह करिश्माई पुल तैयार होता है। इसे सन्तुलन में रखने के लिए नदी की ही बालू का खनन किया जाता है। इसका नतीजा यह होता है कि नदी के अन्दर पन्द्रह से पच्चीस फीट गहरे गड्ढे हो जाते हैं जो मामूली निगाह को पता नहीं चलते। होशियार मल्लाह और मछुआरे पीपे का पुल बनने के बाद की नदी को ख़तरनाक मानते हैं।

ये स्कूली लड़के पानी में थोड़ा-बहुत हाथ-पैर चलाना जानते थे। कभी-कभी स्कूल के तरणताल में छपाक-छपाक कर लेते। उसी दम पर इठलाते थे कि हमें तैरना आता है।

राजीव, प्रमोद और आशीष नदी में आगे बढ़ते गए। उन्हें पीपे का पुल

तो दिखाई दे रहा था, नदी की अन्दरूनी हालत की कोई जानकारी नहीं थी।

जिसने भी नदियों का, ख़ासकर यमुना का सीना नापा है, वह जानता है कि यमुना का जल बड़ा छलिया है। ऊपर से साँवला-सलोना, मगर अन्दर से घुन्ना। जमुना का तल अतल, अगम, अगाध। जहाँ एक पैर पड़े, ज़रूरी नहीं कि दूसरा भी वहीं पड़ेगा। बालू हटने से पड़े गड्ढों की गहराई रोज़ बढ़ती जाती है।

राजीव के अन्दर कुछ ज़्यादा ही हड़बड़ी थी। वह दोस्तों का हाथ छुड़ा कर अकेला आगे बढ़ गया। अभी उसने पाँच-सात डग भरे थे कि उसका एक पाँव बलुई गड्ढे में पड़ गया। वह लड़खड़ा गया। उसका सन्तुलन बिगड़ा। उसने एक हाथ ऊपर उठाया और दोस्तों को बुलाने का इशारा किया। प्रमोद लपक कर आगे बढ़ा। आशीष अभी थोड़ा पिछड़ रहा था। राजीव के पास पहुँचते ही प्रमोद का पैर भी उसी गड्ढे में फँस गया।

दोनों के हाथों की तड़फड़ और लगातार नीचे को धँसती देहों को देख, आशीष वहीं से चिल्लाया, "बचाओ, बचाओ कोई आओ, मेरे दोस्त डूब रहे हैं।" वहाँ इस वक़्त कोई स्नानार्थी नहीं था। आशीष नदी से बाहर निकल कर, किनारे पर बैठे मल्लाहों के पास गया। उसने बदहवास, हकलाते हुए कहा, "मेरे दो दोस्त नदी में डूब रहे हैं, भगवान के लिए उन्हें बचा लो। आपकी बड़ी मेहरबानी होगी।" आशीष पानी और पसीने, आँसू और अकुलाहट से तरबतर थरथरा रहा था।

मल्लाहों ने बड़े ठस्स अन्दाज़ में जवाब दिया, "हमरे कने रस्सा होइबे न करी इत्ती जून, का करी, कइसे करी!"

आशीष ने उनके हाथ जोड़े, "आप नदी का चप्पा-चप्पा जानते हो, कुछ भी करो। मेरे दोस्त डूब जाएँगे। हाथ से खींच लाओ। तुम्हारी आँखों के सामने उनकी जान चली जाएगी।"

एक मल्लाह ने लापरवाही से कहा, "दस हज़ार लागी।"

"देंगे," आशीष ने कहा, "जो कहोगे दिलवा दूँगा। मेहरबानी कर उन्हें बचा लो।" थोड़ी देर में रस्सा आया। रस्सा कमर में बाँध दो मल्लाह जमुना की धारा में कूदे। आशीष ने तब तक भाग कर किसी पी.सी.ओ. से दोनों दोस्तों के घर ख़बर की। दो घंटों की गोताख़ोरी के बाद राजीव और प्रमोद के निश्चेष्ट शरीर किनारे पर लाए गए। उनकी श्वास नली और भोजन नली में नदी की बालू और कीचड़ ठुँसी हुई थी। आशीष बदहवास उन्हें हिला-डुला रहा था, "राजीव, प्रमोद मेरी बात सुनो। आँखें खोलो।" दोनों किशोरों के पिता घाट पर पहुँचे। सबसे पहले वे एम्बुलेंस में बच्चों को लिटा कर अस्पताल भागे। आपात कक्ष में अफ़रा-तफ़री मच गई। आधा घंटे के उपचार के बाद डॉक्टरों ने हाथ खड़े कर दिए। दोनों लड़कों की मौत दम घुटने से हुई थी। जीवनदायिनी जमुना ने दो जीवन लील लिए। राजीव के पिता शहर के जाने-माने डॉक्टर थे लेकिन अपने बेटे को बचा नहीं पाए।

इस हादसे के बाद बहुत समय तक लगता रहा कहीं आशीष अपना सन्तुलन न खो दे। वह अचानक गम्भीर रहने लगा। उसकी शैतानियाँ हवा हो गईं। उसके माता-पिता भी डॉक्टर थे। उन्होंने धीरज नहीं खोया। उन्होंने आगे की पढ़ाई के लिए उसे दूसरे शहर भेज दिया। यही अच्छा है कि किशोर वय जितनी तेज़ी से घटनाएँ ग्रहण करती है, उतनी ही तेज़ी से उन्हें भुला भी देती है। नए शहर में नई चुनौतियों के सामने आशीष एक बार फिर मुस्तैदी से खड़ा हो गया।

कुछ-कुछ ऐसी तड़फड़ तब भी मची थी, जब शहर में हमारी मेहदौरी कॉलोनी से उस रात वे दो विद्यार्थी बाहर निकले थे।

तेलियरगंज बस्ती में मेहदौरी कॉलोनी गंगा से सटी हुई है। यहाँ का घाट रसूलाबाद घाट कहलाता है। यहाँ आकर गंगा धीर-गम्भीर हो जाती

है। पहले यहाँ सिर्फ़ रेत का पुलिन और दो-चार उपेक्षित मन्दिर भर थे। हाँ श्मशान हमेशा सक्रिय रहता था। आस-पास के इलाक़ों और गाँवों के परिवार, दाहकर्म के लिए यहीं आना सरल, सुविधाजनक पाते। यहीं पर जगत-प्रसिद्ध 'महाराजिन बुआ' थीं जो समस्त क्रियाकर्म साधु-निस्संगता से सम्पन्न करवातीं। विश्व भर में शायद वे अकेली स्त्री थीं जो मृतक-संस्कार जैसे विषम कार्य में पेशेवर ढंग से लगी हुई थीं।

इस कॉलोनी में शुरू में आबादी कम थी। इसका ग्रामीण तत्त्व बरकरार था। यह बना भी था एक गाँव तबाह करके। मेहदौरी उस गाँव का नाम था जिसकी ज़मीन पर यह कॉलोनी बसाई गई। इसका नाम चन्द्रशेखर आज़ाद नगर भी रखा गया। पार्क में इस नाम की तख्ती भी लगी लेकिन लोगों की ज़ुबान पर मेहदौरी नाम ही चढ़ा रहा।

आवागमन के साधन यहाँ न्यूनतम थे। गणेश टैम्पो में सवारी करना आसान नहीं था। उसमें क्षमता से अधिक सवारियाँ लाद ली जातीं और टैम्पो में से खोआ की महक आती रहती क्योंकि इसमें गाँव के ग्वाले खोआ की परात के साथ सफ़र कर रहे होते। उन्हें अपना खोआ शहर में बेचना रहता। मेहदौरी से बैरहना, अपने कॉलेज पहुँचने के लिए मुझे तीन बसें बदलनी पड़तीं। कॉलेज पहुँचने में दो घंटे लगते। जीवन हमेशा कठिन था। यहाँ आकर और कठिन हो गया। ऊपर से घर में चाईजी का अनुशासन। वे न्यायाधीश की तरह मेरी दौड़-भाग देखतीं मगर कभी हमदर्दी के दो बोल मुँह से न निकालतीं। वे मुँह अँधेरे उठ कर, नहा कर, झकाझक चिट्टे कपड़े पहन कर इतनी तेजस्वी दिखतीं कि मुझे अपने घामड़पन पर शर्म आ जाती। जैसे ही मैं घर के काम सहेज कर कॉलेज जाने के लिए उद्यत होती, वे कहतीं, "ममता स्वेरे से तूने मेरे तों इक भी गल्ल नईं कीती, आ की त्रीका है दस्स!" (ममता सवेरे से तूने मेरे से एक भी बात नहीं की, यह क्या तरीक़ा है?)

मेरे क़दम वहीं ठहर जाते।

"दस्सो चाईजी।" मैं कहती।

"कहिए चाईजी।" मैं कहती।

"देख अज्ज तो मैं नाश्ता कर लेया। कल से मैनू तूं बना कर दिया कर। रामलाल मैनूं इन्ना पतला पानी वरगा दुध पलांदा। जूपी दी डबलरोटी भी स्वा हैगी।"

(देख आज तो मैंने नाश्ता कर लिया। कल से मुझे तू बना कर दिया कर। रामलाल मुझे इतना पतला पानी जैसा दूध पिलाता है। यूपी की डबलरोटी भी बेकार है।"

मैं लज्जित होकर कहती, "चाईजी मैं हुणेई फेर से नाश्ता बना देन्दी हाँ।"

चाईजी कहतीं, "ना तैनूं देर हो रई, जा तू। अज्ज मैं ओनूं ताड़ दित्ता, काल नू सही।" (न तुझे देर हो रही। तू जा। आज मैंने उसे ग़ुस्सा किया है। कल सही।)

अन्नू के कई दोस्त इस कॉलोनी में रह कर शासकीय सेवाओं की परीक्षा की तैयारियों में लगे हुए थे। ये अक्सर यू.पी. और बिहार के शहरों, गाँवों से आए युवा थे। पाँच-छह लड़के मिलकर तीन कमरों का एक फ़्लैट किराये पर लेते और पढ़ाई में जुट जाते। सुविधाओं के नाम पर उनके पास ज़्यादा कुछ न होता। कर्नलगंज के बाज़ार से वे तीन सौ रुपए में एक तख़्त ख़रीदते और डेढ़ सौ रुपए में मेज़-कुर्सी। चालीस रुपए में खपच्ची वाला रैक मिल जाता। यूनिवर्सिटी रोड से दो किलो रफ़ कॉपी ख़रीद कर उनकी पढ़ाई का श्रीगणेश हो जाता। न्यूनतम सुविधाओं में भी ख़ुश रहने वाले ये लड़के विभिन्न परीक्षाओं के फॉर्म भरते, डाकिए का इन्तज़ार करते और कभी-कभी जब जेब इजाज़त देती, अवतार टॉकीज़ में फ़िल्म देख आते। कभी चाईजी को बाहर बरामदे में बैठे देखते तो उनका हालचाल पूछने खड़े हो जाते।

चाईजी की सामाजिकता का सबसे विस्मयकारी पक्ष यह था कि बिना हिन्दी भाषा के ज्ञान के, वे आस-पड़ोस और शेष समाज के सम्पर्क में रहतीं। कॉलोनी की कई सेविकाएँ, पड़ोसिनें, विद्यार्थी और सब्ज़ी बेचने वाले सब, उनके पास आकर बैठते। सभी से उनका संवाद चलता। अगर मैं कभी दुभाषिया बनने की कोशिश करती, चाईजी अपनी एक भृकुटि से मुझे वहाँ से हटा देतीं, "तू अन्दर जाके अपणा काम देख।"

बिहार के चार-पाँच लड़के पास ही एक मकान लेकर रह रहे थे। ये सब अन्नू के साथ बी.ए. कर चुके थे। अब ये सिविल सेवा प्रतियोगिता की तैयारियों में जुटे हुए थे। दिन भर पढ़ते, स्टोव पर अपना खाना बनाते, और शाम को एक चक्कर कॉलोनी का लगाकर ताज़ा दम हो जाते। कभी-कभी चाईजी के पास आ बैठते।

उस दिन कोई प्रतियोगी परीक्षा देने सुजीत को दिल्ली जाना था। प्रयागराज एक्सप्रेस में उसकी सीट आरक्षित थी। कंचन ने कहा, "मैं तुझे बाइक से स्टेशन पहुँचा दूँगा यार।"

रात पौने आठ बजे के करीब कंचन और सुजीत हमारे घर के सामने से गुज़रे तो थोड़ा ठिठक गए।

"अन्नू।" कंचन ने आवाज़ लगाई।

बाहर बैठी चाईजी ने कहा, "कंचन अन्नू तो है नहीं।"

कंचन मोटरबाइक खड़ी कर अन्दर आया, "छुट्टी में घर नहीं आया अन्नू!"

चाईजी ने कहा, "काका ओदी पढ़ाई बड़ी ओखी ओत्थे ठहर के कोचिंग क्लास कर रह्या।"

(काका उसकी पढ़ाई बहुत सख़्त है। वहीं ठहर कर कोचिंग क्लास कर रहा है।)

अन्नू एम.बी.ए. करने इन्दौर जा चुका था। हर तिमाही सत्र के बाद छह-सात छुट्टियाँ मिलतीं जिनमें से दो तो रेल-यात्रा में कट जातीं। ऊपर से पढ़ाई का बोझ निरन्तर सिर पर।

चाईजी अंगूर खा रही थीं। उन्होंने प्लेट कंचन की तरफ़ बढ़ाई, "लै, अंगूर खा।"

कंचन और सुजीत ने मुश्किल से दो-दो दाने उठाए। कंचन बोला, "दादी माँ मैं सुजीत को स्टेशन छोड़ने जा रहा हूँ। कल आऊँगा।" कंचन ने बाइक को किक लगाई और चल दिया।

जिसने भी मेहदौरी कॉलोनी देखी है उसे अन्दाज़ होगा कि यहाँ से शहर जाने के लिए सात किलोमीटर का मिलिटरी इलाक़ा पार करना पड़ता है। इस सात किलोमीटर मार्ग में कोई रोशनी नहीं होती। वाहनों की अपनी रोशनी ही काम आती है। ब्रिटिश राज का बनाया हुआ क़ानून अब तक चला आ रहा है। ऐसा इस इलाक़े की सुरक्षा की ख़ातिर किया जाता है जबकि सबको पता है कि अब सैटेलाइट की आँख कहीं तक भी पहुँच सकती है।

यहाँ ज़्यादा भीड़ नहीं होती इसलिए सुनसान सड़क पर वाहन अक्सर सर्राटे से निकलते हैं। कंचन चौथे गियर में चला रहा था। अब्दुल हमीद फाटक पर यकायक वह बाहर पसरी पक्की मेंड़ से टकरा गया और भरभरा कर गिर पड़ा। सुजीत भी गिर गया। उसका बैग छिटक कर सड़क के दूसरे छोर पर जा गिरा।

कंचन के सिर में गहरी चोट आई। वह तत्काल बेहोश हो गया। अन्दरूनी और बाहरी चोटों के कारण उसके सिर से ख़ून बहने लगा।

सुजीत के दोनों पैरों की हड्डियाँ टूट गईं। वह होश में था पर बोल नहीं पा रहा था। उस सुनसान इलाक़े में जनजीवन भी सुप्तावस्था में था। काफ़ी देर बाद सेना का एक जवान फाटक के पास गिरी हुई मोटरसाइकिल

देख कर वहाँ आया। उसने सुजीत से बात की और अन्दर जाकर ज़रूरी फोन लगाए।

कंचन के घरवालों को ख़बर, उसके मृत शरीर का पोस्टमॉर्टम, सुजीत को अस्पताल पहुँचाने का प्रबन्ध, सब काम सेना के हाथों हुए।

जब हम कंचन के ठिकाने पर पहुँचे, उसके माता-पिता आ चुके थे। कंचन की सीलबन्द लाश कमरे में धरती पर रखी थी। तीनों कमरे विद्यार्थियों से भरे हुए थे। कंचन की माँ समस्त कोलाहल के बीच बस एक टेक लगाए हुए रुदन कर रही थी, "हमार बबुआ को पटना ले चलो। उहाँ के डॉक्टर की दवाई से बबुआ ठीक हो जाई।"

हमारा शहर जहाँ हज़ारों-लाखों बच्चों के सपनों को पूरा करता है, वहीं कुछ के सपने तोड़ भी देता है। यही नहीं, कभी-कभी तो सपने देखने वाली आँख ही फोड़ डालता है। बहुत से प्रतियोगी छात्र एक भी प्रतियोगी परीक्षा पास न करके वापस लौट जाते हैं अपने घर-गाँव और शेष जीवन अवसादग्रस्त रहते हैं। जो सफल हो जाते हैं, उन्हें भारत के किसी-न-किसी शहर में नियुक्ति मिल जाती है। इलाहाबाद से उनका बोरिया-बिस्तर उठ जाता है और आइन्दा वे इस शहर को स्वप्न की तरह याद करते हैं।

असली और ख़ालिस इलाहाबादी वह है जो शहर छोड़ जाए' मगर शहर उसे न छोड़े। काली कमली सा उस पर लिपटा रहे। मिश्री-माखन सा उसके मुँह पर पुता रहे, मेहँदी सा हथेली पर रचा रहे। ऐसा इनसान जहाँ भी जाए, शीशी में भर कर थोड़ा सा प्रयाग का गंगाजल साथ ले जाए, थोड़ी लूकरगंज की हरियाली आँखों में आँज ले और जब कहीं देस-परदेस में कोई इलाहाबादी दिखे उसे अँकवार में ले ले। रुचि भल्ला के शब्दों में 'तुमने कभी चखा जो नहीं है। इलाहाबाद को मीठे अमरूद की तरह।' वह एक इनसान है, अपनी ही बिरादरी का, लिखना छोड़ चुका पर लेखन-कर्म को

समर्पित, हर अच्छी योजना को समर्थन देने वाला और हर ग़लत बात पर लाल-पीला हो उठने वाला ज्ञानरंजन। यह दूसरी बार ज़िक्र ज़रूरी क्योंकि अभी पूरा शख़्स कहाँ दिखा।

16 फरवरी की शाम, इसी सन् 2020 में जिस शाम ज्ञानरंजन और सुनयना इतनी दूर से, कितनी दूर इस निर्जन बस्ती में मुझसे मिलने आए, कड़ाके की ठंड पड़ रही थी। सूरज कई दिनों से ग़ायब था, हीटर, स्वेटर और शॉल को मुँह चिढ़ाती हुईं चिल्ला हवाएँ चल रही थीं।

लेकिन बस दरवाज़े की दहलीज तक। उसके अन्दर पैर रखते ही पुराने दिनों की दिलदार गर्मियाँ थीं। हम तीनों की आँखों में चमक थी, लग तो ऐसा रहा था कि दीवार से उतर कर रवि भी हमारे संग बैठ गए हैं।

सुनयना में इन वर्षों में बहुत कम बदलाव आया है। थोड़ी दुबली हो गई है बस। ज्ञान जी हमेशा की तरह कृशकाय हैं मगर कमज़ोर नहीं। उनकी आवाज़ में वही सन् 1980 वाली लपट और ललकार है। उनकी बातें जीवंत हैं। हमें कोई विषय दरकार नहीं। हमारे पास बेशक़ीमती साझा समय है, टेलिस्कोप की तरह हम उसे कहीं भी फोकस कर लें। ज्ञान जी जब आत्मीय होते हैं तो मौन हो जाते हैं। हम तीनों के बीच वे सभी वर्ष डायरी के पन्नों की तरह फड़फड़ा उठे हैं। हर पन्ने पर हमारी मस्ती का महाकाव्य लिखा हुआ है।

वह ज्ञानरंजन का हमें ले जाकर लोकनाथ में खड़ा करना और वह सब खिलाना जो उन्हें पसन्द है। सवाल ही नहीं उठता कि हम 'ना' कहें। जैसे बारीक ब्योरे वे अपनी कहानियों में भरते हैं, वैसी ही बारीकियाँ वे आस्वाद की समझाते और खिलाते। लोकनाथ इलाहाबाद का सबसे पुराना इलाक़ा है मिठाई और नमकीन का। पहले 'हरि नमकीन' वाले की दुकान से खस्ता समोसा, दमआलू का सेवन किया जाता। इसके बाद बारी आती 'छप्परवाले'

के दही-जलेबी की। इतने सब में पेट भर जाता। हम घर लौटने को होते।

ज्ञान रोकते, "अभी 'रसकुंज' की लस्सी पियेंगे सारा खाना नीचे उतर जाएगा।" लस्सी भी ऐसे नहीं कि हंडे में बिलो कर कुल्हड़ में दे दी।

ज्ञान को पता था लस्सी के ऊपर, दही के कूंडे से काट कर एक परत मलाई जमाई जाती है, उसके ऊपर केवड़ा या गुलाबजल छिड़का जाता है तब जाकर लस्सी का इलाहाबादी ठाठ बनता है। सुनयना को काले खट्टे चने और छोटे समोसे पसन्द थे। वे भी लिए जाते। यानी जिस दिन ज्ञान की पकड़ में हम आ गए, शाम का खाना कैंसिल। ज्ञान ख़ुद इतना नहीं खाते जितना खिलाते। उन्हें इसमें मज़ा आता। ऐसा लगता वह एक-एक अड्डे पर ले जाकर शहर को स्वीकृति दिलवा रहे हैं, यह होता है शहर और उसका आस्वाद!

हम सब इलाहाबाद में इतना पैदल चलते थे कि सब अटरम-शटरम खाया पच जाता। सैर का मतलब ही पैदल चलना होता।

कभी-कभी हम सिनेमा देखने जाते। ज्ञान की आदत थी कि उनके रहते हम बिलकुल ख़र्च न करें। शायद 'ज्वैल थीफ़' देखने हम 'मानसरोवर' टॉकीज़ गए थे। यह शहर की भीड़ भरे चौराहे पर बना सिनेमा हॉल है। ज़ीरो रोड, हीवेट रोड, बहादुरगंज और सम्मेलन मार्ग की सड़कें यहाँ टकराती हैं। रिक्शों और ठेलों से यह चौराहा भरा हुआ रहता है।

हमें मानसरोवर टॉकीज़ पहुँचने में थोड़ी देर हो गई। फ़िल्म की शुरुआत निकल चुकी थी। सुनयना को बेकली हो रही थी "पता नहीं कितनी कहानी निकल गई।"

शो ख़त्म होने के बाद सुनयना ने सिनेमा हॉल के कर्मचारी से कहा, "हमारी पहले की पिक्चर निकल गई थी। हम शुरू का हिस्सा देख कर जाएँगे।"

कर्मचारी असहाय सा, मैनेजर के पास गया कि कुछ लोग हॉल नहीं छोड़ रहे।

मैनेजर दौड़ा आया।

संयोग से वह सुनयना के पिता का परिचित निकला। सुनयना के पिता पंडित सूर्यकान्त नागर बड़े नामी वैद्य थे। हमने शान से पन्द्रह मिनट, हॉल में खड़े-खड़े, फ़िल्म का शुरू का हिस्सा देखा, तब कहीं बाहर निकले। इस बीच रवि और ज्ञान, अहाते में खड़े गप्पें मारते रहे।

यही ख़ूबी और ख़ूबसूरती थी उस आठवें दशक के इलाहाबाद की। एक से बढ़ कर एक कलाकार, कवि और कथाकार पुरानी सीढ़ियाँ तज कर नए रास्ते निर्मित कर रहे थे परन्तु अपनी गुरुता का कोई भार पाठक पर नहीं डाल रहे थे। ये ऐसे नायक थे जिन्हें आपको गणपति की तरह सिर पर नहीं ढोना था। ये ओशो की भाँति समस्याओं का जादुई समाधान नहीं बताते वरन् परिवर्तन की प्रक्रिया में शामिल पाए जाते। ज्ञानरंजन, काशीनाथ सिंह, रवीन्द्र कालिया विजयमोहन सिंह, महेन्द्र भल्ला और प्रयाग शुक्ल आठवें दशक के युवा तुर्क़ थे जो मोहभंग को रोमांस का कुहासा नहीं यथार्थ की खुरदुरी ज़मीन दिखा रहे थे। विजयमोहन सिंह ने अपने लेख में सही कहा है कि "आज़ादी के बाद, उसकी विचित्र क़िस्म की निरर्थकता ही इन कथाकारों को एक नई दुनिया में ला खड़ा करती है। वह दुनिया आज भी जस की तस है।" इन लोगों ने एक-दूसरे के ऊपर 'मेरा हमदम, मेरा दोस्त' जैसे मूर्तिपूजक लेख नहीं लिखे, अपनी पुस्तकों की प्रशस्ति-समीक्षा नहीं करवाई और सत्ता के गलियारों में सेंधमारी नहीं की। ज्ञानरंजन तो अपने विरोधियों को जवाब देना भी ज़रूरी नहीं समझते। नीलाभ ने उन पर कसैली संस्मरण-पुस्तक लिखी 'ज्ञानरंजन के बहाने' लेकिन ज्ञान जी ने पलट कर वार नहीं किया। वे अपनी ऊर्जा का दुरुपयोग नहीं करते। दोनों

इलाहाबाद के थे ज्ञान और नीलाभ। दोनों में दोस्ती थी। लेकिन नीलाभ से दोस्ती निभाना आसान नहीं था। वह नाज़ुकमिज़ाज, तुनक तुन तुन और ज़िद्दी था। ज्ञानरंजन, यारों के यार, अक्खड़ और अराजक। उनके ऊपर कोई टाइमटेबिल वाला प्रेम असर नहीं डालता। इसी वजह से ज्ञानरंजन ने जीवन में बहुत कुछ छोड़ा। एक इलाहाबाद वे नहीं छोड़ पाए। इसीलिए उन्होंने एक जगह लिखा 'मैं अपना शहर छोड़ नहीं पाया और मेरा शहर हमेशा के लिए मुझे लग गया।'

इसी शहर में ज्ञानरंजन ने अपनी यादगार कहानियाँ लिखीं। यहीं उन्होंने यकायक तय कर लिया अब और कहानी नहीं लिखनी। उन्होंने अपना सूर्य धीरे-धीरे अस्त और निष्प्रभ होने की बजाय अपनी ऊर्जा 'पहल' पत्रिका को दे डाली। हम सब के बीच 'पहल' के प्रारम्भ की योजना बनी। उसके शुरू के अंक हमारे 'इलाहाबाद-प्रेस' में ही छपे। अब शायद दिल्ली में छपता है और हर अंक में कोई-न-कोई विशेष रचना ज़रूर मिल जाती है। जहाँ अन्य बहुत सी पत्रिकाओं के पीछे बड़े संस्थान अथवा संसाधन की पूँजी होती है वहाँ 'पहल', 'तद्भव' और 'बनास जन' पूरी तरह से एकल प्रयास के प्रयोग हैं। कई बार जब मुझे जबलपुर के रचनाकर्मी, रंगकर्मी मिलते हैं और बताते हैं कि ज्ञान उन सब के प्रयोगों व प्रयासों के केन्द्र में हैं, मैं सोचती हूँ कि जबलपुर की उपलब्धि, इलाहाबाद की हानि बनी। जो हो ज्ञानरंजन अपनी अकड़-धकड़ और अक्खड़पन अपने शहर इलाहाबाद से ही लेकर गए हैं। 'पहल' के पहले के सम्पादकीय साक्षी हैं कि इसका सम्पादक ढुलमुल लेखन और पिलपिले विचारों के विरुद्ध है। तभी ज्ञानरंजन ने अपने एक लेख 'समय, समाज और कहानी' में कहा है, "रचना और समाज में तस्वीरें बदल रही हैं, टूट-फूट हो रही है, आचरण बदल रहा है। स्थूल से सूक्ष्म और सूक्ष्म से स्थूल के बीच आवागमन निरन्तर है।" ज्ञान समय के

दारुण यथार्थ में से एक लोकोक्ति ढूँढ़ते हैं 'गगरिया न फूटे, खसम मर जाए'। उनका मानना है कि जैसे सैकड़ों फीट गहरे खोद कर धरती से पानी ढूँढ़ा जाता है वैसे ही लेखक को अपने कथ्य और यथार्थ के लिए गहरे उतरना होगा। प्रायः समकालीन होने की चेष्टा में हम उपस्थित के बीच अनुपस्थित मगर अस्तित्वमय की अनदेखी कर जाते हैं।

अभी पिछले दिनों ख़बर मिली फ़िल्म निर्देशक बासु चटर्जी के निधन की। उन्हें हम प्यार से 'बासू दा' कहते थे, स पर बड़ा ऊ की मात्रा लगाकर 'बासू'। वे 'सारा आकाश', 'रजनीगंधा', 'छोटी सी बात', 'घरौंदा' और 'तिरिया चरित्तर' जैसी अनोखी, छोटे बज़ट की कलात्मक फ़िल्मों के निर्देशक तो थे ही उनका मथुरा से बड़ा लगाव रहा। उनके साथ एक कला-संवाद बनता गया जो कई बरस रहा। उनके कई पत्र मेरे काग़ज़ों में होंगे। जब उनका धारावाहिक 'रजनी' धूम मचा रहा था और राजेन्द्र व मन्नू भंडारी उसकी पटकथा लिख रहे थे, उन्होंने मुझसे सम्पर्क किया था कि मैं 'रजनी' के कुछ एपिसोड लिख दूँ। मन्नू जी अपने उपन्यास के लिए वक़्त चाहती थीं।

बासू दा का ख़त पाकर मैं ख़ुशी से खिल उठी। मैंने तुरन्त दो रातें लगा कर दो एपिसोड लिख भेजे। एक एपिसोड परीक्षा में नकल पर था जिस पर लिखना मेरे लिए बहुत आसान था। कॉलेज में हर साल नकल के मौलिक तरीक़े देखने को मिलते थे। तीसरा एपिसोड मेरी कहानी 'लड़के' का नाट्य-रूपान्तरण था जिसमें दिखाया गया था कि सरकारी अफ़सर अपने ड्राइवरों से निजी काम लेते हैं और सरकारी वाहन का दुरुपयोग करते हैं। यह एपिसोड प्रसारित होते ही सरकारी दफ़्तरों में बड़ा शोर मचा। भ्रष्टाचार को रोकने की बजाय मंत्रालय ने बासू दा का धारावाहिक 'रजनी' ही बन्द कर दिया। बासू दा ने मुझे चिट्ठी लिखी, 'रजनी' सीरियल को एक दिन बन्द तो होना था पर तुम्हारे एपिसोड ने यह काम तुरन्त कर डाला।" उन्होंने

मुझे दो हज़ार के रेट से चार हज़ार रुपए का एक चेक भी भेजा था। इस घटना के कुछ वर्ष बाद ख़बर मिली कि कथाकार शिवमूर्ति की कहानी 'तिरिया चरित्तर' पर बासू दा फ़िल्म बना रहे हैं और उसकी थोड़ी सी शूटिंग इलाहाबाद में होने वाली है।

ख़बर सच थी। एक दिन राजेन्द्र यादव, बासु चटर्जी और उनके साथ कई फ़िल्मी लोग, शहर के 'यात्रिक' होटल में रुकने को आ गए। साथ में फ़िल्म 'तिरिया चरित्तर' की नायिका की भूमिका में राजेश्वरी सचदेव और खलनायक के रूप में ओम पुरी भी उसी होटल में ठहरे थे। कहानी बहुतों ने पढ़ी हुई थी। बासू दा की ख्याति से भी नगरवासी अनजान नहीं थे। राजेन्द्र यादव की उपस्थिति की अपनी स्टार-वैल्यू थी। दिन में काफ़ी भीड़ लगी। लेकिन फ़िल्म की यूनिट फाफामऊ के आगे गंगा की धारा में विमली उर्फ़ राजेश्वरी के स्नान का दृश्य शूट करने के लिए गई हुई थी।

शाम को रवि के पास राजेन्द्र जी का फोन आया, "दुष्ट कालिया कहाँ हो? तुमको पता है मैं आया हुआ हूँ। शाम को सूरज डूबने के बाद मिलो होटल में।"

रवि और मैं 'यात्रिक' पहुँचे। राजेन्द्र जी की मौजूदगी से, प्रथम भेंट की औपचारिकता हुई ही नहीं और जाम छलकने लगे। बासू दा ने मुझे बताया कि उन्होंने मेरी एक कहानी 'माँ' बरसों से अपने पास सँभाल कर रखी हुई है।

"कभी मैं उस पर फ़िल्म बनाऊँगा।" बासू दा ने कहा। राजेन्द्र जी बोले "वह राएवाली क्या?"

राजेन्द्र जी मथुरा के राया से बड़ी निकटता अनुभव करते थे और मेरी कहानी 'राएवाली' पर उन्होंने मुझे फोन भी किया था।

बासू दा बोले, "नहीं, इस कहानी में एक बच्ची को बन्दर उठा कर ले जाता है।"

"वह तो ठीक है, तुम बन्दर से एक्टिंग कैसे करवाओगे?" राजेन्द्र जी हँसे।

"चाहे मुझे कम्प्यूटर का सहारा लेना पड़े मैं उस कहानी पर फ़िल्म बनाऊँगा।" बासू दा ने कहा।

बाद के वर्षों में न कभी बासू दा का ख़त आया, न मैंने लिखा। कई बार मैं फ़िल्मी लेखन के किनारे तक पहुँच कर ठिठक गई। बम्बई में वेद राही ने मुझसे एक बार फ़िल्मी कहानी लिखवाई। यह कहानी रामानन्द सागर को उन्होंने दी। सागर साहब से मुलाक़ात भी हुई। उनकी बहुत बड़ी, उभरी हुई, आकर्षक आँखें थीं। उन्होंने कहा, "इस कहानी में हमारे लायक़ बातें कम हैं। देखिए फ़िल्म में बुरे कैरेक्टर को बहुत बुरा दिखाना होता है और अच्छे को बहुत अच्छा। कुछ आदर्श पात्र होते हैं जैसे दादी, माँ और बहन।" मैं समझ गई कि वह मेरी दुनिया नहीं। इस तरह मैं इल्मी की जगह फ़िल्मी लेखक बनते-बनते बच गई।

वक़्त एक लम्बी छलाँग ले रहा है।

सन् 1995 की सर्दियाँ। पूस की रात। नीचे चाईजी नींद की गोली लेकर सोने जा चुकी थीं। रवि अपने आख़िरी पैग के साथ जगजीत सिंह सुन रहे थे। मैं बार-बार खाने की हीटिंग ट्रे को कम, ज़्यादा कर रही थी।

तभी फोन की घंटी बजी।

दूसरी तरफ़ कृष्णा जी थीं।

इलाहाबाद आई हुई थीं कृष्णा सोबती।

दूसरे वाले हिन्दी साहित्य सम्मेलन के बुलावे पर। आयोजकों ने अपनी समझ के मुताबिक़ उनके रुकने का इन्तज़ाम 'पूर्णिमा' होटल में कर दिया था। 'पूर्णिमा' सम्मेलन भवन के नज़दीक, बहादुरगंज के चौराहे पर स्थित

एक मामूली, घरेलू होटल था। कृष्णा जी को एतराज था। वह होटल न कृष्णा जी के रौब, न दिल्ली के दबदबे के क़ाबिल।

कृष्णा जी का वहाँ दम घुटने लगा। उन्होंने होटल के स्वागत पटल से ही कालिया को फोन मिलाया। कृष्णा जी ने ठीक किया। अगर किसी शहर में पहुँच कर आपको होटल पसन्द न आए, आयोजक ठहराने के बाद आपकी सुधि न लें तो अकेली मेहमान क्या करे? मेरे साथ भी एक-दो शहरों में ऐसा हुआ है और कोई-न-कोई मेरा रक्षक बन कर सामने आया है।

कृष्णा जी बोलीं, "कालिया, तुम मुझे यहाँ से ले जाओ। मैं अपने बैग के साथ रिसेप्शन पर ही खड़ी हूँ।

हम तो सन् 1992 में मेहदौरी कॉलोनी, तेलियरगंज वाले घर में पहुँच चुके थे। यह घर बहादुरगंज से कम-से-कम दस मील दूर था। रवि ने कहा, "मुझे कम-से-कम आधा घंटा लगेगा कृष्णा जी। आप तब तक बैठ जाएँ।"

"यहाँ तो लोग बता रहे हैं चौक दो मिनट की दूरी पर है।"

"वह चौक वाला घर तो छूट गया कृष्णा जी। उन दिनों रवि 'गंगा-यमुना' साप्ताहिक पत्र के सम्पादक थे। उन्होंने एक फोन यश मालवीय और वसु मालवीय को लगाया कि कृष्णा जी आ रही हैं। खाने के दौरान उनसे 'गंगा-यमुना' के लिए बातचीत कर लेना।

रवि कृष्णा जी को लेने गए तो मैंने शॉल लपेट कर रसोई का रुख़ किया। मूँग की दाल और आलू-मेथी तो बना हुआ ऊपर रखा था, मैंने सोचा सलाद काट लूँ और अंडे की भुरजी बना डालूँ।

रसोई की बिजली जलने पर चाईजी ने एक करवट ली और नींद में ही अपना शाश्वत वाक्य दुहराया, "ममता, अद्धी-अद्धी रात तू की करदी रहंदी ए रसोइ विच?" मैंने उनके पास जाकर बताया कि दिल्ली से बहुत बड़ी साहित्यकार आ रही हैं, रवि लेने गए हैं। चाईजी ने कहा, "इन्दर नूँ

कहना, हेठां बैठ के रौला न पावे।" (इन्दर से कहना नीचे बैठ कर शोर न मचाये।) और करवट बदल कर सो गईं।

जब रवि और कृष्णा जी आए, मैं उन्हें प्रेमपूर्वक कन्धों से थाम ऊपर ले गई। उनके और रवि के हाथ बर्फ़ हो रहे थे।

मैंने हीटर चलाया। रवि बोले, "ममता गिलास लाओ, हीटर से क्या होगा।"

रवि का गिलास मेज़ पर था। मैं दौड़ कर नीचे से कृष्णा जी के लिए गिलास लाई।

अभी कृष्णा जी आराम से बैठने की मुद्रा में आई ही थीं कि घंटी बजी।

यश और वसु मालवीय आ गए।

गर्मजोशी से मिलना हुआ। दोस्तों के बीच कृष्णा जी भी खिल उठीं। पहले हिन्दी साहित्य सम्मेलन के आयोजन का उन्होंने ख़ाका खींचा। ठहाके लगे। मैंने कमरे का दरवाज़ा बन्द किया कि कहीं चाईजी उठ न जाएँ।

वसु का कमाल यह कि उसने कृष्णा जी से अपने काम के समस्त सवाल मित्र-भाव से पूछ लिए। उसके हाथ में न काग़ज़ था न क़लम। यश और वसु हमारे घर से दस क़दम की दूरी पर रहते थे। यश, वसु और अंशु मालवीय प्रतिभा, प्रत्युत्पन्नमति और मौलिकता के त्रिपिटक हैं। अगले दिन वसु ने कृष्णा जी वाला इन्टरव्यू लिख कर, लाकर कृष्णा जी को सुना भी दिया।

दो-ढाई बजे रात ऊपर की सभा बर्खास्त हुई। मैंने नीचे की मंज़िल पर कृष्णा जी को उनका कमरा दिखाया। हीटर चलाया किन्तु उन्होंने बन्द करने को कहा।

"ममता तुम जाकर सोओ, मैं अभी पढ़ूँगी," उन्होंने कहा तो मैं ऊपर चली गई। रवि और मैं तो बेख़बर सो गए। माता जी ने हमेशा की तरह

सुबह, घर के सेवक रामलाल को कई बार ऊपर यह देखने भेजा कि हम जाग गए या नहीं।

रवि तो देर से उठते थे। मैं आँखों में नींद भरे किसी तरह शॉल लपेट कर नीचे उतरी। रामलाल ने मुझे और चाईजी को चाय दी। कृष्णा जी अभी सो रही थीं।

"ममता ये कैसी जनानी है, रात-भर नईं सोंदी। मैं चार बजे बाथरूम जाने नूं उट्ठी तो ये जगी हुई-सी (थी)। पंज बजे तो मैंने उठना ही होया न। जे तब भी जगी हुई। मैं नहा-धो के पिंडा साफ़ कर लित्ता पर ये सुत्ती पेई है। एदी गृहस्थी किद्दा चलदी?"

मैं हँस दी, "चाईजी तुहाड्डी तरह ये भी आज़ाद हाँ।" (आपकी तरह ये भी आज़ाद हैं।) कॉलोनी के सभी साहित्यकार, रंगकर्मी और ख़ास दोस्त कृष्णा जी से मिलने आए। अमरकान्त पास ही की बस्ती में थे। वे भी आए। कृष्णा जी की कहानियों पर बात होने लगी। कृष्णा जी ने अपने उपन्यास की याद दिलाई, 'सूरजमुखी अँधेरे के' एक ब्रेकथ्रू उपन्यास था उस वक़्त तक किसी ने इस थीम पर नहीं लिखा था।

अमरकान्त जी बोल पड़े, "नहीं, ममता जी का 'बेघर' कौमार्य की थीम पर है।

रवि ने कहा, "ममता ने बड़ी टेंडर (कोमल) एज में 'बेघर' लिखा और उसको बहुत पसन्द किया गया। अभी तक बेघर पर चिट्ठियाँ आती रहती हैं।"

कृष्णा जी की आँखों में मैंने लेखक-सुलभ-ईर्ष्या की चिनगारी देखी।

अपनी तारीफ़ से शर्मिन्दा मैं वहाँ रखे सेब काटने लगी।

"कृष्णा जी, प्लीज़, सेब खाइए।"

कृष्णा जी ने एक नज़र मुझे देखा, दूसरी नज़र प्लेट को।

रवि ने कहा, "कृष्णा जी आप सेब नहीं खातीं?"

कृष्णा जी हँस दीं, "खाती हूँ पर ऐसे नहीं। ज़रा ख़ूबसूरती से लाइए। पतली तराशें (फाँकें) हों, छिलका उतरा हुआ हो। हर चीज़ को खाने का एक सलीका हो।"

मैं लज्जित हो दूसरी प्लेट में उनकी मर्ज़ी मुताबिक़ सेब तराशने लगी। सबसे विचित्र अनुभव रहा कृष्णा जी को रसूलाबाद घाट घुमाने का। कृष्णा जी ने कॉफ़ी हाउस चलने का इरादा एकदम ख़ारिज कर दिया। उनकी शाम कैसे दिलचस्प बनाई जाए!

रवि ने कहा, "कृष्णा जी, चलिए आपको यहाँ का घाट दिखाते हैं। कई मामलों में वह अनोखा घाट है।"

"चलो।" कृष्णा जी ने जोश में कहा।

"मैं ज़रा तैयार हो जाऊँ," उन्होंने कहा और अपने कमरे में चली गईं।

पन्द्रह मिनट...आधा घंटा...चालीस मिनट बीत गए, कृष्णा जी का कहीं चिह्न नहीं। रवि ने मुझे कहा, "उनसे बोलो, जल्दी करें, घाट पर अँधेरा हो जाएगा।"

मैं ससंकोच अन्दर गई।

कृष्णा जी ने कहा, "ममता, बस दस मिनट। मैं ठीक से तैयार हो लूँ।" आख़िरकार जब कृष्णा जी गरारा, अनारकली, दुपट्टा, इत्र और मखमली जूती पहन कर बाहर निकलीं, अँधेरा घिर चुका था। फिर भी हम टहलते हुए घाट पर पहुँचे। वहाँ हम मनुष्यों की सज-धज देखने को परिन्दा भी मौजूद नहीं था। अँधेरे में गंगा का पानी भी श्यामवर्णी लग रहा था। कृष्णा जी से बातें कर नई अंग्रेज़ी किताबों की अच्छी जानकारी मिली। मेरी बरसों की प्यास मिटी। इसी इलाहाबाद ने मुझ अंग्रेज़ीदां को हिन्दीवाला बना दिया था।

तीसरे दिन की शाम हसन से टैक्सी का इंतज़ाम कर हम कृष्णा जी को 'प्रयागराज एक्सप्रेस' में विदा करने गए। उनको विदा करने हिन्दी साहित्य सम्मेलन के आयोजक भी आए थे जिन्हें देखते ही कृष्णा जी के तेवर बदल गए। उनका दिया रेल-भाड़ा लेने से उन्होंने इनकार कर दिया। कृष्णा जी के अन्दर मैंने आत्मीयता और अकड़ दोनों का अतिरेक देखा हुआ है। घर आए। चाईजी ने पास बिठाया हम दोनों को।

"काका, कोई आ जावे त तू मैनूं भुल्ल ई जान्दा की?" (बेटा, जब कोई आ जाए तो तू मुझे भूल ही जाता है क्या?) रवि पंजाबी बातों का जवाब भी हिन्दी में दिया करते। आदत के तहत या मेरी सहूलियत के लिए, पता नहीं।

"ऐसी तो कोई बात नहीं चाईजी, आप घर में शामिल ही हो।"

"दस्सो, मैं ओनू भैन जी आखिया, ओ मैनूं माता जी कहंदी रई। इन्नी ज्वान तो नईं।"

(बताओ, मैंने उन्हें बहन जी कहा। वे मुझे माता जी कहती रहीं। इतनी जवान तो नहीं है।)

"हर बात उम्र से तय नहीं होती, चाईजी। वे हिन्दी की बड़ी लेखिका हैं।" रवि कह कर ऊपर चल दिए।

"दस्सो वड्डे लेखकां नूं अक्लां भी चाईदी न। मेरे नाल कोई गल ना बात ना। स्वेरे चार बजे जदों मैं क्या 'भैणजी तुस्सी सो जाओ हुण' तद वह बोली, 'माताजी आप सो जाओ, मैन्नूं जदों सोणा होगा सो जावांगी।'"

(बताओ, बड़े लेखकों में अक्ल भी होनी चाहिए न! मेरे साथ न बात न चीत। सबेरे चार बजे जब मैंने कहा, 'बहन जी आप सो जाओ अब।' तब बोली, 'माताजी आप सो जाओ मुझे जब सोना होगा, सो जाऊँगी।')

मेरा ख़ासा मनोरंजन हो गया। एक ही प्रदेश की दो स्त्रियों के दर्प की यह छोटी-सी दास्तान इलाहाबाद के इस बी-233, मेहदौरी कॉलोनी के घर में घटित हुई।

चाईजी लेखक नहीं थीं, लेकिन उनका रौबदाब अनोखा था। रवि के प्यार से अर्जित उनका आत्मविश्वास मस्तक पर दिपदिप करता। गोरी और सुन्दर तो थीं ही, भरे-भरे जिस्म की, लम्बी कद्दावर महिला थीं। दिसम्बर के ठिठुरते दिनों में चाईजी और कृष्णा जी, दो कद्दावरों की गरमागरम मुठभेड़ की हमें कोई भनक ही न लगी। अहसास दोनों को हुआ, पर कृष्णा जी के ग्रेस और चाईजी के गुरूर के चलते हमें पता बाद में चला।

हम जो इलाहाबाद में घी-शक्कर की तरह घुल गए, हमारे परिवार के अन्य सदस्यों के लिए इलाहाबाद इतना अन्तरंग न रहा। पंजाब से आए रिश्तेदारों के लिए इलाहाबाद आना संगम स्नान के कारण होता। उनके और चाईजी के लिए इलाहाबाद पूरा यू.पी. था, जिसे वे अपने लहजे में जूपी कहते। जालन्धर = पंजाब, इलाहाबाद = जूपी—इन दोनों जगहों का तुलनात्मक अध्ययन किया जाता। हमेशा पंजाब बाज़ी मार ले जाता और जूपी के खाते में 5 या 10 नम्बर महज़ इसलिए आते कि यहाँ गंगा-यमुना-सरस्वती का संगम है, हीरे वरगा (जैसा) काका रविन्दर है और कुदेसन ममता के पैदा किए हुए कुंदन वरगे (जैसे) अन्नू-मन्नू दो पोते हैं।

अन्नू-मन्नू ठेठ इलाहाबादी निकले हैं। मुझे लगता है, शायद वे ठीक से पंजाबी बोलना भी नहीं जानते। मैं ही कौन-सा सीख पाई। रवि ने हमसे कभी पंजाबी नहीं बोली। चाईजी की बात समझने लायक़ बोलचाल की पंजाबी उन्हीं से सीखी जो उनके दिवंगत होने पर भूल गई। जीवन-भर वे मुझे पंजाबी बनाने की कोशिश में लगी रहीं और मैं उन्हें नाकामयाब करती रही।

आज मैं समझ सकती हूँ कि चाईजी की तकलीफ और शिकायत क्या थी। उनके लिए पंजाब देस था और यूपी परदेस। वे सत्तर साल जालन्धर शहर और निकटवर्ती गाँवों में रहीं। पति का आकस्मिक निधन उन्हें न केवल अकेला कर गया, विस्थापित भी कर गया। वे मन मारकर हमारे पास इलाहाबाद आ गईं पर उनकी स्मृतियों का शहर जालन्धर उनके अन्दर से कभी उखड़ा ही नहीं। हमारे शहर का रिक्शा उन्हें सुस्त लगता, सब्जियाँ बेस्वाद लगतीं, दूध पतला लगता। उनकी तराजू में हमारा शहर हार जाता। ताज्जुब यह भी है कि हमने पुराने शहरों को पलट कर नहीं देखा और इसी इलाहाबाद की रेती में धँसते गए; फ़ैज़ अहमद 'फ़ैज़' के इस शेर को सिर-माथे लेकर :

कहीं तो कारवान-ए-दर्द की मंज़िल ठहर जाए,*
*किनारे आ लगे उम्र-ए-रवां** या दिल ठहर जाए।*

---

* दर्द का काफ़िला।
** बढ़ती हुई उम्र।

जैसे अमरूद का पूरा स्वाद लेने के लिए हमें बीज समेत समूचा फल खाना होता है, शहर का आस्वाद लेने के लिए उसमें लम्बे समय तक रमना होता है। इसी शहर ने समझाया बिहारी का सार तत्त्व :

तंत्री नाद कबित्त रस सरस राग-रति रंग,
अनबूड़े बूड़े तरे जे बूड़े सब अंग।

✪

खस्ताहाल घर में रवि
छाया : लक्ष्मीधर मालवीय

रानी मंडी का इलाका और रवि
छाया : लक्ष्मीधर मालवीय

इलाहाबाद का खपरैलों वाला घर
छाया : लक्ष्मीधर मालवीय

18 साल के रवि भाई का कोट व टाई पहने हुए

रवि के बेटे—अनिरुद्ध (अन्नू), प्रबुद्ध (मन्नू) रसूलाबाद घाट पर, पीछे फाफामऊ का सौ साल पुराना पुल।

रवीन्द्र-ममता, रानी मंडी वाले घर में (1980)

माँ के साथ ममता—सास बहू का स्नेह

नीलाभ की पहली दुल्हन सुलक्षणा को स्टेशन से घर लाते ज्ञानरंजन और रवीन्द्र कालिया रिक्शाचालक

एक गोष्ठी में—लीलाधर जगूड़ी, मधु मालवीय और नरेश सक्सेना के साथ रवि

कविता पाठ—नरेश मेहता

लक्ष्मीधर मालवीय का जापानी परिवार (1980)

राजेन्द्र यादव, ममता कालिया, शिवमूर्ति और फ़िल्म निर्देशक बासु चटर्जी

चन्द्रकान्त देवताले, दूधनाथ सिंह, कुमार विकल के साथ एक शाम रानी मंडी में

इलाहाबाद में विष्णु प्रभाकर के साथ

पंडित रामचन्द्र शुक्ल के आने पर भी सभा संगत जमती हमारे घर : बायें से—सर्वश्री दिनेशचन्द्र ग्रोवर, अखिलेश, राकेश ग्रोवर, रामचन्द्र शुक्ल, राशिद हुसैन, रवीन्द्र कालिया और मैं

राममनोहर लोहिया सम्मान ग्रहण करते हुए। बायें से मुलायम सिंह यादव, उदय प्रताप सिंह, दूधनाथ सिंह, सुधाकर अदीब आदि।